L'Héritière des anges

Florence Roche

L'Héritière des anges

ÉDITIONS FRANCE LOISIRS

Édition du Club France Loisirs,
avec l'autorisation des éditions De Borée.

Éditions France Loisirs,
123, boulevard de Grenelle, Paris.
www.franceloisirs.com

ISBN : 978-2-298-08848-9

J'ai fait le choix de situer cette histoire pendant la guerre des camisards, dans les Cévennes, au début du XVIIIe siècle, en n'empruntant aucun nom de lieux ou de personnages qui soient réels. L'intrigue est fictive.

Première partie :

L'abbaye des Pierres Plantées

1

La nuit tombait sur les terres de l'abbaye des Pierres Plantées. Il faisait encore chaud. C'était un début d'été plein de promesses, en l'an de grâce 1716 : le vent s'était adouci, les fleurs parsemaient les prés, les champs étaient couverts de seigle et de blé ondulants. Éléonore aimait ces journées de soleil, tellement rares sur le plateau. Son linge séchait vite, elle en profitait pour laver les grosses couvertures en laine des paillasses des dortoirs. La nature paraissait travailler pour elle. Tout était simple, beau. De l'église, les chants des moines semblaient s'élever plus haut que de coutume, plus puissamment, comme attirés par le ciel limpide et clair. Éléonore aimait les entendre en travaillant, au loin, comme une litanie calme et rassurante, celle de son enfance, comme la voix du cadre de sa vie.

Il y avait beaucoup de passage au monastère en cette saison. Des pèlerins nombreux demandaient l'hospitalité, traversant ce haut plateau désert sur des lieues et des lieues, sans abri, sans auberge. Ils partaient pour Saint-Jacques-de-Compostelle ou en revenaient. Éléonore appréciait leur venue, leur présence, dans cette abbaye repliée sur elle-même où le temps paraissait arrêté. Elle les observait arriver sur le chemin du bas, elle écoutait leurs récits, tout du moins ce qu'elle pouvait en entendre, du lavoir. Leurs mots la faisaient rêver, l'emportaient ailleurs. Leurs regards étaient fatigués mais pétillants, porteurs d'espoir, de soulagement, chargés des merveilles entr'aperçues en chemin. Ils étaient des brins de vie dispersés là pour elle.

Ce soir-là, Éléonore revenait à l'atelier, sous les derniers feux du crépuscule, quand elle vit une femme gravir le sentier de l'abbaye, la marche hésitante, le dos courbé, le visage dissimulé sous une capuche de pèlerine. Elle paraissait usée. Diminuée. Épuisée. Dans son allure, lente et repliée, quelque chose interpella Éléonore. Elle la regarda avancer jusqu'au porche et courut se cacher derrière un pilier de l'entrée. Bientôt, elle distingua son visage. Il était effrayant. La bouche était béante, une partie des lèvres ayant sans doute été arrachée. La joue droite était balafrée, dessinant une grimace qui faisait songer à un méchant sourire laissant voir les dents. Éléonore frissonna. La femme se découvrit devant le frère portier, Lubèce. Elle avait le haut du visage extrêmement beau. Les yeux étaient très bleus, grands, recouverts de cils épais et longs. Les cheveux encore d'un blond lumineux donnaient à cet être étrange un charme qui contrastait avec l'horreur du bas de sa figure. Elle tenta d'émettre un son, une demande. Ce fut un cri guttural, un son venu du plus profond d'elle-même, comme celui d'une bête ne trouvant pas le moyen de se faire comprendre. Elle faisait des grands gestes, montrant ses mains vides et les repliant sous sa joue pour signifier qu'elle voulait dormir. Le moine portier lui fit un grand signe en lui disant de s'éloigner, que le gîte n'était offert qu'aux hommes. Elle avança d'un pas, joignit les mains comme pour une prière, d'un air suppliant. Elle leva le bas de sa jupe qui découvrit deux pieds gonflés, ensanglantés, avec des chausses trouées à plusieurs endroits. Lubèce lui cria :

— Va-t'en !

La femme eut un regard déterminé, qui assombrit sa clarté, et s'élança pour forcer le passage. Le moine ne parvint pas à l'arrêter et elle courut, tête baissée, jusqu'au pied de l'abbatiale, agrippant la croix de pierre située sur le bas-côté pour montrer son désespoir. Le moine portier courut chercher le prieur Flavien. Éléonore en profita pour monter sur une des murailles de manière à voir l'intérieur de l'enceinte de l'abbaye. Il revint bientôt, essoufflé, accompagné de l'abbé Gonrad et du prieur. La femme avait lâché la croix et elle se tenait debout, prête à faire front. Quand l'abbé la vit, il s'immobilisa tout net. De loin, Éléonore perçut son trouble. Il avait pâli. Lui, qu'elle avait toujours vu sérieux, silencieux, grave, maître de ses émotions, se décomposait. Il avait perdu cette impression de douceur infinie inscrite derrière ses yeux. Éléonore lui découvrait un autre visage, contrarié et hostile :

— Que fais-tu là, sorcière ? lança-t-il à la femme d'une voix terriblement mauvaise.

La pauvre muette, bouche béante, répondit par un son guttural qui disait toute sa haine. Elle fit un pas vers l'abbé qui recula en se signant.

— Déguerpis ! Tu ne dois jamais mettre les pieds dans cette abbaye, jamais ! hurla-t-il.

La femme lui lança un crachat au visage. L'abbé l'évita de peu et la regarda avec indignation :

— Tu es le mal ! Je ne voulais jamais te revoir ! Personne ne veut te revoir ici ! Tu es la cause de nos malheurs passés ! Toi et ton satané prédicant !

— J'espère qu'il cuit en enfer ! ajouta le prieur avec une haine mal contenue.

La femme demeura immobile un moment, accablée par ces mots. Sa fureur l'avait lâchée. Elle ressemblait maintenant à une boule de chagrin. Elle se laissa tomber à genoux, pleurant, gémissant de sa pauvre bouche fendue. Deux convers[1] alertés par les cris vinrent en renfort. D'un geste, le prieur leur fit signe de la jeter dehors. Ils la saisirent par les bras, la soulevèrent de terre et l'expédièrent hors de l'enceinte par la porte cochère. La malheureuse perdit l'équilibre, tomba et dévala le sentier en roulant sur elle-même, tentant de protéger sa tête avec ses bras repliés. La porte du monastère se referma dans un bruit de ferraille. Au fond du talus, la muette se redressa sur un coude, demeurant allongée de longues minutes. Elle pleurait. Elle trouva un peu de courage, se remit debout, fit quelques pas pour regagner le sentier puis se soustraire à la vue du portier qui l'observait. Elle s'éloigna jusqu'à l'orée du bois, s'allongea dans un pré, à côté de la rivière, posa sa tête sur son coude pour trouver le repos. Sans abri. Seule.

Alors, Éléonore, sans réfléchir, touchée à vif par cette femme, se précipita dans la forge de Manille.

1. Religieux qui sont employés aux services domestiques et qui ne participent pas au chœur.

Elle prit du pain et une part de fromage. Elle courut vers le pré où la muette dormait. Elle s'approcha doucement et posa les victuailles près d'elle. La femme ouvrit les yeux, la retint par le bras. Éléonore ne bougea pas, paralysée, débordante de pitié mais mal à l'aise. Elle essaya de détourner ses yeux de la bouche affreuse mais ils revenaient dessus. La femme tenta de lui sourire, ce fut une grimace infâme. Éléonore réprima sa panique, son effroi. Une plainte sortit de la muette, comme une déchirure contenue, une faille béante qui habitait son cœur. Était-ce un sanglot ? Un merci ? Un au revoir ?

Éléonore se releva promptement et s'enfuit. Elle ne put fermer l'œil de la nuit. Elle était triste, affligée par la vue de la malheureuse femme qui lui avait montré ce qu'était la douleur, l'extrême solitude, la laideur et la misère.

Le lendemain, elle courut jusqu'au pré où la muette avait dormi. Elle n'y était plus.

Éléonore s'assit là où elle avait dormi et elle chanta, longuement. Pour elle. Pour cette mystérieuse femme.

2

Éléonore pressa le pas. Elle devait étendre le linge au plus vite pour qu'il soit sec le soir. Elle marchait, la panière coincée entre sa hanche droite et son bras. Son jupon et sa lourde jupe jaune entravaient ses jambes. Le bois de ses sabots glissait sur l'herbe. Son bonnet noir noué sur sa tête la protégeait du soleil mais elle tendait son visage vers lui, comme pour se ressourcer. Elle ne connaissait que trop la rigueur de ce paysage, ses longues journées de gel et ses jours de burle[1]. Malgré tout, elle y percevait comme une âme, dans le bruit du vent, discontinu, tempétueux, ou discret. Il était le murmure du ciel, ou ses cris, toujours présent. Ici, les volcans puissants, après avoir soulevé des masses, labouré la terre en des formes vallonnées ou abruptes, projeté des roches éparpillées sur les plateaux, s'étaient tus, s'étaient tassés sur eux-mêmes, las de cracher et de rugir. Ils se laissaient désormais modeler et arrondir par l'âge, par la neige et la pluie, comme des vieillards fatigués, usés, pourtant grands, pourtant beaux. Et dans cette

1. Vent du nord sec et froid qui souffle en hiver sur les plateaux du Velay, d'Ardèche ou du Forez.

immensité parsemée de blocs de roche, l'abbaye des Pierres Plantées semblait être une intruse, une marque humaine presque indécente dans ce désert des hautes terres. Les travaux d'agrandissement, qui avaient débuté il y avait plus de dix ans, étaient maintenant achevés. La petite communauté de moines était passée de cinq à trente frères auxquels on devait ajouter les convers, des moines laïcs, qui participaient à la vie du monastère. Ils avaient tous fait vœu d'obéissance et de persévérance à l'abbé Gonrad. C'était le cas de Manille, le forgeron des lieux, qui élevait Éléonore.

Au départ, l'abbaye des Pierres Plantées n'était qu'une filiale de l'abbaye mère, sise à Chazourde, non loin de Mende, en Cévennes. Lorsqu'une armée de camisards avait dévasté la maison mère, en 1702, incendiant les bâtiments, brisant les statues et les vitraux, tuant les moines, le père abbé Gonrad avait décidé d'installer la communauté dans cette petite filiale isolée aux confins du Velay. Depuis, le petit prieuré des Pierres Plantées était devenu la grande abbaye cistercienne des Pierres Plantées. L'abbé Gonrad avait ainsi cherché à mettre sa communauté à l'abri tout en valorisant une région isolée. Il cherchait, quant à lui, disait-on, l'apaisement et la sérénité pour ses vieux jours. L'oubli après la tempête. La paix après les épreuves.

Éléonore fit une pause. Le panier pesait. Elle était habituée à travailler dur. L'entretien du linge du monastère n'était pas une tâche facile et son dos la faisait souffrir. Elle grandissait beaucoup. Elle allait avoir dix-sept ans. Manille lui disait toujours en posant sa main sur sa tête blonde, caressant ses cheveux avec affection : « Tu grandis, ma petite, tu grandis, tu seras bientôt prête pour le couvent ! » Alors, Éléonore répétait inlassablement : « Je ne veux pas vivre au couvent, je veux rester avec toi ! » L'homme avait le regard triste, presque désespéré. Il la serrait contre lui, embrassait ses joues et elle s'agrippait à ses bras.

Éléonore était incapable de savoir quand elle était venue vivre avec Manille, ici, aux Pierres Plantées, dans ce lieu désert, sauvage. Elle avait autour de cinq ans. Elle avait l'impression d'avoir toujours vécu avec lui, dans la tendresse et l'affection, dans l'attention immense qu'il lui portait. Elle avait tout oublié de son passé. Pourtant, quand elle se concentrait pour tenter de se souvenir d'elle, enfant, des images de chaos, de cris, des impressions de terreur, des visions sanguinaires apparaissaient. Alors, elle refoulait ses souvenirs lointains pour retrouver sa quiétude. Mais au fond de ses nuits de sommeil, des images sanglantes la réveillaient et la laissaient sans souffle, le visage en sueur. Elle tentait alors courageusement de fouiller sa mémoire, en vain. C'était comme si sa vie avait commencé ici, à l'abbaye des Pierres Plantées. C'était tout ce qu'elle savait, c'était tout ce qu'on lui avait dit et c'était tout ce qu'elle voulait savoir. Manille l'avait recueillie. Curieusement, il avait obtenu le passe-droit de la garder avec lui. C'était un privilège que lui avait accordé l'abbé Gonrad lui-même. Aucun enfant n'était admis à vivre dans l'abbaye avant qu'il ne soit en âge du noviciat. Surtout, aucune fille n'était acceptée, enfant ou non, même parmi les convers qui vivaient en retrait du monastère, pour pratiquer les travaux agricoles et manuels de l'abbaye dans les granges ou les ateliers. Éléonore percevait bien quelque mystère à sa présence en ces lieux exclusivement masculins, mais elle ne posait guère de questions. Le fait que Manille soit forgeron, et donc indispensable au bon fonctionnement de l'abbaye, avait sans doute plaidé en sa faveur. De plus, les forges étaient situées au-delà des bâtiments monacaux. Éléonore ne croisait jamais les moines. Seuls les convers avaient accès aux granges et aux forges mais il était rarissime que l'un d'eux vienne jusque-là.

Éléonore avait sa chambre, dans un coin de l'atelier de Manille. Elle s'y plaisait. Le forgeron n'éteignait jamais son grand feu de bois. Elle y avait chaud pendant que les frères convers et les moines se gelaient dans leurs dortoirs respectifs. Sa vie lui convenait. Elle ne redoutait qu'une chose : quitter l'abbaye pour entrer au couvent, comme l'abbé l'exigeait à ses dix-huit ans, l'âge minimal requis pour entrer en noviciat.

Éléonore reprit son linge et avança. Elle avait toujours l'impression de marcher entre terre et ciel quand elle parcourait le chemin du plateau qui la conduisait des lavoirs du monastère au pré où elle étendait le linge. C'était un beau moment. Un moment pour elle. À elle. Elle se plaisait à jeter ses yeux au-delà du plateau et des blocs de roche, bien au-delà, vers ces montagnes qui barraient l'horizon, des montagnes massives et imposantes, des blocs énormes pelés et gris l'hiver, d'un vert cru l'été, avec leurs sommets ronds qui habitaient le ciel comme si l'homme n'était pas encore apparu sur terre. Qu'y avait-il au-delà ? Quels pays ? Quels êtres ? Quelle vie ?

Éléonore n'était allée que rarement dans les plus proches villages, situés à des heures de char, pour accompagner Manille aux foires. Elle en gardait des souvenirs plein la tête : tous ces visages, ces corps, ces voix qui la sortaient du silence clos de l'abbaye. Elle aimait les rires. La joie affichée. Elle passait de longues minutes, immobile, à contempler la foule, notamment les jeunes filles de son âge. Elle les enviait de pouvoir parler et s'amuser, de pouvoir vivre et marcher avec les autres. Certaines affichaient de vraies chaussures, des souliers avec des petits talons carrés, d'autres avaient des coiffes fines et brodées, parfois des robes à corsage en dentelle. Éléonore portait toujours la même tenue, qu'elle lavait trois ou quatre fois l'an. C'était d'ailleurs lors des foires que Manille renouvelait ses habits lorsqu'ils devenaient trop petits ou trop courts. Il achetait toujours la même robe noire, simple, avec un tablier blanc noué à la taille, des guêtres en laine et des sabots en bois blanc. Elle n'avait jamais osé demander plus. Elle savait que Manille ne devait pas lui offrir davantage que la stricte nécessité. Il ne devait rien posséder lui-même, comme la règle l'exigeait. Pour payer les vêtements d'Éléonore, il faisait du troc, contre un outil qu'il avait fabriqué. Il s'arrangeait. Malgré tout, elle gardait de ces journées de foire une impression diffuse de plaisir, celui d'avoir une parenthèse, d'une journée de gaieté, sans travail.

Il était rare qu'Éléonore soit au repos. Elle passait son temps dans les grands lavoirs, à frotter le linge des moines, les tuniques, les coules[1], les mouchoirs et les chaussettes, avec les cendres de la forge de Manille. Elle s'occupait aussi du linge des moines cuisiniers : torchons et draps, essentiellement. C'était Manille qui lui portait ses corvées, l'accès au cloître et aux salles du monastère lui étant interdit.

Les gestes de la lessive étaient les mêmes, continuellement, répétitivement. D'abord, elle remplissait les grandes cuves de bois dans un atelier proche de celui de Manille. Elle faisait bouillir l'eau sur des foyers, versait dedans une solution lavante, à base de cendres et de terre de foulon[2], d'argile blanche aussi. Puis, elle mettait le linge dedans, le battait, le sortait à moitié sur des larges planches, le frappait encore à coups de battoir, le frottait, le battait à nouveau, l'essorait. Puis, elle chargeait le linge dans les corbeilles d'osier et le transportait jusqu'à la rivière. Il y avait là un petit lavoir qui permettait de le rincer en le battant encore. Éléonore l'essorait et montait dans le pré pour étaler les linges sur l'herbe. Si le temps était humide ou trop froid, elle écartait son linge sur une corde, à l'abri, dans la grange qui jouxtait la forge.

Elle aimait les journées pluvieuses ou neigeuses qui lui permettaient de rester auprès de Manille. Son travail la passionnait, la fascinait. Elle aimait l'odeur du fer, elle aimait cette couleur rouge qu'il prenait sous l'effet du feu, elle aimait cette élasticité que la matière semblait acquérir, sa chaleur, sa dangerosité. Manille taillait, sculptait, modelait à coups de marteau

1. Vêtements à capuchon des moines.
2. Argile utilisée pour dégraisser les étoffes.

et la cambrure que prenait le fer rougi était impressionnante. On croyait à un combat, puis à un compromis entre la matière et le maître. Un combat de résistance puis de soumission, un combat sans gagnant ni perdant hormis la beauté de la forme ou la perfection de l'outil. Manille lui apparaissait comme un dompteur, un être exceptionnel.

L'atelier était une des granges de l'abbaye, un bâtiment en pierre tout en longueur comme il y en avait une dizaine autour du monastère. Elles étaient les lieux de travail des convers : des paysans pour la plupart, laboureurs, éleveurs, responsables des récoltes, mais il y avait aussi un meunier, un boulanger, des bûcherons. Tous rejoignaient le dortoir des frères lais[1], le soir, en pénétrant dans l'enceinte de l'abbaye. Ils ne devaient pas parler aux moines, ni les troubler. D'ailleurs, ils n'assistaient aux offices que les dimanches et possédaient leur propre réfectoire, leur propre dortoir. Pour entrer dans le cloître, il leur fallait une autorisation de l'abbé Gonrad ou du prieur. Ils ne devaient pas perturber les moines dont la concentration et la vie entière étaient dévolues à Dieu et au travail.

Éléonore posa la corbeille sous le fil d'étendage. Elle se demanda si elle ne pouvait pas se permettre, aujourd'hui, d'étendre directement les tuniques et les coules sur l'herbe, bien aplaties, ce qui lui gagnerait du temps pour la levée du linge. Mais elle ne s'y risqua pas. Si toutefois le vent se levait, ce serait une catastrophe. Elle commença son labeur, la tête

1. Frères qui conservent un statut laïc, tout en observant les règles de l'ordre.

perdue dans ses pensées. Manille lui reprochait souvent sa propension à la rêverie. Il en était un peu responsable. C'était lui qui lui avait raconté une foule d'histoires quand elle était petite fille, alors qu'il ne savait même pas lire. Il disait qu'il les inventait pour elle.

Elle prit le temps de s'asseoir un peu sur l'herbe verte qui commençait à chauffer. Elle replia ses jambes entre ses bras croisés et posa son menton dessus. Elle demeura songeuse de longues minutes, calme et tranquille. Elle savait que les chants allaient sortir d'elle. Qu'ils allaient l'envahir et jaillir : les psaumes, les *gloria*, les alléluias, les *Ave Maria*, le Credo, les cantiques aussi. Elle les fredonnait, sans même s'en rendre compte. Cela aussi Manille le lui reprochait. Éléonore ne gardait jamais le silence. Elle chantait. C'était en elle. Cela devait sortir d'elle. Elle avait grandi avec les chants liturgiques des moines qui résonnaient bien au-delà des murs de l'abbatiale, plusieurs fois par jour. Elle les chantonnait en même temps qu'eux, les connaissant par cœur depuis son enfance. Elle s'inventait aussi des chansons, avec des paroles profanes qui racontaient des histoires. C'était sa manière à elle de meubler sa solitude lors des lessives. Elle avait cette chance-là : aimer chanter. Surtout elle avait une voix. Quelque chose qu'elle avait d'enfermé en elle, un don de Dieu comme disait Manille. Un cadeau. Personne ne lui avait rien appris mais elle savait chanter. Déjà très jeune. Elle ne savait pas alors que sa voix allait être sa chance. Et sa croix.

Soudain, Éléonore s'arrêta de chanter et de frotter son linge. Elle discerna deux silhouettes sur le pont qui enjambait la petite rivière du lavoir. C'était le prieur Flavien, qu'elle reconnut à sa coule blanche et à son scapulaire[1] noir, et l'abbé Gonrad. Ils avaient un entretien, en déambulant hors de l'abbaye. Cela n'était pas rare. Pour respecter le silence du monastère, les deux hommes aimaient bien avoir leurs conversations en dehors des murs. Ils se connaissaient depuis des années et le prieur ne prenait jamais de décision sans consulter l'abbé Gonrad. Il n'était pas le seul. Souvent, des prélats ou des seigneurs venaient chercher un conseil auprès de lui. Il avait une grande réputation depuis le rôle efficace qu'il avait tenu dans la guerre contre les huguenots. Dès 1702, l'abbé Gonrad s'était jeté à cœur ouvert dans la lutte contre les faux convertis, les relaps[2]. Il avait aidé à la traque de nombre de prédicateurs et de chefs camisards dans une région qu'il connaissait depuis des années. Pour bons services rendus au roi, il avait obtenu le titre d'assistant de l'évêque de Mende. Pourtant, il avait fait le choix de rester abbé de sa communauté installée aux Pierres Plantées. De fait, le prieur Flavien était le maître des lieux et de la discipline, de la spiritualité. L'abbé était celui qui gérait les bénéfices et la vie matérielle de l'abbaye. Il avait une relation proche avec le prieur Flavien qui avait été, autrefois, son novice alors que l'abbé n'était encore qu'un simple moine profès[3]. C'était lui qui avait initié Flavien à la vie cistercienne et qui l'avait accompagné dans son intégration à l'ordre. Mais on les disait aussi liés par

1. Partie de la tenue monastique composée de deux pans de drap couvrant les épaules et tombant jusqu'aux pieds.
2. Chrétien retombé dans l'hérésie.
3. Religieux qui a prononcé ses vœux, qui a fait profession.

une sale affaire, une affaire ancienne que Manille nommait parfois à demi-mots. Une affaire remontant au temps des dragonnades en Cévennes.

Éléonore suivait des yeux l'habit blanc de Gonrad qui avançait lentement, s'arrêtant de temps en temps, tournant la tête vers le prieur en paraissant réfléchir. Il avait changé. Il était désormais ventripotent et son visage était plus bouffi. Il se terminait sur un double menton épais qui plissait sur le col blanc. Éléonore l'avait rarement croisé de près, mis à part à quelques cérémonies ouvertes aux fidèles à l'abbatiale. Cependant, elle lui trouvait une expression de bonté, de douceur, qui se reflétait jusque dans le noir de son regard. Il avait des gestes lents et mesurés, une façon aimable de regarder les fidèles, avec une sorte d'affection, d'attachement sincères.

Bientôt, les deux hommes furent proches d'Éléonore sans pour autant pouvoir la voir, en contrebas du chemin. À leurs mines inquiètes et à leur air concentré, Éléonore comprit que le sujet était grave. Ils avaient contourné le petit pont et entraient sur le chemin qui longeait le pré. Paniquée, la jeune fille se glissa dans un talus. La voix de l'abbé lui parvint, malgré elle :

— Elle était là par hasard, cherchant réellement la charité et le repos.

— Non, répondit le prieur assez vivement. Je vous répète que sa venue était motivée...

— Elle ne peut rien contre nous. Rien. Elle ne sait rien. Nous avons été tellement prudents. Et puis, baste ! Peu importe, elle est sans voix.

— Oui. Mais c'est étrange. Elle vit si loin. Que faisait-elle ici ?

— Je me suis renseigné sur son compte, elle faisait un pèlerinage.

— La malheureuse n'est pas prête de retrouver la voix... Où vit-elle exactement ?

— C'est désormais une vieille folle, recluse, qui vit sur les ruines de son passé.

— Elle est demeurée à Dolmazon ? demanda le prieur avec surprise.

— Oui.

— C'était un champ de ruines, jonché de cadavres !

— Il y avait une petite cavité, sous le promontoire rocheux, t'en souviens-tu, au fond du hameau ?

— Peut-être, oui.

— Elle a trouvé refuge dans cette... grotte où elle passe ses jours, seule, dit l'abbé d'un air un peu méprisant.

— C'est une âme égarée. Elle a toujours été une âme égarée. Mais elle n'a pas besoin de nous revenir.

— C'était un hasard, à coup sûr. Si tu la revois dans le coin, fais-le moi savoir. Nous nous en débarrasserons. Des navires entiers partent pour l'Amérique, chargés de bandits dont on ne sait plus quoi faire dans le royaume.

— Mais...

— Ne parle plus d'elle, tu veux.

— Si elle était revenue... pour venger les siens ?

— Elle ne sait pas que nous avons conduit les troupes du roi à Dolmazon. Elle n'était pas là. Elle ne peut rien contre nous. Souviens-toi que nous sommes dans le camp de l'évêque Amaury, du comte de Lesle et de Louis XIV. Nous avons remporté la guerre des camisards. Ils ne sont plus rien. Cette égarée n'est rien d'autre que leur survivance, muette et folle.

Le prieur soupira, se frotta les mains l'une contre l'autre, comme s'il avait froid sous le plein soleil de juillet.

— Cette femme est le diable, père abbé. Le diable, ajouta-t-il. Je l'ai vu dans ses yeux.

— Le fléau est abattu.

Leurs mots se perdirent lorsqu'ils remontèrent le cours du ruisseau. Éléonore n'avait pas bougé, nichée dans sa cachette, intriguée par cette conversation. Elle devait en savoir davantage.

3

Manille avait naïvement cru pendant des années qu'Éléonore respectait l'interdiction d'entrer dans les bâtiments monacaux. Chaque soir, quand il rejoignait lui-même le dortoir des convers, situé dans l'enceinte de l'abbaye, il laissait Éléonore dans la maison attenante à l'atelier en étant persuadé qu'elle dormait d'un sommeil de plomb. Ce fut le cas les premières années. Mais dès l'âge de huit ans, Éléonore avait profité de la nuit pour déambuler dans la partie interdite de l'abbaye. Elle avait eu besoin de s'approcher de l'église abbatiale ou de la sacristie pour entendre les chants. Cela avait été comme une puissance attractive, une passion qui l'avait appelée malgré elle. Elle aimait par-dessus tout les chants grégoriens, leur harmonie, leur puissance, leur équilibre. Ils lui apparaissaient beaux, intenses, nourrissants et réparateurs. Tantôt graves, tantôt puissantes, basses ou hautes, les voix la touchaient, l'envoûtaient et l'emmenaient ailleurs. Elle ne savait pas exactement où. Elle ne savait pas non plus à quoi la ramenaient les chants, mais c'était à un lointain souvenir, à un moment de sa vie où elle avait goûté à la musique, elle en était certaine, dans sa vie d'avant celle de l'abbaye des Pierres Plantées.

Elle attendait toujours la nuit noire pour déjouer l'attention du frère portier, Lubèce, qui recevait les visiteurs et les pauvres à la porte du monastère. Il était responsable d'un lieu hautement stratégique pour la vie des cisterciens : une zone de filtrage entre le monastère et le profane. La porterie formait un ensemble de bâtiments à l'endroit où le mur d'enceinte du monastère s'interrompait. Elle ressemblait à un châtelet percé de deux portes à vantaux soigneusement verrouillées après compiles[1]. L'une servait au passage des piétons, l'autre à celui des chevaux et des charrettes. On trouvait au rez-de-chaussée une salle d'accueil où le portier examinait chaque visiteur, sa requête, et acceptait ou non de l'héberger pour la nuit. À l'étage, il y avait la chambre-cellule du frère Lubèce. Les convers, vivant dans les granges la journée, devaient eux aussi se présenter à lui pour regagner le dortoir, le soir, ou le réfectoire. Éléonore parvenait à échapper à la vigilance de Lubèce lorsqu'un groupe d'hôtes nombreux se présentait à la porte. Il lui arrivait aussi de rentrer alors que les portes n'étaient pas encore verrouillées tandis que le portier se reposait dans sa cellule ou qu'il accompagnait les visiteurs jusqu'à l'hôtellerie.

La porterie une fois franchie, Éléonore se retrouvait directement dans la cour intérieure, une esplanade pavée, encadrée de conifères plantés et alignés. À sa droite, des bâtiments rectangulaires se faisaient face : l'un servait d'infirmerie pour les moines et les convers,

1. Dernière heure de l'office divin, après les vêpres.

l'autre était l'hospice pour les visiteurs et les pauvres. Percés d'une grande porte voûtée, ces deux bâtiments comptaient de nombreuses fenêtres en ogive. Manille disait qu'il y faisait très froid l'hiver et que l'odeur, dans le dortoir des pauvres, était irrespirable. Se mêlaient ici pour la nuitée des pèlerins de passage, des misérables, des errants, des visiteurs de marque que l'on plaçait alors dans les chambrées hautes. Au rez-de-chaussée, on servait de la soupe de châtaignes ou d'orge, dans des écuelles, avec du pain dur. Une porte de côté permettait de rejoindre la chapelle des visiteurs qui occupait un angle de la cour principale. Il s'agissait d'une bâtisse modeste, au toit de lauzes, d'un seul tenant avec les entrepôts de vivres et le four à pain. Éléonore aimait leur odeur qui s'échappait de la cheminée, deux fois par jour.

De l'autre côté de l'esplanade s'élevaient les bâtiments destinés aux moines et l'abbatiale elle-même. Longtemps, Éléonore avait contemplé les murs comme les limites d'une autre vie, entre le Ciel et la terre. C'était comme un écrin, comme le saint des saints, interdit et mystérieux, dont les chants merveilleux résonnaient même la nuit. Elle s'était risquée à y entrer à l'âge de huit ans, happée par les chants, fascinée, attirée. Depuis, toutes les nuits, elle glissait comme une ombre jusqu'à la porte latérale et entrait par le bas-côté dans l'abbatiale. Puis, elle trouvait toujours un mur, un recoin pour se blottir, suffisamment près du chœur pour entendre les voix. Et elle chantait tout bas, avec les moines.

De fait, elle connaissait par cœur l'église abbatiale. Bien que récemment agrandie à l'arrivée de la communauté, elle avait conservé une grande austérité, sans aucune influence baroque. Elle reproduisait l'ancienne église de Chazourde, une nef en longueur, sous des voûtes en ogive, et un chœur large pour y loger, derrière le mur du jubé[1], les stalles des moines, disposées face à face. L'autel était un bloc de pierre taillé, sur une estrade, surmonté d'une immense croix en bois. La couleur de la pierre, sombre, la rareté des statues et des icônes accentuaient l'austérité du lieu. De fait, la présence divine apparaissait dans le manque d'éclat, d'apparat, de couleurs, au travers de l'obscurité de l'édifice, dans sa sobriété, son silence, dans sa hauteur. Aucun angle, aucun coin perdu, aucune pierre n'avait de secret pour Éléonore. Elle savait où se cacher si elle entendait glisser sur le dallage le pas des moines qui pouvaient la surprendre en se rendant aux offices. Leur silence aurait pu la piéger mais elle avait appris à détecter le bruit de leur habit de chœur, le léger murmure des coules monastiques qui lui laissait envisager le passage d'un groupe de moines blancs, bras croisés, regard bas. Elle se dissimulait derrière une colonne, une porte, un banc, un pilier et elle regardait les fantômes s'éloigner vers l'église. Ombres glissantes et prégnantes. Silencieuses. C'était d'ailleurs le silence du monastère qui avait poussé Éléonore à en attendre, à en écouter les chants.

Elle avait besoin des voix. De s'en nourrir. Souvent, elle s'était interrogée sur ce silence imposé aux moines pour qu'ils prient davantage et mieux, pour qu'ils soient proches de Dieu sans s'en détourner par des mots inutiles. Ils avaient au fil du temps développé

1. Tribune élevée formant une galerie transversale séparant le chœur et la nef dans certaines églises anciennes.

des formes de communication non verbales. Ils se faisaient des signes précis et rares qu'Éléonore parvenait à discerner parfois dans l'obscurité. Elle connaissait aussi les sons qui rythmaient la vie monastique : celui des cloches, celui de la cymbale, de la tablette en bois frappée avec un marteau. Elle connaissait les horaires des offices et des messes par cœur.

Elle préférait le premier office de la journée, celui de 2 heures du matin, avancé à 1 heure les dimanches. C'était l'heure la plus sombre, la plus propice à ce qu'elle demeure invisible. Un moine sonnait les matines avec la grande cloche, pour cette première messe des nocturnes ou des vigiles. Les convers en étaient dispensés, en raison de la somme de travail physique exécuté dans leur journée. Les moines, eux, se levaient à l'appel de la cloche, déjà habillés puisque dormant avec leur coule pour être rapidement prêts. Ils descendaient en groupe du dortoir, les yeux hagards, les visages pâles. Ils pénétraient dans l'abbatiale par une entrée commune avec la salle capitulaire au-dessus de laquelle se trouvaient les dortoirs. Les frères prenaient place dans leur stalle autour du chœur.

À cette heure, la nuit était noire. Éléonore parvenait à se glisser à l'intérieur de l'église et à se cacher derrière le jubé. Les vigiles se déroulaient dans l'obscurité, avec deux chandeliers pour tout éclairage, et ils duraient deux heures environ. Ils étaient chantés, à l'exception de quelques lectures en début d'office. C'était un petit bonheur pour Éléonore. À la fin, elle s'éclipsait pour aller se recoucher alors que les moines demeuraient dans l'abbatiale à lire et à prier jusqu'à l'autre office, celui de laudes, première prière du matin. L'intervalle était long. Durant l'hiver, les moines pouvaient se rendre au chauffoir, situé de l'autre côté du cloître. C'était d'ailleurs un moment propice pour qu'Éléonore s'éclipse. Elle revenait parfois pour le troisième office, au lever du soleil, car c'était un office chanté, celui de primes. Mais elle demeurait assise derrière le mur nord de l'abbatiale, à l'extérieur, pour échapper aux regards. C'était moins fort en émotions et c'était inconfortable, surtout en hiver.

Les dimanches et les jours de fête, prime était une messe communautaire, avec célébration de l'eucharistie. Éléonore pouvait entrer à l'intérieur de l'église avec les paysans des villages voisins, mais elle était dans la frustration. Les fidèles avaient interdiction absolue de chanter. Une vague colère montait en elle, débordait, l'étouffait. Elle chantait dans sa tête, mais elle se sentait humiliée par ce silence imposé. Manille avait perçu sa révolte et il lui avait toujours répété qu'elle pourrait chanter quand elle serait au couvent, ce qui rajoutait à son incompréhension.

La journée, de la grange et du lavoir, Éléonore entendait les chants des quatre autres offices : celui de sexte à midi, de none vers 15 heures, des vêpres à la tombée du jour et des compiles à la nuit tombée. Elle les écoutait de loin, fredonnant doucement en effectuant sa tâche. Et cette musique, ces voix, était son habitude, ses petits plaisirs. De même que le décor de la grande abbaye était le décor de son enfance, un décor rassurant et protecteur. Depuis que la communauté des cisterciens de Chazourde s'était installée aux Pierres Plantées, elle n'avait pas connu d'attaques, ni de mésaventures. On savait que les combats entre protestants et l'armée du roi s'étaient achevés dans un bain de sang, en 1704. Il y avait des sursauts, brisés par l'armée royale, des prédicants étaient encore régulièrement arrêtés puis brûlés vifs ou roués en place publique. Les récits des voyageurs au moine portier étaient parfois terribles. Éléonore en percevait des bribes. On disait que d'anciens chefs camisards réapparaissaient dans les Cévennes et qu'ils étaient condamnés à mort systématiquement, s'ils étaient arrêtés. Un homme affreusement mutilé avait demandé l'hospitalité, un soir, au monastère. Éléonore était cachée à l'entrée du porche mais elle avait vu son œil crevé, sa main arrachée. On lui avait reproché d'avoir donné à manger à un pasteur revenu de Suisse dans la clandestinité. Il avait encore une impression de terreur sur le visage.

4

Éléonore avait réussi à se glisser derrière le dernier pilier latéral de l'abbatiale, derrière le jubé. C'était une de ses cachettes favorites. Avec l'acoustique, les chants grégoriens lui revenaient amplifiés, ils lui nouaient le ventre de plaisir, ils la sortaient de sa vie pour l'emmener dans une espèce d'état de torpeur, entre plein bonheur et enchantement. Elle chantait avec les moines, le moins fort possible, mais elle ne pouvait retenir le flot qui jaillissait de sa poitrine, de son cœur. Elle savait aussi que ses yeux pleuraient, sans qu'elle sache pourquoi. Car elle était heureuse, pas triste.

Soudain, une main ouverte, géante, s'abattit sur son épaule et la força à se relever. Elle manqua hurler. L'abbé Gonrad, furieux, la regardait avec des yeux de feu. Il ne lui dit rien mais la poussa devant lui avec des coups secs et violents, à peine contenus. Il la fit sortir par la porte latérale, dissimulée derrière le jubé, l'entraîna hors de l'enceinte du monastère, par une porte dérobée qu'elle utilisait parfois, au-dessous du porche. Une fois en dehors des murs de l'enceinte, il hurla :

— Comment oses-tu entrer dans le monastère, comment oses-tu ?

Éléonore était pétrifiée. Elle ne pouvait ni répondre ni s'excuser, même pas le regarder en face.

— Quand j'ai accepté que tu vives avec Manille, il m'a juré que tu respecterais les lieux et que tu ne te montrerais jamais aux moines, ni aux convers. Tu dois rester au lavoir et dans la forge. C'était convenu ainsi ! J'ai été trop bon ! Ni toi ni Manille n'avez été dignes de ma confiance !

Éléonore ne disait rien. L'abbé faisait des pas rageurs de long en large, encore sous le choc. Il entraîna Éléonore encore plus loin, au-delà des granges, près de la rivière. Là, dans l'obscurité totale, il lui ordonna :

— Chante !

Elle lui jeta un regard, interloquée.

— Chante ! lui cria-t-il en rapprochant son visage du sien. C'est bien pour chanter que tu te terres comme une voleuse dans l'église du Seigneur, non ?

Elle tenta de reprendre son calme, respira profondément, commença un *Ave Maria*.

— Applique-toi ! ordonna l'abbé.

Éléonore sut que sa voix pouvait l'aider. C'était sans doute la seule façon de calmer l'abbé et de s'en faire pardonner. En lui prouvant qu'elle ne cherchait pas à fauter mais à honorer Dieu en entrant chaque nuit dans l'abbaye. Elle parvint à mettre de la puissance dans sa voix, de la sensibilité, de la vérité. Elle ne put bientôt plus s'arrêter, heureuse de pouvoir chanter seule, à voix haute, avec quelqu'un qui l'écoutait. Elle chanta des psaumes, des chants grégoriens, tout ce qui lui revenait en tête, sans se fatiguer, sans faillir, sans dérailler. Elle regardait loin devant elle, évitant de croiser les yeux de l'abbé qui étaient de feu, elle qui les avait connus si doux. Elle s'arrêta net quand l'abbé tomba à genoux, la tête entre les mains.

Il demeura un moment silencieux. Cachant son regard. Son trouble.

— Je n'ai jamais entendu une voix aussi belle, jamais, articula-t-il comme pour lui-même, encore sous le charme, encore dans l'émotion.

Il se releva promptement, contempla Éléonore et lui dit :

— Tu as la voix d'un ange, Éléonore. Nous devons l'exploiter. Conduis-moi chez Manille. J'ai deux mots à lui dire. J'enverrai le portier le réveiller dans le dortoir des convers.

Ils marchèrent vers l'atelier côte à côte. L'abbé paraissait plus calme. Il avait une espèce de lueur dans les yeux, comme du contentement, de la satisfaction.

En passant près du porche, il dit au frère poitier d'aller chercher Manille et de l'envoyer à la forge, immédiatement. Il entra derrière Éléonore dans le logis de Manille et se laissa tomber sur l'unique banc de bois de la pièce. Le sol était en terre battue. Une table en bois permettait de poser deux plats. Une marmite était accrochée à la crémaillère, dans la cheminée. Il y cuisait une soupe éternelle, de châtaignes et d'herbes. On sentait la chaleur de la forge qui provenait de derrière la cloison. Dans un coin de la pièce, une paillasse était recouverte d'un drap. Éleonore alluma deux bougies qu'elle posa sur la table.

— Tu dors ici ? demanda Gonrad à Éléonore.

— Oui, père abbé, répondit Éléonore.

— Quel âge as-tu ?

— Dix sept ans, père abbé.

— Je n'aurais pas dû courir le risque de te garder ici aussi longtemps, c'est ma faute. Une fille finit toujours par pactiser avec le démon.

— Je chante pour Dieu, glissa Éléonore.

L'abbé tapa un grand coup de poing sur la table en hurlant :

— Insolente ! Ne me réponds jamais ! C'est moi qui parle pour Dieu ici. Et ta conduite est impardonnable. Les femmes sont strictement interdites entre nos murs. De surcroît, il leur est interdit de chanter dans les églises, les chapelles et tous les bâtiments sacrés ! Tu ne devais pas l'ignorer, tout de même ?

— Je savais, père abbé, bafouilla Éléonore terrifiée par le regard de l'abbé. Il y avait de la colère mais aussi de l'angoisse, de l'inquiétude.

— Alors, pourquoi ? se radoucit l'abbé qui la sentit sincère.

— C'est plus fort que moi... Je m'en excuse.

L'abbé rapprocha de son visage le bout de chandelle qu'elle avait allumé et il l'observa. Il vit qu'elle serait belle. Elle avait déjà, malgré ses cheveux emmêlés sous son bonnet, malgré sa peau salie par la cendre, malgré ses lèvres gercées par le soleil, les traits réguliers, comme dessinés pour un peintre. Le nez était court, droit. Les yeux d'un bleu intense paraissaient pouvoir sonder l'âme. Le blond très clair des cils et des sourcils leur faisait comme un cocon, le rendant puissant et bien délimité. Les joues étaient pleines, avec deux fossettes perpétuelles qui donnait une impression de joie, comme un éternel sourire à

Éléonore. Transparaissait sur son visage un éclat, une force, quelque chose qui trahissait un tempérament entier, bienveillant mais déterminé.

— Que sais-tu de ton passé ? articula-t-il à demi-mot.

— Rien, père abbé, murmura Éléonore très intimidée.

Le forgeron entra chez lui, les cheveux ébouriffés, les yeux pleins de sommeil.

— Père abbé, bafouilla-t-il en se prosternant pour baiser l'anneau de Gonrad. Que se passe-t-il ?

— Il se passe que tu as trahi ma confiance ! lança l'abbé avec colère en retirant sa main. Ta petite protégée, dont j'avais oublié l'existence, s'est rendue coupable de blasphème et de péché.

— Éléonore ? C'est la meilleure des filles. C'est impossible.

— Elle chante.

Manille détourna les yeux. Il fit signe à Éléonore de sortir. Elle demeura sous la fenêtre basse de la maison pour tout entendre.

— Père abbé, je le sais. C'est vrai qu'elle chante, avoua Manille. Je l'entends tout le jour chanter. Elle répète ce que chantent nos frères. Elle n'en voit pas là mal.

— Elle entre régulièrement dans l'abbatiale pour chanter ! hurla l'abbé en tapant un autre coup de poing sur la table. Jamais elle n'aurait dû faire ça ! C'est un sacrilège !

— Je m'excuse ! rétorqua Manille sincèrement.

— Il faut te débarrasser d'Éléonore au plus vite, reprit l'abbé. Je vais intercéder auprès de la mère supérieure de l'abbaye des Perles Noires. Elle nous la prendra même si elle est encore trop jeune. Là-bas, elle pourra chanter. Et surtout, se faire oublier.

— Père abbé, Éléonore n'est pas faite pour le cloître. Elle est trop... vivante.

— Tais-toi ! Ce qu'elle a fait mérite une sanction qui pourrait être terrible. Elle a profané le sol de l'abbaye, elle y est entrée de nuit, pour chanter.

— Je l'ignorais, seigneur abbé, je vous l'assure. Je dors avec les autres convers, au dortoir.

— Nous avons fait une erreur, il faut la réparer au plus vite.

— Je m'y soumettrai. Ce sera difficile. Je l'aime beaucoup.

— Nous ne devons qu'aimer Dieu, je te le rappelle Manille. Personne ne doit nous détourner de notre dévotion et de notre renoncement pour lui. Tu as toujours trop aimé cette pauvre enfant. Je l'ai toujours su, je l'ai toujours senti, ce sentiment entre vous deux, excessif, inexpliqué... Mais je sais ce que je te dois. Pour ce sale travail que tu as accepté de faire, il y a des années, contre ces diables de camisards.

— Je ne veux plus parler de ça... Toutes ces années terribles où je me fis l'instrument de l'Église, votre instrument ! Jamais Dieu ne me pardonnera.

— Tu as travaillé pour Dieu, contre des impies, des blasphémateurs, des drôles !

— Père abbé... Cette pauvre créature, muette à vie... Cet être que nous avons brisé...

— Il suffit !

— La pauvresse est revenue ce tantôt à l'abbaye, pour demander l'aumône. Elle ne m'a pas vu. Moi, je l'ai vue. C'était pitié.

— Moi aussi je l'ai vue. Et alors ? Dieu ne nous laisse pas tous les choix. Tu as rempli ta mission vis-à-vis d'elle. Nous n'avons rien à nous reprocher. C'était une pécheresse.

— Parfois, je songe à toutes ces horreurs...

— Il ne faut pas. Tu as été un homme vaillant et courageux, loyal. Tu as servi Dieu mieux que le comte de Lesle, l'évêque ou moi-même. Mieux que les gouverneurs du roi ! Les Broglio, les Villars et les Montrevel !

— Éléonore était ma récompense. Elle a été ma seule raison de rester sur cette terre que j'ai souillée du sang des autres. Je supporte mal l'idée de la perdre.

— Il faut que tu sois courageux et fidèle à Dieu pour conduire Éléonore au cloître. C'est ainsi. J'ai été permissif, j'ai mis vos deux âmes en danger et dans le péché.

— Il y a quelque chose que je dois vous dire, père abbé.

— Je t'écoute, Manille.

— Elle a la voix d'un ange.

— Je sais. Jadis, j'ai entendu une voix pareille. C'est malédiction. Le cloître la protégera. Sa voix servira l'Église. Tu dois conserver le secret, Manille. Sinon, tu la condamnes.

— Je l'ai toujours protégée.

L'abbé se releva du banc. De la fenêtre sous laquelle elle était cachée, Éléonore vit son ombre se détacher sur le sol, projetée par la lumière du foyer. Elle lui apparut immense. Noire. Elle avait peur. Elle avait du chagrin. Ce moment qu'elle pressentait depuis l'enfance allait se produire : quitter Manille. C'était une douleur immense pour elle.

— Nous l'emmènerons au plus tôt chez les cisterciennes.

Éléonore retint un cri d'effroi. Elle s'enfuit, courut, jusqu'au pré et à la rivière. Là, en larmes, elle se laissa tomber au sol et arracha la terre avec les mains. Elle la lançait devant elle, très loin, avec rage. Une boule d'angoisse nouait son ventre. Elle avait envie de vomir. Elle se releva, franchit la dernière muraille du monastère, celle que ne pouvaient pas franchir les membres de la communauté, moines ou convers. Elle courut à travers bois, agrippée par les branches, retenue par les cailloux, elle trébuchait, se redressait, fuyait encore. Il lui semblait entendre un rire caverneux autour d'elle. Elle courut à travers champs, jusqu'à s'écrouler de fatigue.

5

Quand elle ouvrit les yeux, elle vit le visage de Manille penché sur elle.

Manille. Son menton volontaire, sa barbe éternelle, ses yeux ronds, sa peau basanée, burinée, usée par l'âge et le feu, Les deux sillons enfoncés de chaque côté de ses joues. Ses larges mains. Ses épaules solides. Il avait été le seul adulte fiable pour elle, de tout temps. Sa simple présence la rassurait. Il était sa stabilité. Il était la fiabilité. Elle ne pouvait envisager sa vie sans lui. Pourtant, elle ne savait pas grand-chose de ce père adoptif. Il lui avait conté sa vie, par bribes. De grands morceaux restaient vides, vacants, volontairement.

Il était né dans une famille de paysans cévenole misérable, des éleveurs de chèvres. Sans le sou, incapable de subvenir aux besoins de tous, son père avait fini par rendre l'âme, brisé par le mauvais vin. Manille s'était loué, de ferme en ferme, pour aider sa mère restée seule avec les trois autres petits. À l'époque, l'abbé Gonrad n'était encore qu'un jeune abbé mais il avait coutume de faire la charité à Manille, pour sa famille. Il avait repéré ce grand garçon, attentif à sa famille et besogneux. Ce fut naturellement qu'il accepta de le prendre comme convers dans son abbaye. Il lui parut sûr et loyal dès les premiers jours. Il le mit à l'épreuve, en formation auprès du maître de la forge qui montrait des signes de faiblesse. Il lui fallait un garçon costaud, massif, un peu rude, docile et travailleur, pour le remplacer dans quelques années. De fait, Manille, satisfait de manger à sa faim et d'avoir trouvé un refuge, se mit au travail. Comme tous les autres convers, il n'avait reçu aucune instruction religieuse particulière et demeurait quasi illettré. On lui avait seulement appris à bien travailler, à connaître le Notre Père en latin et en chœur, et à aller aux messes dominicales. Manille s'était rendu indispensable. Le forgeron était un des rouages clé du bon fonctionnement du monastère et des granges : il devait faire les outils, les serrures, les instruments, certains meubles, et toute une série de réparations indispensables.

Un an après son admission dans l'abbaye, Manille avait fait sa profession à l'abbé. Il avait raconté cette scène des centaines de fois à Éléonore. Il s'était prosterné en demandant miséricorde et, les genoux fléchis devant l'abbé, il avait placé ses mains dans les siennes en jurant obéissance jusqu'à sa mort et renoncement à tous ses biens.

Manille n'avait rien eu a perdre, tout à gagner. Le travail et l'abbaye le sauvèrent de la misère. Au quotidien, il devait simplement aller à l'office dans les bâtiments de l'ouest destinés aux convers pour réciter des prières. Les dimanches, il assistait aux messes, plutôt distrait. Il n'était pas dévot. Pourtant, il y avait chez lui une grande foi, une foi profonde, inébranlable, qu'il vivait au quotidien, seul. Il priait la

Madone. Éléonore l'entendant, le soir, dans le silence, invoquer la Sainte Mère et réciter le *Pater Noster*. Mais s'il avait la foi, ce n'était pas jusqu'au mysticisme ou à la dévotion. Il était croyant, sans se poser de questions, presque par superstition, par éducation. Il invoquait la Sainte Mère et les saints à chaque catastrophe, à chaque travail mal accompli ou à chaque orage violent, mais sans pousser la réflexion. Par habitude.

Quand l'abbé Gonrad avait transféré l'abbaye aux Pierres Plantées, tout naturellement, il avait nommé Manille comme maître de grange à la forge, acceptant qu'il élève Éléonore. Il avait perçu combien Manille souffrait de la solitude, vivant pourtant au milieu des convers. Le silence exigé dans l'abbaye l'accablait de doutes. Les signes, toujours des signes, et uniquement le bruit des chants choraux ou des prières qui résonnaient depuis l'abbatiale, c'était trop peu pour lui qui avait grandi dans une famille nombreuse où les enfants braillaient et les parents criaient, riaient, grondaient. L'abbé Gonrad avait eu peur de perdre son convers forgeron. C'était un homme qui parvenait à décrypter les âmes, à lire derrière les regards. C'était pour cela qu'il avait fait un bon abbé. Il connaissait ses moines et ses convers d'un coup d'œil, il sondait leurs failles, leurs forces. C'était parce qu'il avait mesuré l'immense solitude de Manille et son manque de liens familiaux qu'il lui avait laissé prendre Éléonore. Il savait aussi que dans la nouvelle abbaye des Pierres Plantées, en Velay, la grange qui servait de forge était fort éloignée des bâtiments dévolus aux moines. Manille pourrait y élever Éléonore discrètement.

C'était ce qu'il était parvenu à faire et la présence de l'enfant l'avait rendu heureux. Son travail n'en était que mieux fait. Manille était plus concentré, plus motivé, enfin apaisé dans sa grande solitude. Il appréciait sa nouvelle vie avec l'enfant, dans la tendresse et la confiance. Manille mettait Éléonore sur sa couche chaque soir, avant de rejoindre le dortoir, alors, il posait une main ouverte sur son front et caressait ses cheveux en répétant : « Dors bien, ma petite. » Puis, il déposait un long baiser sur son front. Elle l'embrassait sur la joue. Parfois, dans la journée, elle venait le voir à la forge ou il se rendait au lavoir. Ils se racontaient leurs corvées, leurs préoccupations, leurs petits soucis, leurs retards dans leur travail ou leurs contentements. Éléonore avait grandi dans ce contexte stable et calme, elle s'était construit une personnalité équilibrée grâce à la sécurité affective que lui offrait Manille et à la sécurité matérielle que lui offrait le monastère.

Chaque fois que Manille se rendait aux foires pour acheter du matériel ou vendre certains outils, ce qu'il avait le droit de faire une fois par mois, étant un convers artisan mais aussi marchand, il prenait Éléonore avec lui. C'était alors une fête. Loin de l'abbaye, Manille devenait loquace. Pendant le trajet qu'ils faisaient, montés sur la charrette du monastère tirée par deux bœufs, il parlait de son enfance à Éléonore. Elle rêvait un peu, comme toujours, à imaginer une vraie vie d'enfant, entourée de cris, de rires, de petites joies. Elle croisait des gamins défroqués et morveux dans les rues des villages, elle entendait leurs voix, elle enviait leurs rires et leur spontanéité. Au fond, elle avait bien conscience de ne pas avoir la même enfance que les autres mais elle ne reprochait rien à Manille. Elle savait qu'il lui avait sauvé la vie, même si personne n'accepterait jamais de lui dire dans quelles circonstances. La seule fois où elle avait posé directement la question à Manille, il s'était signé et avait invoqué le nom de la Madone. Elle ne voulait pas le faire souffrir, ni le forcer, elle l'aimait trop pour ça. Mais avec l'âge, elle avait le souhait grandissant de se connaître même si Manille l'avait mise en garde, un soir, alors qu'elle avait la fièvre et qu'elle délirait sur sa paillasse en demandant qui elle était : « Ne cherche jamais à le savoir, mon enfant. Ce serait trop destructeur. » Ses mots, plutôt que de la dissuader, l'avaient confortée dans son désir de savoir.

Quand ils étaient aux foires, Manille l'emmenait faire pitance dans une auberge. Elle aimait ça. La vraie vie : les gens attablés qui parlaient, les cris, le bruit des verres en grès, les rots, les applaudissements, les injures entre ivrognes, les pleurs des nourrissons agrippés à leur mère, les tapes dans le dos, les marchandages, les rires des femmes. La compagnie des femmes, des filles, lui manquait. Comme si elle avait conservé de sa lointaine enfance un souvenir inconscient, enfoui, d'un monde de femmes, joyeuses, vivantes. Parfois, dans ses rêves du matin, ceux dont on se souvient avec une réalité déconcertante, elle entendait des éclats de rire de femmes, d'une femme particulièrement. Mais elle n'avait pas de visage précis.

Éléonore savait qu'un jour ou l'autre il faudrait qu'elle pose ses deux pieds dans la vraie vie et qu'elle sache qui elle est. Qu'elle se retrouve et qu'elle vive, en dehors d'un cloître.

Aussi, ce matin-là, après sa fugue désespérée, quand elle reprit connaissance, elle articula à Manille :

— Je t'en supplie, aide-moi. Je ne veux pas vivre cloîtrée.

— Ce sera mieux pour toi, répondit-il en embrassant son front.

— Pourquoi ?

— C'est ainsi. Que ferais-tu d'autre dans la vie profane et laïque ?

— Je chanterais, je vivrais.

Manille détourna les yeux et prononça d'une voix terrible :

— Ne chante pas, Éléonore, ne chante pas !

— Pourquoi ? hurla soudainement Éléonore en se relevant, furieuse.

— C'est pécher que de chanter aussi bien que toi.

— Que veux-tu dire ?

Manille soupira, prit la main de sa protégée, la regarda longuement, caressa ses cheveux et commença :

— Écoute-moi bien, Éléonore. Tu as un don. C'est ainsi. Ce don qu'avaient aussi ta grand-mère, ta mère, toute ta famille depuis des générations, j'ai longtemps cru que toi, tu ne l'avais pas. Je sais aujourd'hui qu'il t'habite. J'ignore si c'est un don de Dieu ou du diable. Tout le monde l'ignore. Mais il est dangereux. Pour toi. Il a conduit tous les tiens à leur perte. Tous.

— Mais... Qui sont les miens ?

— Ne me demande rien, j'ai promis à l'abbé Gonrad de me taire à jamais. Il a été bon avec moi et avec toi. Alors, écoute-moi. Si tu dois chanter – et je sais que ce sera plus fort que toi – il faut que ce soit pour Dieu et avec les bonnes sœurs. Si tu sors de ce cadre sacré, tu te perdras. Crois-moi.

Éléonore n'eut pas le temps de répliquer que la porte de l'atelier s'ouvrit en grand. L'abbé Gonrad et le prieur Flavien se tenaient sur le seuil. Leurs regards étaient durs, leur attitude déterminée. On sentait qu'ils s'étaient concertés pour ne pas faiblir, ni renoncer.

— Éléonore, nous t'emmenons au couvent cistercien des Perles Noires. Tu nous suis.

La jeune fille regarda la porte que les deux clercs occupaient pour l'empêcher de fuir. Elle jeta un regard désespéré sur Manille qui se releva et se détourna. Alors, dans un éclair, elle s'élança et tenta de forcer le passage entre l'abbé et le prieur. Ils la maintinrent, la saisirent et l'emmenèrent dans la charrette attelée qui attendait devant la forge. Manille ne bougea pas.

6

Éléonore avait regardé les paysages s'étendre, se briser, se donner, s'étaler sous ses yeux sans les voir. Elle qui rêvait de terres inconnues, elle qui imaginait d'autres ailleurs demeurait dans une tristesse infinie qui anéantissait le plaisir de voyager et de sortir du vase clos de l'abbaye.

Elle était assise entre l'abbé et le prieur et elle percevait leur vigilance. Ils ne la laisseraient pas s'enfuir. Et puis, s'enfuir où ? Vers qui ? Sa peine l'empêchait de respirer. Son angoisse l'empêchait de vivre l'instant présent. Elle se savait prise au piège. C'était fini pour elle, la douce compagnie de Manille, sa protection, son affection, cette façon qu'il avait de la rassurer, de la porter vers sa vie d'adulte avec sérénité et assurance. Elle regrettait déjà le cadre du monastère, les hauts murs qui protégeaient l'abbaye des yeux indiscrets et laïcs, les regards familiers des frères convers qui travaillaient à la forge, qui la saluaient d'un signe, reconnaissants de son travail, de sa discrétion. Elle regretterait même ce travail ingrat et éreintant des lessives, son cadre de vie entre le lavoir, le pré à étendre le linge, le séchoir. Tout son univers s'écroulait, toute son enfance s'envolait. Vers quoi et vers qui allait-elle ?

Ce fut à peine si elle prêta attention aux villages qu'ils traversaient. La charrette allait lentement, ballottant, lui brisant le dos à chaque ornière. Dans les bois de Bonnefoy, elle avait songé aux histoires de brigandages qui circulaient au monastère, véhiculées par les hôtes de passage. Pourtant, la perspective d'être agressée et dépouillée ne lui importait pas. Elle n'avait pas peur de mourir, accablée de souffrance et de doute. La charrette suivit le cours de la rivière et rejoignit Le Puy-en-Velay. Éléonore jeta un œil sur cette ville mariale dont la cathédrale dominait les maisons aux toits rouges. Elle avait souvent entendu des hôtes parler de cette cité au frère portier : la ville du chemin de Saint-Jacques, la ville à la Vierge noire. Éléonore aurait voulu se jeter au pied de la statue et l'implorer de la rendre à Manille, au passé. Aux chants. Elle priait souvent la Vierge qui était depuis toujours une figure protectrice, féminine, comme une mère de substitution pour elle.

L'abbé Gonrad lui souriait de temps en temps, en maintenant une certaine distance. Il y avait encore des traces de colère et de déception dans ses yeux. Le prieur évitait de lui adresser la parole. Il lui avait simplement dit avoir été très déçu par sa conduite, sous son nez, qu'elle avait enfreint la loi de Dieu et de l'Église, que, dans d'autres temps, elle aurait été brûlée comme sorcière. Elle aurait pu être enfermée si l'abbé et lui-même avaient divulgué son audace aux autorités ecclésiastiques. Éléonore ne se sentait pas redevable et elle n'éprouvait aucune reconnaissance pour eux. Ils étaient au contraire ceux qui l'arrachaient à Manille. Elle les haïssait. Elle ne comprenait pas le mal qu'elle avait fait et qu'on lui reprochait. Elle avait désobéi, oui, mais pour honorer Dieu.

Après Le Puy, ils parcoururent une longue route toute droite sur un plateau désert avant de commencer à descendre vers les Cévennes. Ils firent une pause dans le village de Langogne, sur la vaste place du marché. Il faisait doux. Les passants étaient quelque peu nonchalants et ils avaient un accent qu'Éléonore avait entendu souvent aux portes du monastère, chez les voyageurs et les hôtes. Un accent qui semblait être un sourire. Il lui plaisait, il était chantant.

Ils prirent place à la tablée de l'auberge de la diligence. Les éclats de voix, de rire agaçaient Éléonore. Elle était nerveuse, anxieuse, ne pouvant attacher son attention sur aucun détail. Elle évoluait dans une espèce de brume, fatiguée, brisée. Les plats circulaient déjà, on se les passait après avoir pioché à la main dedans. C'était un ragoût d'agneau, aux navets et au miel. Les voyageurs jetaient leurs restes à des gamins qui couraient autour de la table en faisant l'aumône. Éléonore ne trempa pas un doigt dans les plats, incapable de manger, l'estomac noué, l'envie de pleurer serrant sa gorge. Les rires et les voix des autres clients lui parvenaient de très loin, comme un murmure irritant. Elle était assise entre l'abbé et le prieur. Un homme vêtu d'un justaucorps noir, avec une chemise à jabot visible sous la boutonnière, vint s'installer face à elle. Il avait une trentaine d'années.

— Hermin Loiseau, se présenta-t-il à l'abbé et au prieur avec un sourire provocateur.

Éléonore ne lui prêta d'abord pas attention mais elle perçut bientôt la tension que sa présence créait à table. L'abbé avait pâli, le prieur avait les mains qui tremblaient.

— Tu es le fils de Loiseau, n'est-ce pas ? demanda l'abbé d'une voix tremblante.

— J'aimerais assez que vous me vouvoyiez, monsieur. Je ne vous connais pas, rétorqua l'autre.

— Moi je te connais très bien.

— Comment est-ce possible ? ironisa l'homme.

Il portait les cheveux longs, sans perruque. Ils étaient noirs, ce qui faisait ressortir la couleur de son regard très sombre. Son teint était pâle, ses joues émaciées. Il avait le menton qui avançait un peu, carré, et une finesse des traits qui contrastait avec cet aspect viril de son visage.

— Tu es le fils de Bastide Loiseau, ce maudit prédicateur des déserts ! Tu avais une douzaine d'années quand nous avons cerné sa joyeuse troupe de huguenots dans Lories, mais je te reconnais. Que viens-tu faire au pays ?

— Ce pays est aussi le mien, figurez-vous ! coupa l'homme avec un regard de feu.

— Tu es converti, j'espère ?

— Je ne vais pas vous dire l'inverse.

— Insolent !

L'abbé fit mine de se relever, outré. L'homme sentit qu'il était allé trop loin. Il posa sa main sur le bras de l'abbé et le rassura :

— Excusez mon franc-parler, monsieur l'abbé. Je reviens de Paris où j'ai fait de longues études et côtoyé la haute noblesse de la cour. Elle s'abreuve de mots bien tournés et provocateurs. Je suis un bon catholique, très bon même. J'ai trop vu les dérives auxquelles mon père a été conduit par la religion prétendue réformée. Je suis dans votre camp depuis longtemps.

— Tu as été confié à quelle famille pour ton éducation ?

— La meilleure, père abbé. Je ne pouvais avoir plus de chance. C'est l'évêque Amaury lui-même qui m'a confié à un de ses amis, le duc du Barru.

— En effet, tu es bien tombé. Il vit dans la religion catholique. Je te prie de m'excuser pour ma méfiance.

— La guerre a fait de nous des êtres prudents, seigneur abbé. Des êtres marqués et je regrette de sentir encore la méfiance partout.

— Que viens-tu faire là ?

— Je vais rejoindre le château du comte de Lesle. Il me veut à son service comme gestionnaire et intendant. Une sorte de grand bailli, pour ainsi dire. J'ai fini mon droit. On sera sans doute amenés à se revoir.

Il avait ajouté cela avec un air ambigu qui n'échappa pas à Éléonore. Il enfourna une bouchée de ragoût et mâcha en silence.

— On en aura sauvé quelques-uns, malgré tout, glissa le prieur à l'abbé, d'un air entendu.

Hermin se servit au pichet de vin, avala son gobelet d'un seul coup et regarda Éléonore avec intensité, paraissant la découvrir. Malgré son jeune âge, il perçut sa beauté, éclatante, sur son visage fin, pâle, avec le nez droit, parfait, légèrement remonté, les lèvres marquées et charnues, les fossettes et les cheveux blonds qui s'échappaient du fichu. Il remarqua surtout son air affreusement triste.

— Cette jeune fille vous accompagne, père abbé ?

— Nous l'emmenons à l'abbaye des Perles Noires pour la confier à la mère supérieure Blaisine de Beaugert.

L'homme ne put s'empêcher d'avoir un mouvement de surprise :

— À son âge ?

— Elle est en âge d'être novice, mon ami, coupa l'abbé, et cette affaire ne vous regarde pas.

Hermin prit un air sombre, son regard se fit noir, passant d'Éléonore à l'abbé. Il glissa :

— Qu'a-t-elle fait pour mériter son enfermement ?

Le prieur et l'abbé se jetèrent un regard gêné et ne répondirent pas. De concert, ils se levèrent, lavèrent leurs mains dans la bassine située en bout de table, sans quitter Éléonore des yeux. Pourtant, elle se pencha discrètement vers son voisin et murmura :

— C'est parce que j'ai chanté... dans le monastère des Pierres Plantées. C'est un péché.

Hermin la considéra un instant avec une sorte de contentement, une lueur de plaisir dans les yeux qu'il tenta de réfréner. Il attrapa la main d'Éléonore furtivement et glissa :

— Tu viens d'où ?

— Je l'ignore. C'est un moine convers qui m'a élevée. Il m'a recueillie alors que j'avais cinq ans.

— Je comprends... murmura Hermin comme pour lui-même. Je comprends trop bien... Je t'aiderai, sois patiente. Je te le jure.

Il avait tellement mis de conviction dans ses mots qu'à ce moment précis Éléonore comprit qu'elle était sauvée.

Hermin se releva, lui fit un bref salut, et dit tout haut en direction de l'abbé :

— Au moins celle-là chantera du bon côté ! Du vôtre !

Et il disparut dans la foule pour rejoindre sa monture.

Pendant tout le reste du trajet, Éléonore songea à la remarque d'Hermin. L'abbé demeura contrarié. Ils longèrent les murailles de la cité de Mende puis cheminèrent longuement sur un chemin de terre qui remontait vers une région plus froide et hostile, recouverte de forêts.

7

Quand elle aperçut les hauts murs en pierre de l'abbaye des Perles Noires, Éléonore se sentit faiblir. Un sanglot lui brisa le souffle. Elle sut que cette abbaye serait une prison pour elle. Elle n'avait pas la vocation. Pourtant, elle était croyante. Éléonore avait même la crainte de Dieu. Elle était persuadée qu'il existait un être immatériel qui voyait tout, quelque part dans le ciel, et cette idée la terrorisait, la culpabilisait depuis qu'on lui disait combien elle avait péché en chantant dans l'abbaye. Elle avait toujours eu le sentiment, la certitude d'atteindre Dieu, de le combler, de l'honorer quand elle chantait. Elle avait essayé d'ouvrir la bouche pendant le trajet avec l'abbé et le prieur, mais leurs regards distants, cinglants, l'avaient dissuadée de tenter de s'expliquer. Elle n'était pas sûre d'avoir les mots et l'aplomb pour leur tenir tête.

Éléonore écoutait à moitié ce que l'abbé expliquait au prieur, en saisissant des bribes. L'abbaye des Perles Noires était située dans une région isolée qu'elle mettait en valeur par le biais des granges où s'affairaient des familiers, des exploitants du bois, essentiellement. Éléonore mesura l'éloignement dans lequel on la jetait, le gouffre d'avec le reste du monde. Depuis sa fondation un siècle plus tôt, sur une partie inhospitalière du comté de Lesle donnée par l'aïeul du comte actuel à la communauté des moniales cisterciennes, l'abbaye était parvenue à engranger des bénéfices exceptionnels.

Ils traversèrent des étendues boisées immenses et sinistres, sans âme qui vive. Des granges étaient construites bien en avant des murailles. Certaines permettaient de ranger du bois coupé, d'autres de stocker des troncs. D'autres encore étaient des ateliers de forge et des scieries. Une odeur de bois fraîchement abattu et coupé flottait dans l'air.

La porterie du l'abbaye des Perles Noires était faite de deux maisons distantes d'une cinquantaine de mètres, l'une derrière l'autre, reliées par deux murs d'enceinte élevés. L'abbé et le prieur durent d'abord se présenter à la sœur portière dans la première maison qui était construite sur deux étages. Son toit avait une forme en escalier. On y pénétrait par une porte destinée aux piétons, l'autre aux charrettes. Une fois la porte franchie, il leur fallut attendre dans la cour située entre les deux maisons et la mère supérieure elle-même vint au devant d'eux. Essoufflée, condescendante, elle baisa l'anneau de l'abbé Gonrad et fit signe à la portière d'ouvrir la seconde porte cochère. Sous son voile de cistercienne, son visage apparaissait tout en rondeurs. Il était un peu gras, appesanti par un double menton et un nez empâté. Il avait quelque chose de masculin, avec des joues tombantes et une large bouche. Elle parlait sèchement, allant à l'essentiel des mots, comme la règle l'imposait. La charrette pénétra dans l'abbaye et, derrière elle, Éléonore entendit le loquet des portes qui s'étaient refermées. Elle songea encore une fois à un cachot mais son orgueil lui donna la force de retenir ses larmes.

La porterie ouvrait sur une large esplanade agrémentée d'espaces verts, avec des haies d'arbres taillés élégamment. Ce raffinement paraissait incongru dans ce lieu éloigné de tout, dans cette retraite. En face des visiteurs se dressait l'église abbatiale, côté nef. L'abbesse guida les convives pour qu'ils la suivent prier à l'intérieur. Le portail roman était d'une grande simplicité de formes. Son décor était sobre : deux colonnes se détachaient des murs, sous un tympan voûté. La nef s'élevait soutenue par des grandes arcades. Là encore, la règle de la simplicité et du minimum architectural était respecté. Les vitraux en grisailles assombrissaient les lieux qui étaient à la fois sinistres et envoûtants. Éléonore se troubla. Malgré son mal-être, elle eut l'impression de sentir la présence divine, dans la pâle lumière qui s'immisçait sous les piliers aboutissant sur des arcs en ogive. Elle tourna sur elle-même, flâna sur les bas-côtés, frôla la pierre des colonnes de la main et, alors, l'envie de chanter monta en elle. Elle se signa devant l'autel et jeta un œil à l'abside en carré, accostée de chapelles latérales, non saillantes. Des bougies s'y consumaient et elle entr'aperçut deux moniales qui priaient, à genoux.

L'abbé et le prieur demeurèrent un moment en prière, eux aussi, face à l'autel et à la croix. Ils ressortirent par la petite porte des moniales qui donnait sur le cloître. Des sœurs déambulaient, de trois en trois, regards bas, bras croisés, dans le silence. Encore le silence. Le bruit des cloches fit sursauter Éléonore. Elle regarda les colonnes, les chapiteaux avec leurs sculptures d'angelots aux ailes déployées. L'endroit était calme. On entendait le petit bruit du puits et celui du lavabo situés au centre du préau. C'étaient les seules voix du lieu. Éléonore suivit l'abbé et la mère supérieure qui ne s'étaient pas encore parlé. Ils entrèrent dans la salle du chapitre dont la porte voûtée donnait sur le cloître. De nombreuses colonnes jalonnaient la salle arrondie, toute blanche. Au fond, il y avait le siège de la mère supérieure qui trônait, un peu en hauteur, aux côtés de deux autres, plus bas, taillés dans la pierre : celui de la mère prieure et de la cellérière[1], très certainement. La porte de bois à panneaux, lourde, se referma sur eux. La mère supérieure prit place et indiqua à l'abbé et au prieur de s'asseoir sur deux fauteuils en bois et en paille situés face à son siège. Éléonore demeura debout, les mains jointes, très intimidée et angoissée.

— J'ai longuement étudié votre requête, monseigneur abbé, avant d'accepter de prendre cette enfant. Vous comprendrez qu'elle est trop jeune et que c'est contraire à nos statuts. Il était convenu qu'elle entrerait chez nous à dix-huit ans révolus, comme toutes nos autres petites. Cependant, le don qu'elle a nous intéresse. Notre sœur chantre se plaint sans cesse de manquer de voix. Nos familiers et les paysans du pays apprécient les chants derrière le jubé. C'est souvent le seul signe intelligible de Dieu, le seul moyen de les impressionner, de les conduire à la prière. Nos filles manquent de talent.

1. Religieuse chargée de l'intendance.

— Éléonore a plus que du talent, coupa l'abbé. Si elle était un garçon, elle aurait directement intégré la maîtrise de la cathédrale, croyez-moi.

Éléonore sentit l'injustice lui mordre le cœur. Elle faillit hurler sa révolte mais elle commençait à comprendre qu'elle devait feindre la soumission pour trouver une solution plus tard et échapper à l'enfermement. Son caractère se forgerait, dans l'ombre. Elle se jura de s'en donner les moyens et la patience. Elle espérait aussi que cet homme rencontré à Mende, à l'auberge, cet Hermin, tiendrait parole.

— Je vous crois. J'ai lu aussi le courrier du prieur. Elle est bonne lavandière. Je ne peux que répondre positivement à votre requête mais j'ai une exigence, votre grâce.

— Laquelle ?

— Que personne ne sache que cette petite a rejoint notre communauté avant l'âge requis. Nous sommes visitées deux fois l'an par la mère supérieure abbesse de la maison mère. Elle tient à ce que la règle de saint Bernard et nos textes de vie soient respectés à la lettre. Il y va de ma réputation.

— Nous allons changer son acte de naissance. Il avait été rédigé par nos soins quand notre convers Manille a recueilli cette malheureuse enfant qui vivait en enfer. Il suffira à un copiste de refaire l'acte. Je vous le ferai porter par le prieur Flavien en personne.

Ce dernier acquiesça en baissant les yeux et en hochant la tête vers le bas.

— Elle n'a pas de famille ?

— Plus aucune.

— Vous savez que notre abbaye est sise sur des terres que nous a léguées la famille Lesle. La comtesse vient parfois visiter les lieux, elle en a le droit. Elle aime entendre des messes. Je voudrais que l'acte soit prêt pour sa prochaine visite. Dans une huitaine de mois.

— Ce sera fait, mère abbesse.

— Messieurs, je vais donc vous demander de nous quitter et je vais confier Éléonore à notre maîtresse des novices.

8

Chaque nuit, Éléonore pleurait dans sa couche. Elle pleurait le manque de Manille. Ses mots. Elle pleurait sa liberté. Elle regrettait ses lessives, le plein air. Ici, à cause du silence total imposé, elle se sentait plus seule que jamais, abandonnée, oubliée, mal aimée, trop jeune, trop énergique. Le dortoir était un long couloir aux murs de pierres apparentes, froid, percé de multiples fenêtres en ogive, avec des latrines tout au fond, séparées par une cloison en bois. On pouvait y accéder par deux escaliers, celui dit de jour, à partir du cloître, celui dit de nuit, à partir du transept de l'église. L'un et l'autre débouchaient à deux endroits différents au centre du dortoir. À chacune des fenêtres correspondait un lit, un châlit de bois soutenait une planche sur laquelle une paillasse, un oreiller rempli de paille, une natte et un gros drap étaient disposés. Il y avait des séparations en bois entre chaque couchage. Les novices avaient une barre qui servait de penderie pour ranger leur maigre linge. Une lampe à huile éclairait le dortoir toute la nuit, projetant des reflets sur le plafond voûté. Éléonore passait des heures à regarder les reflets danser dans l'obscurité. Elle avait perdu le sommeil. Elle n'avait que des larmes.

Elle n'attendait plus que les offices pour pouvoir chanter. C'était là ce qui la tenait en vie. Elle faisait pourtant semblant de dormir quand la maîtresse des novices passait dans le grand couloir qui séparait les deux alignements des lits. Aucune cloison ne pouvait la dérober à sa vigilance. Elle la craignait depuis le premier jour. Sœur Hildegarde était sans sourire, même de ces petits sourires discrets que savaient se glisser les moniales, malgré le silence. Elle prenait sa mission très à cœur et vénérait la sœur abbesse. Aussi, les seuls mots qu'elle avait prononcés à Éléonore, le jour de son arrivée, alors qu'elle la conduisait au dortoir étaient : « Je ferai tout pour savoir si tu es digne d'être de nôtres et j'en ai fait chasser plus d'une. Elles sont des filles de mauvaise vie aujourd'hui. »

Éléonore n'avait rien répondu. Elle n'en avait pas la force. C'était pour chanter qu'elle tenait le coup et qu'elle supportait cette vie qui ne lui plaisait pas, sans affection et sans mots.

Le jour de son arrivée, la maîtresse des novices l'avait fait passer par l'hôtellerie puis conduite aux dortoirs des novices, distinct de celui des moniales. Là, elle l'avait fait déshabiller et elle avait pris tout ce qu'elle possédait. Elle avait fait déposer sur sa couche l'essentiel de ce qu'avaient les novices et les moniales, c'est-à-dire presque rien qui ne soit strictement nécessaire, pour prévenir le vice de propriété : deux voiles blancs, deux tuniques, deux scapulaires, des bas, un long manteau qui ressemblait à une coule, des chaussures, une ceinture, un stylet, des tablettes de cire, une aiguille, un mouchoir. Éléonore recommençait une nouvelle vie, sans rien de personnel et sans personne, avec cette compagnie distante, accusatrice et vigilante de la maîtresse des novices. Elle devait sonder Éléonore, la pousser dans ses retranchements, la tester, l'humilier, la fatiguer, lui en demander toujours plus pour la juger digne ou non de rentrer dans la communauté des moniales. Éléonore ne voulait pas lui faire le plaisir de flancher. Elle voulait tenir, gagner. Elle serait une novice modèle. Elle supporterait le régime alimentaire frugal, sans viande, ni œufs, ni poisson. Les nuits glacées dans le vaste dortoir situé sous la charpente, avec le vent froid qui sifflait et qui volait le sommeil ou le repos. Les stations prolongées debout dans l'église humide et non chauffée.

Sa vie se divisait en trois temps : la formation spirituelle et religieuse, les offices et la formation chorale. Le noviciat consistait à plonger les jeunes filles dans la vie des moniales pour voir si elles tiendraient le rythme. Elles étaient six postulantes. Trois étaient des jeunes filles de la haute noblesse, deux appartenaient au milieu commerçant de Mende et une était la fille d'un fermier qui était aussi un propriétaire terrien. Aucune d'entre elles ne connaissait exactement la vie à l'abbaye. Éléonore les entendait sangloter parfois, la nuit. Elles n'avaient pas le droit aux mots mais, entre elles, il y avait des signes et des sourires qui en disaient long. Éléonore se sentait surtout proche de Marie-Danielle d'Aubessi, dont la couche était située à côté de la sienne. C'était une jeune fille de dix-neuf ans, frêle, pâle, tout en longueur, aux gestes rares. La vie qu'elle avait menée dans le château de sa famille lui manquait. Une nuit, Éléonore avait déjoué la vigilance de la maîtresse des novices pour entrer dans son lit et la consoler en la serrant fort contre elle. Depuis, elles étaient complices dans l'adversité. Lors des leçons avec la chantre, Éléonore tentait de couvrir la voix fausse qui déraillait de Marie-Danielle. Lors des leçons de religiosité et de lecture, Marie-Danielle aidait Éléonore à comprendre le sens des mots. Car la maîtresse des novices s'était rapidement rendu compte qu'Éléonore ne savait pas lire. L'abbesse avait été consultée sur le sujet. D'habitude, la communauté intégrait des novices analphabètes sans que cela ne pose problème. Il suffisait qu'elles soient capables de reprendre les prières et les chants grégoriens. Mais le talent d'Éléonore en chant ne pouvait être exploité que si elle était instruite. L'abbesse y tenait. Elle devait être capable de lire les partitions et les textes. La maîtresse des novices se chargeait elle-même de l'instruire.

Deux heures par matinée, Éléonore s'isolait avec elle. L'apprentissage était curieux. Elle ne parvenait pas à lire les mots en entier mais l'alphabet et les syllabes lui revinrent en tête comme si elle les avait déjà appris. Elle les retenait avec une facilité déconcertante. La maîtresse des novices se permit même de lui demander, deux jours après le début des leçons :

— Tu as déjà su lire, n'est-ce pas ?

— Je l'ignore. Je n'en ai aucun souvenir. Tout ce que je sais c'est que je n'ai jamais lu depuis que Manille m'a prise avec lui.

La maîtresse avait eu l'air songeur un moment. Puis, elle s'était replongée dans le travail, encore surprise par les progrès rapides de son élève. De fait, au bout de quelques mois, Éléonore savait parfaitement lire et elle passait des heures à recopier des textes de saint Augustin pour travailler l'écriture.

Un matin, l'abbesse vint s'enquérir de l'avancée de l'instruction. Elle paraissait satisfaite d'Éléonore. Cela se percevait malgré son extrême froideur et sa retenue. Elle fit quelques signes à la maîtresse des novices qu'Éléonore ne put saisir. Elles s'éloignèrent toutes les deux et passèrent dans le couloir qui jouxtait le scriptorium. Éléonore se leva, discrètement, en faisait tous les efforts qu'elle pouvait pour ne pas faire grincer le pupitre ni le banc de bois sur lequel elle était assise. Elle se colla au mur de pierre qui la séparait des deux femmes.

— Vous êtes certaine ? demandait la maîtresse des novices avec une intonation indignée.

— L'abbé vient de m'écrire.

— Elle savait donc lire et écrire, j'en étais sûre.

— Son père avait le vice. Elle a grandi entouré de prophètes. On aura récupéré l'enfant à temps. Il allait en faire une véritable hérétique, instruite et certainement aussi douée que sa mère pour attirer les foules.

La maîtresse des novices se signa et replongea dans le silence.

— Maintenant, le talent de la fille doit revenir à notre Sainte Église et nous allons l'utiliser. Je veux qu'elle soit formée très vite pour qu'elle intègre la communauté. Je veux surtout qu'elle fasse partie de la chorale le jour de la visite de la comtesse, impérativement ! J'ai prévenu la chantre. Elle doit connaître parfaitement les chants grégoriens, tous. Je veux que sa voix enflamme l'abbatiale. Je veux que la comtesse soit subjuguée. Ce jour-là, on lui mettra le voile d'une moniale. On dérogera. Elle doit être au centre du chœur.

Éléonore eut le temps de regagner le banc et le pupitre, elle réajusta son voile et sa tunique, prit un air concentré. Le soir, quand elle regagna le dortoir après les vêpres, elle parvint à se glisser dans le lit de Marie-Danielle et lui glissa ce qu'elle avait entendu, tout bas.

— Tu es issue d'une famille protestante, voilà le sens de ces mots, lui expliqua Marie-Danielle. Les huguenots lisent la Bible et les textes. Ils instruisent leurs enfants en ce sens, pour transmettre leur religion... Tu as été confiée à Manille pour être élevée dans la foi catholique. Plusieurs enfants ont été enlevés à leurs parents pendant la guerre entre les camisards et les dragons. Certains ont été placés chez nous, dans les cuisines.

— Mais alors, les parents ?

— Les parents ont été envoyés aux galères, emprisonnés ou massacrés. Certains se sont convertis et ont pu reprendre leurs petits. Beaucoup se sont exilés en Suisse.

— Tu penses que mes parents pourraient être encore en vie ?

Marie-Danielle se contenta de poser un baiser sur la joue de son amie. Sa réponse était non. Pour détourner la conversation, elle glissa :

— La comtesse de Lesle va venir nous visiter, alors ? C'est une vieille bigote !

— Tu la connais ? demanda Éléonore en riant tout bas.

— Bien sûr ! Nos familles se fréquentent. Jamais un sourire. Elle porte le deuil depuis des lustres.

— Pour qui ?

— Toute sa famille a été assassinée par les camisards. Elle ne pense qu'à la religion. Elle a un cœur de pierre. Mais...

— Quoi ?

— Elle est fascinée par le chant.

Le pas de la maîtresse des novices qui faisait son tour dans l'allée centrale poussa Éléonore à regagner sa couche, furtivement. Elle s'endormit avec une sorte d'espoir fou qui gonflait son cœur.

9

La première fois qu'Éléonore rencontra la moniale Mireille, la chantre de l'abbaye, elle lut la grâce et la bonté sur son visage. La peau était un peu hâlée, extrêmement ridée sur le pourtour des yeux et des lèvres. Deux sillons s'enfonçaient aussi entre ses joues et sa bouche. Elle avait un rôle primordial dans l'abbaye, responsable du bon déroulement des activités et des chants liturgiques.

Lors de chacun des offices, l'abbesse présidait le chœur gauche, en regardant l'autel, la sœur prieure le droit. La chantre chapeautait l'ensemble des moniales, contrôlant discrètement leur voix, leur concentration, traquant celles qui s'endormaient, surtout pendant les offices de nuit qui coupaient le sommeil. Ce n'était pas rare, notamment avec le bercement de la psalmodie. Un rappel à l'ordre était alors immédiat avec des excuses muettes et gestuelles. La chantre débusquait aussi dans son chœur les négligences dans les impositions d'antiennes, de psaumes, d'hymnes ou de répons. Elle était en quelque sorte la gardienne attentive du bon déroulement des prières à Dieu. Elle avait un autre rôle de poids dans l'abbaye : elle notait sur des tablettes les moniales désignées pour les lectures à l'église, au chapitre, au réfectoire et celles qui étaient chargées, à tour de rôle, du lavement de pieds. Elle donnait les livres à celles qui les désiraient, pour le travail dans le scriptorium. Elle était donc responsable de l'armarium[1], dans l'aile est du cloître, une modeste bibliothèque murale de manuscrits tenus sous clé. Il s'agissait de quatre niches creusées dans le mur et fermées par de lourdes portes en bois verrouillées. Elle travaillait avec la sœur archiviste pour conserver les manuscrits recopiés. C'était elle aussi qui commandait les parchemins et l'encre, les plumes d'oie nécessaires aux moniales dans le scriptorium. Malgré ses lourdes responsabilités, la chantre Mireille paraissait toujours détendue, comme si les tracas matériels ne l'absorbaient pas à côté de son rôle spirituel. Elle était animée par sa fonction de directrice des offices et on sentait que c'était là sa manière de servir Dieu.

Lors de sa première rencontre avec Éléonore, sans lui sourire, la chantre parvint, avec les yeux, à lui faire un signe de bienvenue. Elle la mit en confiance. C'était dans la sacristie qui était désertée. Il y avait une lueur pâle mêlée à une espèce de fumée, de vapeur qui montait sous la voûte du plafond.

Sœur Mireille finit par lui faire signe du doigt pour l'inviter à chanter.

Éléonore se racla la gorge, frotta ses mains l'une contre l'autre et laissa l'*Ave Maria* sortir d'elle. Ce fut comme une libération, un plaisir infini, un bien-être enfin retrouvé. Depuis qu'elle avait intégré l'abbaye, elle n'avait pas encore chanté, même lors

1. Endroit où sont rangés les livres destinés à l'office.

des offices. Les novices devaient recevoir une autorisation de la chantre, et peu l'avaient déjà. Elles devaient se contenter de rejoindre les moniales qui occupaient leurs stalles, en arc de cercle, dans le chœur. Les novices se plaçaient sur des bancs en bois situés entre les stalles et le mur du jubé qui coupait l'abbatiale en deux parties : celle réservée aux moniales et aux novices, la seconde étant destinée à accueillir les hôtes et les sœurs converses qui entendaient l'office sans pouvoir regarder les moniales, ni les novices.

Pour Éléonore, cela avait été une torture que d'assister à ces offices et messes nombreux, souvent la nuit, avec le sommeil qui pesait sur ses paupières, sans pouvoir chanter. L'envie gonflait son cœur, la frustration faisait monter en elle une espèce de colère, de rage qui lui donnait l'envie d'hurler. De chanter en hurlant de toute sa voix contenue. De toute sa sensibilité réfrénée. De toute sa foi muselée. De toutes ses émotions contrariées.

Devant sœur Mireille, elle fit un *Ave Maria* puissant, plein de toute cette envie contenue, interdite, foulée du pied de l'abbé et des règles ecclésiastiques. Elle pleura de joie en chantant. Jamais elle n'avait réussi à monter aussi haut dans les timbres, sans que sa voix ne flanche, sans qu'elle ne déraille sur un ton. Elle regardait fixement devant elle, les mains ouvertes en signe de dévotion et d'offrande à la Vierge. Dans cette ferveur, elle faisait une prière. Que la Sainte Femme entende sa douleur et la sauve.

Sœur Mireille contemplait son visage, remarquable, angélique, qui ressemblait finalement à celui des madones au fond des églises. Les yeux en amande, le nez fin, la bouche marquée, fine, dessinée par la perfection. L'âme transparaissait dans les traits. On percevait la personnalité à venir, l'innocence mais aussi une trace de détresse, celle qui filtrait dans le chant, ce chant qui était une prière, une plainte, presque une invocation. Jamais la chantre n'avait entendu de voix pareille, aussi bien placée, aussi haute, aussi touchante.

Quand Éléonore eut fini, elle prit sa main et la serra entre ses doigts. C'était sa façon de lui dire son admiration. Elle fit signe qu'elle chante à nouveau et elle eut du mal à s'arracher à sa voix. La sacristaine était réapparue, discrètement. Elle se tenait sur le pas de la porte, abasourdie, à écouter, à regarder Éléonore. Elle était dans la troisième partie d'un chant grégorien quand l'abbesse entra de la porte de l'abbatiale. Elle leva la main pour qu'Éléonore cesse. Son visage exprimait du mécontentement mais aussi une satisfaction qu'elle dissimulait mal. L'abbaye entière l'entendait. On s'était arrêté de travailler, des sœurs étaient tombées à genoux devant les fournils, dans les jardins. Or, ce n'était pas le moment. La règle codifiait fermement les heures des offices et des chants. On ne pouvait y déroger. L'abbesse était là pour veiller au respect des coutumes.

Depuis cette première rencontre, il fut décidé que la chantre ferait travailler Éléonore dans la salle des novices, située dans le prolongement du scriptorium. Ce serait plus discret. Les deux femmes s'y retrouvaient après l'office de none pendant que les autres novices prenaient leurs études de théologie, de connaissance des us et de la règle cistercienne avec la maîtresse des novices. Sœur Mireille apportait des partitions, des textes qui étaient ceux de l'ordre depuis sa fondation, essentiellement des prières à la Vierge et des chants grégoriens enrichis de quelques morceaux des messes les plus chantées en cathédrale. Comme lors de son apprentissage pour l'écriture et la lecture, Éléonore avait compris rapidement que le solfège et les tonalités ne lui étaient pas étrangers. Elle avait déjà connu la musique et le chant, c'était une certitude mais elle n'avait pas de souvenir précis, comme si cela lui provenait d'une vie antérieure.

Sœur Mireille qui avait des mots rares, par respect pour la règle, laissait paraître son ravissement dans ses yeux ; parfois, elle touchait la main de son élève. Une seule fois elle avait murmuré :

— Tu as un don de Dieu, ma fille. Je n'ai entendu pareille voix qu'une fois auparavant, dans la cathédrale de Mende.

— Qui ? avait glissé Éléonore

— Un jeune choriste de la maîtrise de l'évêque, c'était... divin, exceptionnel... J'étais très jeune pourtant, je n'oublierai jamais.

— Comment s'appelait-il ?

— Un certain Odar... un enfant trouvé. Ce choriste a disparu du jour au lendemain, sans que personne ne sache ce qu'il était devenu.

— Étrange.

— Je pense qu'il était d'une famille italienne, les Larmoso, des chanteurs et des organistes de génie. Oui... je m'en souviens...

— Les Larmoso ?

— Oui... Oui... Leur musique et leur chant me passionnaient lors des messes en cathédrale. Ils travaillaient pour l'évêque Amaury... Il y avait Dono, le père, et ses deux fils, Yves et Thomas. Brillants. Ce jeune garçon, Odar, leur ressemblait dans sa façon de chanter, de se concentrer, de vivre la musique et le chant...

Éléonore demeura silencieuse et troublée. Elle eut du mal à se concentrer à nouveau pour reprendre le travail.

10

Éléonore déambulait dans la partie ouest du cloître, celle qui était consacrée aux novices pour éviter qu'elles ne croisent les moniales. Elle attendait que la grande cloche vienne rompre le silence pour annoncer les vêpres. L'air était doux. L'été revenait peu à peu sur la solitude et l'éloignement des lieux. Éléonore fermait les yeux. Souvent, elle essayait de se souvenir de sa vie d'avant, de sa vie avec Manille. Elle imaginait chacun de ses traits, ses mains, l'odeur de la forge et elle ressentait le manque de lui, blessant, accablant de chagrin. Elle songeait au vaste plateau de l'abbaye, à ses marches pour aller au pré étendre le linge, à ses rires, à ce bonheur perdu. Elle avait dix-huit ans aujourd'hui. Pour l'abbaye des Perles Noires, elle en avait vingt. Son acte de naissance avait été falsifié. Son noviciat s'achevait, n'ayant duré que huit mois au lieu d'une année complète. L'abbesse la pressait. Elle voulait qu'Éléonore prononce ses vœux au plus tôt pour faire partie intégrante de sa communauté et pour qu'elle en soit une moniale à part entière. Ainsi, elle pourrait devenir sous-chantre, puis chantre, en remplacement de sœur Mireille, alors que d'autres novices étaient prédestinées à devenir boulangères, jardinières ou aides-portières. Elle était enviée. Elle échappait à la partie de travail manuel auquel toutes les moniales devaient participer pour le bon fonctionnement des lieux. Contrairement au monastère des Pierres Plantées, les granges étaient louées à des paysans laïcs qui se devaient de payer leur location en nature pour ravitailler l'abbaye. Il n'y avait donc pas de sœurs converses depuis plus d'un siècle ici. Toutes les tâches matérielles revenaient aux cisterciennes.

L'abbesse et la chantre insistaient pour qu'Éléonore rédige sa profession au plus vite. C'était un document dans lequel Éléonore s'engagerait à obéir à son abbesse. Elle était maintenant tout à fait capable d'écrire elle-même, en latin ou en français. Ses progrès avaient été immenses. Ce document une fois rédigé, elle devrait le déposer sur l'autel pour lui donner un caractère sacré. Il serait conservé par l'archiviste, scellant à jamais les vœux de la novice et tournant en trahison vis-à-vis de Dieu toute défection. Éléonore ne se sentait pas prête pour cet engagement : obéissance absolue, pauvreté et chasteté. C'était un renoncement au monde, à l'extérieur, à la vraie vie. Éléonore n'avait pas encore de rêve d'amour, ni d'enfant, mais elle sentait l'angoisse poindre à l'idée de demeurer seule, sans descendant. Quelque chose d'inscrit en elle, sans doute l'instinct, lui commandait d'avoir une famille et une existence pieuse, mais laïque.

Elle redoutait le moment où elle devrait s'agenouiller devant chaque moniale installée dans sa stalle afin que chacune prie pour elle : à dater de ce moment, on la compterait comme une moniale professe de la communauté, une membre à part entière. Elle recevrait sa vêture, le voile noir. Cette dernière cérémonie avait un sens très lourd : l'accueil dans la communauté mais aussi le désir de partager la vie commune en tout, sans jamais quitter le monastère. Seule la cellérière avait ce droit. Elle serait alors introduite dans sa stalle avec toutes les moniales qui l'entoureraient, elle serait désormais chez elle, pour toute sa vie.

Toute sa vie.

Un frisson courut sur l'échine d'Éléonore. Elle reprit sa marche dans le cloître, avec des pas lourds, comme pour écraser sa peine, ses doutes. Des larmes lui montaient aux yeux. Elle n'était pas capable de cet engagement. Elle ne le voulait pas. Elle ne sentait que trop que l'empressement de la mère abbesse était lié à son talent de chanteuse. Elle voulait la garder pour sa propre gloire. Pour la gloire de l'Église.

Éléonore fut interrompue dans ses pensées par l'abbesse elle-même qui la rejoignit et lui indiqua le parloir d'un geste. Elles contournèrent tout le cloître et sortirent par l'ancienne porte de la sacristie. Tout de suite à droite, il y avait une petite pièce carrée, toute en pierre, dont la porte arrière donnait sur l'hôtellerie. Manille était assis sur un banc, le visage défait, amaigri. Il leva les yeux sur Éléonore et ne put retenir un mouvement de grande joie que la sœur abbesse réprimanda d'un regard acerbe.

— Je vous laisse quelques minutes, dit-elle en quittant le parloir, d'un ton péremptoire. Je vous rappelle que vous ne devez ni vous toucher, ni vous émouvoir. J'écouterai votre conversation derrière l'œil de la porte. Manille, sachez convaincre votre protégée.

Éléonore attendit que la porte se referme mais ne put s'empêcher de s'élancer vers le convers en le serrant de toutes ses forces contre elle. Elle avait des larmes de joie. Il lui rendit son étreinte jusqu'à ce que l'abbesse tape avec sa canne de bois contre la cloison. Alors, ils s'assirent chacun sur le banc, à distance raisonnable.

— Comment tu vas ? demanda Manille d'une voix qui tremblait.

— Je doute. Je languis.

Manille soupira. Il était malheureux sans elle. Tout son être, tout son visage trahissaient sa peine.

— C'est ta chance cette abbaye, ta meilleure protection, articula-t-il, pourtant.

— Je ne veux pas être protégée de la vie. Je veux la vivre, cette vie, tu comprends. J'aime Dieu, Manille, je te l'assure mais pas comme ça, pas entre quatre murs et dans ce silence.

— Mais tu peux chanter, ici.

Éléonore détourna les yeux pour voiler ses larmes. Manille était atteint lui aussi, il souffrait mais Éléonore sentit qu'il était là pour la convaincre, malgré lui.

— Je veux retourner avec toi, Manille, tenta-t-elle.

— C'est impossible. Tu as péché, je te le rappelle.

— Ne me laisse pas, je t'en prie.

— Écoute-moi, Éléonore, écoute-moi bien.

Il avait soudain un air grave, une voix profonde, caverneuse. Le gris de ses yeux s'était accentué. Il poursuivit :

— Tu ne dois pas m'aimer. Tu ne dois plus m'aimer.

— Tu divagues !

— Tais-toi ! hurla-t-il soudain en se relevant. C'est moi qui ai donné ta famille aux dragons du roi et au comte de Lesle, en 1704. C'est à cause de moi que tu es orpheline, que ton père a été passé au crible de l'épée et que les tiens sont morts.

Éléonore se taisait, médusée.

— Lorsque notre bon roi Louis XIV a révoqué l'édit de Nantes, en 1685, ma famille était dans une misère totale, absolue. Ma mère était seule avec cinq petits. Nous avions quelques chèvres mais aucune terre. J'étais l'aîné. J'avais une quinzaine d'années. Je connaissais un peu l'abbé Gonrad qui venait de prendre la tête du monastère de Chazourde, après son oncle Henri. Il était bon avec moi. Il acceptait de me faire passer des vivres.

— Tu me l'as déjà dit cent fois ! l'interrompit Éléonore, éplorée.

— Je te l'ai déjà expliqué, plusieurs fois mais je ne t'ai pas tout dit. Aujourd'hui, je vais tout te dire... J'aidais ma mère comme je le pouvais mais cela m'était difficile. Je me louais dans les fermes, dans les châtaigneraies, dans les ateliers de tisserands, dans des fileries de soie, mais sans stabilité.

— Je sais, s'impatienta Éléonore.

— À cette époque, en 1686, les dragons du roi ont débarqué pour convertir les huguenots. Ils s'installaient dans les maisons des protestants, les intimidant, les forçant à la conversion le plus vite possible, par tous les moyens. L'abbé Gonrad suivait les troupes du roi, avec le prieur Flavien. Ils baptisaient de force, bénissaient les nouveaux convertis. Avec l'évêque et le prieur, ils avaient dressé la liste des nouveaux catholiques, puis celle des proscrits, des perdus d'avance. Ils avaient planifié les confiscations des biens des hérétiques et organisé la chasse aux relaps, aux faux convertis... L'abbé fut de toutes les campagnes, nommé inspecteur des missions par l'évêque Amaury de Mende. Avec le prieur Flavien, ils suivaient le comte de Lesle et ses milices, travaillant volontairement avec les dragons. Ils contrôlaient que les nouveaux convertis allaient bien aux messes, qu'ils se confessaient, qu'ils recevaient l'extrême-onction. Si ce n'était pas le cas, ils signalaient les manquements aux dragons qui torturaient les faux convertis jusqu'à la mort ou l'abjuration. À cette époque, je me souviens qu'on a cru que l'affaire était gagnée. Que les réformés étaient matés, amadoués, chassés ou tués. L'Église avait vaincu. Le pays était sauvé du diable. Pourtant, l'histoire allait prouver que l'on ne peut arracher la foi d'un être humain convaincu et éduqué dans le protestantisme. La bête ressurgit... Violente. Impitoyable. Résistante. Dès 1702, notre contrée vit des centaines de réfractaires opiniâtres, des acharnés de la Réforme assoiffés de haine et de vengeance se révolter. Ils enflammaient des églises, brisaient des statues, brûlaient du matériel liturgique, entraînaient derrière eux des foules d'anciens huguenots qui devenaient des relaps, qui retombaient dans le vice et la mauvaise foi. On entendait parler de curés malmenés... Pire, en 1702, un prêtre fut saigné comme un cochon et sa curie mise à sac, à feu. Je venais tout juste d'intégrer Chazourde comme convers forgeron.

— Mais...

— Écoute-moi ! C'est très dur cette confession, j'aurais aimé ne jamais te la faire mais je sais qu'elle te mènera vers le bon chemin. Vers la voie de la sagesse. De la grâce. Car tu es la grâce, tu as la grâce Éléonore et je n'ai pas le droit de te garder pour moi, Tu as la voix des anges, ne l'oublie pas !

Manille avait de la fièvre, ses yeux étaient maintenant plus clairs, comme pleins d'une ferveur nouvelle.

— Donc, en 1702, la guerre dans les Cévennes a commencé. Fanatisés par des prophètes, des prédicateurs, des chefs de guerre de tous genres, de nombreux convertis sont revenus à la religion réformée et ils ont pris les armes contre le clergé catholique et contre l'armée du roi. Ils réclamaient la liberté de conscience. Ils voulaient pouvoir célébrer leur culte, comme avant la révocation. Une espèce de guerre de l'ombre a commencé entre les camisards et les troupes du roi. D'un massacre à l'autre, d'une vengeance à l'autre, les Cévennes se sont embrasées. C'était une guerre difficile à mener pour les dragons et les troupes armées du comte de Lesle car les camisards connaissaient bien leur pays, ils avaient des cachettes nombreuses, imprenables. Ils étaient des combattants la nuit mais souvent de simples bergers ou artisans le jour. Pas facile de les saisir en groupe. Pas facile de les repérer, de les connaître. Alors, l'abbé Gonrad, qui avait fait ses preuves lors de la révocation, reçut toute la confiance de l'évêque Amaury et du gouverneur Broglio pour assister l'armée royale, avec le titre de vicaire général et archiprêtre des Hautes-Cévennes. Il devint la main de l'Église aux côtés du comte de Lesle qui obtint la confiance du roi. Ils se sont cherché des appuis, des infiltrateurs, en quelque sorte.

— Des espions ?

— Oui... Ils sont entrés dans la bicoque de ma famille, une nuit, éreintés. Ils venaient de traquer une assemblée de relaps et de camisards qui avait eu le temps de se dissoudre avant leur arrivée, prévenus par des réformés qui surveillaient les lieux. Ils savaient que ma famille était demeurée catholique. Catholique... et pauvre. Ma mère partait deux fois le mois au monastère de Chazourde pour demander la charité, que les moines lui donnaient d'ailleurs, surtout depuis qui je faisais partie de leur communauté comme convers. L'abbé savait que ma mère avait deux autres fils que moi, mes frères Adrien et Paul. Il recrutait des troupes locales pour les dragonnades. Lesle formait des milices, qui prenaient des noms divers, abritant en réalité bon nombre de bandits sanguinaires, exaspérés par la résistance des huguenots : les Florentins, les Cadets de la croix. Mes frères se sont engagés aussitôt, vu la solde proposée qui suffirait à nourrir toute la famille. Ils avaient une parfaite connaissance du territoire et c'était cela qui intéressait Lesle et l'abbé Gonrad. Les dragons du roi perdaient la trace des prédicateurs à cause du relief, et de leur manque de connaissance des hameaux et de leurs cachettes. Or, les dragons devaient débusquer les assemblées du désert et les hameaux qui servaient de repaires aux camisards. Contrairement à eux, ils ne connaissaient pas les mille sentiers de nos montagnes presque dépourvues de routes à cette époque. Ils devaient suivre les sentiers battus pour ne pas s'égarer dans les bois de chênes verts et de châtaigniers tandis que les camisards connaissaient les raccourcis abrités des regards, itinéraires secrets transmis par leurs aïeuls. L'abbé a promis beaucoup d'argent à ma mère si elle lui laissait prendre mes deux frères dans leurs milices. Tu sais, pour elle, c'était une chance unique. Elle a d'ailleurs pu changer de logis, à la fin de la guerre, obtenant un mas et des biens en récompense. J'ai voulu moi aussi apporter une aide à ma mère. Alors, j'ai accepté d'aider Lesle et l'abbé mais en prenant la mission la plus difficile.

— C'est-à-dire ? articula Éléonore.

— Infiltrer les milieux camisards puis donner leurs cachettes à mes frères qui conduiraient les troupes royales.

— Je ne te crois pas capable de ça.

— Si. J'ai mené cette funeste tâche dès le début de l'année 1703 et jusqu'à la fin de la guerre des Cévennes. J'ai été malheureux, tu sais, je suis toujours accablé de regrets... Je ne mérite pas ton amour, je ne mérite pas que tu quittes les ordres pour espérer vivre avec moi. Je n'ai pas d'avenir à te proposer.

— Je n'ai que toi.

— Tu ne dois plus m'aimer. J'ai tué ta famille.

Éléonore sentit un frisson d'effroi mordre son dos.

— Continue, susurra-t-elle.

— Début 1702, parmi les prédicateurs et les prophètes qui poussaient les villageois à ne pas se convertir et à continuer le culte protestant, certains étaient bien connus par le gouverneur du roi et par le comte de Lesle. L'un d'eux s'appelait Loiseau.

— Le père d'Hermin, murmura Éléonore pour elle-même.

— Il était à la fois chef des troupes des camisards et prédicateur. Combattant et prêcheur. Je le connaissais. Enfant, il était gardien de chèvres et nous nous retrouvions parfois sur les collines, près de Génolhac. L'abbé savait cela. Il m'a demandé d'incorporer les troupes de Loiseau pour le renseigner. Pour trahir les bandes de camisards.

— Tu as réussi ?

— Que oui ! Les camisards recherchaient eux aussi des combattants. J'ai mis une chemise de lin blanc, le foulard rouge autour du cou, une ample pelisse façonnée dans la peau de mouton, un chapeau noir à bord large et je me suis introduit dans le milieu camisard lors d'une assemblée du désert. J'ai expliqué que je venais d'avoir une vision pour me montrer la voie à suivre, la voie de la vraie Jérusalem, la voie des sages et des enfants de la Bible. J'ai suivi un berger huguenot qui m'a cru sur parole lorsque je lui ai dit ma volonté de lutter contre l'Église et les dragons. Il suffisait d'être du pays pour être cru, surtout si on sortait d'une famille misérable. J'ai parcouru les causses, de Florac à Mende. Je suivais une petite troupe, nous dormions à la belle étoile sur des tapis de bruyère et de fougères, nous faisions des feux rapides pour cuire nos travers de porc et nos châtaignes. De réunion en réunion, j'ai commencé à connaître les lieux de prêche, les cachettes pour les armes et, surtout, j'ai enfin réussi à savoir où se cachait Loiseau. J'ai mis plus de huit mois avant de le rencontrer personnellement. Il était méfiant mais il s'est souvenu de moi et il m'a pris avec lui. Il travaillait avec trois acolytes : Lamoureux, Petitduc, Pacard. Ces quatre-là étaient inséparables et ils en ont fait voir aux dragons du roi, crois-moi. Leurs courses étaient perpétuelles et je devais bien suivre, faisant partie des leurs. Nous cheminions des jours et des nuits, empruntant parfois des sous-bois ou les drailles[1], la nuit. Les réformés des lieux voisins, dans l'ombre, nous apportaient des vivres. Certains de ces paysans qui nous avaient aidés n'échappaient pas aux sanctions de l'abbé et du comte de Lesle, ou à la prison du gouverneur du Languedoc. Ils connurent des années de galère, ou une mort cruelle, en place publique. Aucun ne nous a jamais trahis. Le seul traître, finalement, ce fut moi...

— Que veux-tu me dire exactement ? s'impatienta Éléonore.

— Ce que voulaient l'abbé Gonrad et Lesle, c'était que je les renseigne sur une assemblée importante où tous les chefs auraient été présents, ainsi que de nombreux non convertis ou prédicateurs, prophètes en tout genre. Difficile. Les huguenots se méfiaient et ils évitaient les grands rassemblements. Ils agissaient en bandes disparates et éparpillées. Cependant, à la mi-juillet 1704, alors que j'avais infiltré les camisards depuis presque un an, un rassemblement fut prévu autour d'un grand prédicateur, le plus recherché, le meilleur. Son nom était Laflaucheur.

— Laflaucheur ?

1. Chemins empruntés par les troupeaux lors des transhumances.

— Lorsque l'abbé a su que ce chef camisard était sur le point de rassembler des foules, et donc de prendre un gros risque, il a été comme... fou. Il a prévenu l'évêque Amaury qui a ordonné une réunion d'urgence au palais épiscopal de Mende. J'étais convié, moi, ancien berger sans le sou, jeune convers. Tout dépendrait de moi. Toute leur réussite. Ils savaient que Loiseau rentrerait en contact avec Laflaucheur, à un moment ou à un autre, pour fusionner leurs troupes et faire du grabuge... Ils voulaient la peau de Laflaucheur. À tout prix.

— Pourquoi ?

— Juste au début des hostilités, en 1702, c'est lui qui avait mené les troupes huguenotes piller et détruire l'abbaye de Chazourde. Une cinquantaine de moines et de convers avaient été tués, massacrés, empalés ou crucifiés.

— Pourquoi Chazourde ?

— Je l'ignore... Il est vrai que l'abbé Gonrad était très engagé du côté des dragons... Mais il y avait autre chose...

— Quoi donc ?

— On m'a raconté que Laflaucheur avait fait inscrire en lettres rouges, sur le dernier mur de l'église : « Vengeance pour Noélie. »

— Noélie... répéta Éléonore.

— L'évêque Amaury et surtout l'abbé Gonrad, qui étaient absents lors de l'incendie de Chazourde, ont été offusqués par cet affront et, dès le lendemain, ils ont lancé les troupes du roi commandées par Lesle sur le hameau dans lequel Laflaucheur se cachait au moment des faits, Dolmazon. Ce fut une tuerie, un des premiers grands massacres des dragons et des milices dans le pays. Tous les habitants du hameau où se cachait Laflaucheur ont été tués ou déportés. Les petits ont été placés dans des monastères ou des couvents. Quant à Laflaucheur, Lesle et l'abbé ne l'ont pas eu. Il était déjà sur la route de l'errance et du désert, ne prenant pas le risque de rester sur place après pareil outrage fait à l'abbé. Il avait des contacts avec Loiseau et les autres chefs camisards, bien sûr. Il était dangereux, capable de fédérer toutes les troupes des Cévennes qui n'agissaient pas unies, mais de façon isolée, cachées au gré des caves, des granges, des grottes, des mas. Finalement, après des mois d'attente, j'ai fini par pouvoir renseigner l'abbé et le comte. J'ai d'abord intégré les troupes de Laflaucheur, avec qui j'ai vécu presque six mois, et j'ai obtenu l'information la plus importante qui soit : Laflaucheur serait au hameau des Lories la nuit du 15 août 1704, entouré des chefs, prédicateurs et pasteurs.

— Le 15 août ?

— C'était bien pensé. C'est la journée que les catholiques consacrent au culte de la Sainte Mère.

— Pas les protestants ?

— Les protestants ne lui vouent pas de culte. Laflaucheur pensait ainsi se débarrasser des catholiques fanatiques qui menaient les dragons en Cévennes. L'abbé et l'évêque ne se sont pas déplacés pour l'arrestation, c'est le comte de Lesle qui a cerné les camisards grâce à mes renseignements. Bien sûr, j'étais à la réunion des chefs protestants, pour ne pas éveiller de soupçons. Nous y étions tous, d'ailleurs. Nous connaissions déjà l'endroit, truffé de cachettes et de passages secrets que j'avais révélés au comte de

Lesle... Le hameau des Lories était composé de quatre maisons et d'un fort appartenant à une vieille famille protestante. Il était bâti sur un chaînon détaché du reste de la montagne, au milieu d'un cirque fermé par deux vallées où coulaient des ruisseaux, barrières naturelles et protectrices. Ces deux ruisseaux se rejoignaient plus bas, en un seul cours d'eau qu'il fallait traverser puis longer pour arriver au hameau. Le sentier était caillouteux et tortueux, allant jusqu'à décrire une boucle fermée à l'entrée de Lories. Un huguenot devait se poster là et monter la garde pour voir arriver les troupes de loin. J'ai convaincu Loiseau et Laflaucheur de me confier ce poste d'observateur.

— Tu avais gagné leur confiance à ce point ?

— Pour ne pas éveiller les soupçons de Laflaucheur, j'ai vécu avec lui dans une grande proximité... Nous étions devenus... des proches.

Manille poursuivit à voix très basse, en chuchotant :

— Lui et Loiseau étaient mes amis. De véritables amis.

La mère abbesse tapa trois coups avec sa canne contre l'œil de la porte.

— Le chemin aboutissait devant le château des Lories, reprit Manille tout haut. C'était une grande bâtisse triangulaire. À l'intérieur, la pièce principale, le salon, était faiblement éclairé par deux fenêtres à croisillons donnant l'une sur la cour et l'autre au nord, sur la vallée. Il était prévu que deux camisards s'y postent pendant que les chefs tiendraient réunion dans le salon.

— Mais alors, ils auraient pu voir les dragons de Lesle postés tout autour ?

— Ils étaient sur les lieux avant l'arrivée des camisards, éparpillés dans les bois et les rochers des alentours... postés partout, derrière toutes les sorties possibles et dissimulées pour cueillir les fugitifs.

— Donc ? Tous ont été arrêtés.

Manille soupira, passa ses mains sur ses yeux fatigués, attristés, à l'étrange couleur. Une couleur qu'Éléonore ne leur avait jamais connu. Sombre. Trop sombre. Celle d'un Manille qu'elle découvrait comme un traître. Comme un meurtrier.

— Le comte de Lesle a été impitoyable, lâcha-t-il dans un sanglot contenu.

Il se signa, déglutit et poursuivit :

— Quand tout le monde a été installé dans la cour, Laflaucheur et Loiseau sont apparus à la fenêtre du salon, ovationnés. Ils ont prêché. Ils ont appelé à la résistance, à la non-conversion, à la persévérance dans leur foi. Au moment où toute l'assemblée était en prière, à genoux, j'ai fait signe aux dragons d'intervenir depuis le portail où je faisais semblant de monter la garde. Les soldats du roi et le comte de Lesle s'étaient approchés du hameau par les bois et les ravins où ils attendaient. Ils ont déferlé dans le château sans que personne ne s'y attende, par le portail, par les vieux murs mais aussi par une galerie souterraine dont je leur avais révélé l'existence. Il était prévu que les chefs camisards s'enfuient par là en cas d'urgence. Il n'y a pas eu de véritable combat. Les prédicateurs étaient désarmés, les croyants aussi. Mon frère qui faisait partie des troupes m'a dit que Loiseau avait un couteau et qu'il s'était bien battu.

Au bout de deux heures, la cour était pleine de prisonniers, chefs y compris. Il n'avait pas de convertisseur ce jour-là, à part le prieur Flavien. Ce dernier n'a pas sauvé beaucoup d'âmes. La majorité des réformés a refusé la conversion. Ils ont été pendus sur place ou passés au fil de l'épée. Il n'y a pas eu de prisonniers. Même des femmes ont été tuées. Le prieur Flavien a fait rassembler les enfants sur des chars prévus à cet effet. Il devait par la suite les confier aux catholiques.

— Et je faisais aussi partie de ces enfants, n'est-ce pas ?

— Oui... Je suis parti avec le prieur Flavien pour décharger un peu partout notre triste cargaison d'enfants en larmes. Sinistre office. Dernier service exigé par l'abbé avant que je n'obtienne une place assurée de forgeron à l'abbaye des Pierres Plantées. Nous n'avons pas trouvé de famille pour toi.

— Pourquoi ?

— La rumeur circulait vite, tu sais, plus vite que notre char... On disait partout que Laflaucheur n'était pas revenu seul d'Angleterre mais avec sa fille... Une enfant de cinq ans. À la voix d'or.

— Moi ? articula Éléonore.

— Toi. Laflaucheur t'emmenait partout prêcher avec lui, tu chantais les psaumes. Il ne te quittait pas.

— Je n'avais pas de mère ?

— Non... Elle était disparue. Tu as vécu deux années avec ton père, de cachette en cachette, de désert en désert.

— Continue.

— C'est moi qui ai ouvert la cachette où Laflaucheur devait se glisser en dernier recours, dans le fort. Il y était blotti avec toi dans les bras, les yeux fous de peur. Il embrassait tes joues pour ne pas que tu pleures. Il m'a regardé un long moment. Il a dû hésiter à se défendre. Finalement, il t'a tendu à bout de bras vers moi, pour que je te prenne. Le dragon qui attendait derrière moi a tiré avec son pistolet et il a jeté son corps par-dessus la fenêtre du salon, dans un fossé.

Un silence se fit, très long. La canne de l'abbesse tapa contre la paroi de pierre. Éléonore hurla et tomba à genoux. Manille cria :

— Personne ne doit savoir que tu es la fille de cet hérétique qui a fait brûler le monastère, tu comprends, personne ! C'était un profanateur ! Il était maudit ! C'est pour ça que j'ai convaincu l'abbé Gonrad d'accepter que tu vives avec moi, près de l'abbaye, dans ce nouveau pays des Pierres Plantées. Là-bas, tu as grandi dans l'ombre et l'anonymat. Tu dois rester dans l'anonymat aujourd'hui encore et rester ici, dans cette abbaye, où tu seras protégée... Pour le mieux. Si jamais la vérité était dévoilée sur tes origines, tu serais condamnée.

— Par qui ?

— Tu courrais un grand danger. Crois-moi. Ton père a fait trop de mal. Il était trop bon prédicateur. Trop bon combattant.

— Tu ne me parles qu'à demi-mots, Manille. Qui était-il ?

— Au départ, un simple pasteur. Puis, il est devenu trop suivi, trop écouté, trop dangereux pour notre Sainte Église.

— Il prêchait bien alors ?

— Il avait un secret pour s'attirer les foules.

— Lequel ?

La mère abbesse tambourina au mur et apparut, le visage rouge de colère :

— Vous en avez largement assez dit, convers. Vous devez partir. Saluez votre protégée qui ne devra être plus personne à vos yeux à partir d'aujourd'hui et inversement.

Manille tendit sa main vers Éléonore. Elle eut un mouvement de recul et détourna les yeux. Elle avait le cœur brisé, accablée de doute, chamboulée et, surtout, plus seule que jamais.

11

Éléonore priait, les deux mains jointes sur le prie-Dieu, les yeux baissés, murmurant des paroles entre ses lèvres. Elle y mettait tout son cœur, toute sa ferveur. Elle était seule dans l'église et elle aimait ces moments de pure intimité avec la Vierge. Elle s'en remettait à elle pour l'aider à accepter la vérité, sa vérité, celle que Manille lui avait apprise, d'un coup, de but en blanc, comme on assène un coup violent derrière la nuque. Elle demandait de l'aide pour trouver la force de continuer à vivre avec le manque de Manille, d'avec leur séparation qui lui faisait saigner le cœur. Elle ne parvenait pas à le détester. Cela l'aurait aidée. Elle était peinée, elle était angoissée. Le manque lui donnait la nausée. La crainte de la solitude, du silence, la brisait.

Soudain, une main se posa sur son épaule et la tira de sa prière. C'était la chantre Mireille qui lui fit un petit signe discret pour qu'elle la suive dans le parloir. Elle était très pâle et paraissait gênée. Une fois dans la grande pièce baignée de la lumière du matin qui entrait par les trois fenêtres hautes en ogive, Mireille prononça tout bas :

— Le convers Manille a été retrouvé mort, Éléonore, ce matin tôt.

Éléonore vacilla, se retourna, chercha un fauteuil, ne trouva que le rebord d'une colonne pour soutenir son corps qui s'effondrait.

— Sois forte, sœur Éléonore, sois forte, ajouta la chantre sans faire un geste. Il revenait de notre abbaye, il avait fait une pause à Mende, pour souper. Il a repris la route à la nuit, seul. Cette longue marche vers toi était aussi un chemin de croix, une pénitence et il tenait à le faire à pied, avec des prières aux chapelles du pays. C'est devant la chapelle des Chazes, sur la route du Puy, qu'on a retrouvé sa dépouille, déjà attaquée par des chiens errants.

Sœur Mireille se signa et récita un *Je vous salue Marie* très rapide. Elle prit une grande inspiration et poursuivit :

— Notre frère convers a été lâchement tué par un coup de couteau en plein cœur. Il n'aura sans doute pas souffert.

— On a retrouvé l'assassin ? articula Éléonore qui était tellement malheureuse qu'elle pensait à un cauchemar.

— Un hérétique.

— Que voulez-vous dire ?

— Le criminel a marqué Manille, en haut du dos, sur l'épaule, de la croix protestante... comme une signature.

— Une signature ?

— Je n'en sais guère plus.

Éléonore tenta de se redresser, la tête lui tourna, elle se précipita hors du parloir et se précipita dehors pour vomir. Sa peine, sa douleur, ses craintes et sa solitude sortaient d'elle. Elle était anéantie, au bord de la folie.

— La mère abbesse vous accorde deux jours de sortie pour les funérailles. Je vous accompagnerai moi-même au monastère des Pierres Plantées. Vous porterez l'habit et le voile.

Éléonore s'assit dans le cloître un long moment, amorphe, sonnée. Il fallut que la maîtresse des novices vienne la chercher pour qu'elle se décide à monter au dortoir pour se changer et prendre ses effets. Elle l'accompagna jusqu'à la porte où l'attendait la chantre, montée sur une charrette. Éléonore se hissa à ses côtés sans un mot, dans un état second. Plus de cinq heures de route attendaient les deux femmes. Elles les parcoururent en silence, comme si l'ambiance lourde de l'abbaye pesait encore sur elles. Éléonore aurait rêvé de faire cette sortie, la veille encore, de pouvoir sentir le vent sur sa peau, entendre la nature vivre, croiser des laïcs à leurs tâches quotidiennes, mais elle ne voyait rien, n'entendait rien, ne vivait plus que dans une nappe de brouillard qui lui voilait la vue et l'esprit, qui l'engourdissait et la rendait profondément malheureuse. Elle était assaillie par des souvenirs de sa jeunesse aux côtés de Manille, et ces images venaient accroître sa peine. Elle était animée aussi par une espèce de haine terrible qui lui soulevait le cœur contre celui qui avait tué Manille : il était pour elle la bonté incarnée, ce qu'il y avait de plus doux, de plus travailleur, de plus équilibré. Elle ne parvenait pas à voir en lui le traître qu'il avait été, avec les camisards. Elle l'avait trop aimé pour ça. Pourtant, elle ne comprenait que trop bien la signature du criminel sur la peau du convers :

Manille, malgré son retrait du monde, avait été rattrapé par son passé. Un ancien camisard avait dû reconnaître en lui le traître qui avait donné les principaux chefs à Lesle et à l'abbé Gonrad. Il venait de payer, des années après, le prix de sa trahison. Mais qui avait su qu'il était le traître ? Manille avait raconté à Éléonore qu'il n'y avait eu aucun survivant à l'arrestation. Manille était ensuite rentré dans l'anonymat du monastère des Pierres Plantées, situé à des kilomètres des lieux du drame.

Quand la charrette parvint en vue de l'abbaye, Éléonore ressentit une peine immense à revoir les lieux heureux de son enfance et de sa jeunesse, sans pouvoir y envisager Manille marchant et vivant, près de la forge et de sa grange. La douleur la tint assise un long moment et elle ne put descendre de charrette que bien après la chantre. À la porte, l'abbé Gonrad et le prieur Flavien les accueillirent. Éléonore remarqua immédiatement combien l'abbé Gonrad avait vieilli. Elle mesura son usure, le poids de sa conscience mais aussi, dans une lueur de ses yeux, un peu de peur. Il lui sourit discrètement et l'aida personnellement à descendre. Ses gestes contrastaient avec ceux qu'il avait eus le jour où il l'avait conduite chez les cisterciennes, avec fermeté et rudesse.

— Je ne vous ai pas pardonné votre impertinence à chanter dans l'abbaye, Éléonore, mais j'ai de la compassion pour vous en ce jour, dit-il comme s'il avait lu dans ses pensées.

Le prieur Flavien la salua aussi d'un sourire encore plus furtif et mesuré que celui de l'abbé.

Ils marchèrent tous les quatre jusqu'à l'infirmerie. La nausée ne lâchait pas Éléonore. Trop d'émotions l'assaillaient, en ces lieux. Des larmes coulaient sans cesse de ses yeux. Dans l'immense salle percée d'une rangée de fenêtres voûtées qui descendaient jusqu'au sol, des malades se reposaient sur des paillasses. Il y avait, tout au fond de la pièce, un cercle de cisterciens et de convers qui priaient autour du corps de Manille. Il était coutume de ne jamais laisser un mort seul : la communauté le veillait continuellement jusqu'à la mise en terre. Manille était en tunique, sa vêture spécifique. Il était placé sur un simple brancard directement à terre. Les mains croisées sur le ventre, le teint blanc, il avait déjà complètement l'apparence d'un mort et Éléonore détourna immédiatement la tête. L'abbé prononça la sentence biblique de circonstance avant d'inviter le cortège à se former jusque vers l'église, derrière le mort : « À la sueur de ton visage, tu mangeras ton pain jusqu'à ce que tu retournes au sol puisque tu en fus tiré, car tu es glaise et tu retourneras à la glaise. » La messe du mort fut dite par l'abbé en personne. Sa voix tremblait, il n'avait pas la superbe et l'aplomb qui le caractérisaient et Éléonore perçut encore qu'il était affaibli ou apeuré par l'assassinat de Manille. Après tout, s'il s'agissait d'un camisard qui vengeait les siens, l'abbé pouvait lui aussi se faire du souci. Il dit les absoutes, fit signe d'encenser le défunt, bénit sa dépouille.

Le cortège funèbre se forma avec en tête le moine qui portait l'eau bénite, celui qui portait les cierges allumés, symboles de vie éternelle, l'encensoir, la croix. Puis l'abbé emboîta le pas, revêtu de son aube, de l'étole et du manipule et avec son bâton pastoral. Suivait la communauté monastique dans l'ordre où elle était au chœur, les moines clercs directement derrière l'abbé, les convers, et enfin les familiers, c'est-à-dire Éléonore. Jamais elle n'avait rencontré la famille de Manille et aucun de ses membres n'était présent aujourd'hui. En bout de cortège, le défunt était porté par quatre convers sur le même brancard que celui de l'infirmerie. Au chant des psaumes auxquels ni la chantre, ni Éléonore ne furent autorisées à participer, la procession sortit de l'église par la porte des morts, dans le transept nord. La cloche tintait depuis le début des funérailles et ce son répétitif aiguisait la nervosité d'Éléonore. Elle brûlait de se retourner pour voir encore le visage inerte de Manille mais cette vision la terrifiait. Elle jeta un œil au cloître, aux chapiteaux, et les figurines sculptées lui parurent rire de la situation, se moquer, la railler. Elle divaguait. Elle fondit en larmes, se ressaisit, poursuivit la marche jusqu'au cimetière, situé derrière le chevet. Les quatre convers qui portaient le brancard le déposèrent et creusèrent la fosse. Cela parut durer un temps infini. Un des quatre convers descendit dans le trou et déposa le corps de Manille au fond, en prenant soin de rabattre le capuchon de la tunique sur son visage. Il encensa encore une fois la dépouille et ressortit. L'abbé lança la première pelletée de terre sur le corps pour le rendre à la terre. Bruit sourd. Sec. Insupportable à Éléonore qui dut faire un immense effort pour rester debout et silencieuse. Elle était seule désormais, complètement seule dans la vie.

La communauté se retira en cortège dans l'ordre inverse adopté pour venir au cimetière. En mémoire du convers défunt, il restait à accomplir le tricénaire : au réfectoire, à la place du mort, on déposerait une croix. Sur la table du prieur Flavien, il y aurait trois portions du repas du mort que le portier distribuerait aux plus pauvres dans les jours à venir.

Éléonore et la chantre ne pourraient prendre le repas qu'avec les hôtes dans la partie réservée aux visiteurs. Éléonore n'avait nulle faim. Elle quitta la chantre le temps d'aller dire adieu à la forge et au lieu de son enfance. Elle marcha faiblement, en respirant mal, jusqu'à la grange de Manille. Elle en fit le tour, toucha les murs, entra, resta assise longuement sur le banc près de l'âtre où aucun feu ne brûlait. Elle frissonnait. Elle était mal. Le silence ressemblait à la mort, lui rappelait la mort. Elle se releva, alluma une chandelle et passa dans l'atelier. Des larmes roulèrent sur ses joues. Elle prit des outils, les palpa, les renifla, recherchant éperdument l'odeur de Manille. Elle passa sa main sur le ventre de la forge, froide et muette. Elle prit conscience de la fin, de la disparition totale et absolue de son bienfaiteur. La douleur la força à s'asseoir sur la chaise empaillée qu'utilisait Manille pour faire ses pauses. Éléonore fut surprise par le bruit que fit l'assise. Elle passa sa main sur les battants et découvrit un petit loquet. L'assise en paille se relevait et donnait sur un espace caché entre le cadre en bois et la partie empaillée. C'était étrange. Les convers cisterciens, comme les moines, ne devaient rien posséder qui leur soit propre. Il y avait une enveloppe en peau, assez petite. Sur le dessus, il était inscrit : « Pour Éléonore, après ma mort, avec l'accord de l'abbé. » À l'intérieur, il y avait une reconnaissance de dettes, signée par Gonrad en personne. Il était stipulé qu'il devait verser une somme considérable à Éléonore à la disparition de Manille. Un petit médaillon en or se trouvait aussi dans l'enveloppe. Éléonore le prit entre ses doigts. C'était la croix des camisards, la croix des protestants avec un nom, inscrit au dos : Laflaucheur. Le bijou échappa à Éléonore et il tinta en tombant sur le sol pavé. Elle plaqua son pied dessus, accroupie, au moment où l'abbé franchissait le pas de la porte.

— Tu cherches quelque chose, mon enfant ? demanda le vieil homme en entrant.

Éléonore nota une fois encore combien il avait vieilli, combien ses épaules étaient voûtées et sa voix tremblotante.

Elle se releva sur-le-champ et embrassa l'anneau de l'abbé.

— Qui, père abbé ? Qui a pu tuer Manille ? sanglota Éléonore qui se sentit soudain très proche de cet homme qui avait su faire confiance à Manille et l'accepter, elle, dans l'abbaye.

— Manille avait beaucoup d'ennemis, ma fille. Beaucoup. Il a dû t'expliquer son rôle pendant la guerre des camisards, n'est-ce pas ?

— Oui.

— Il a tenu à aller te raconter son histoire... votre histoire. Pourtant, c'était dangereux qu'il quitte les Pierres Plantées. Il a toujours été convenu qu'il ne ressorte jamais de l'abbaye. Le fait de s'éloigner des Cévennes, de vivre enfermé ou presque dans cette abbaye lointaine, aux confins de l'Auvergne, aurait dû le protéger. Mais il a tenu à venir te voir, à la demande de l'abbesse, malgré mes recommandations.

Tu sais, Éléonore, Manille voulait te persuader de faire tes vœux. Il a pris le risque d'être reconnu pour ça. Pour toi. Il faut que tu rentres dans les ordres définitivement pour honorer sa mémoire.

Éléonore se taisait. Elle comprenait trop bien comment l'abbé cherchait à la faire culpabiliser pour qu'elle accepte la vie cistercienne.

— Manille n'est plus là pour veiller sur toi, ajouta-t-il d'un air doucereux. Que fera une jeune fille comme toi, sans le sou, si elle refuse d'entrer aux Perles Noires ?

— J'ai de l'argent, père abbé. Vous le savez bien, répondit-elle en le fixant dans les yeux.

Elle déploya l'acte par lequel l'abbé avait promis de rendre une somme immense à Éléonore, à la mort de Manille. Le prélat pâlit. Il tenta de se maîtriser, respira bruyamment et articula :

— Tu as fait vœu de pauvreté, ma fille, non ?

— Mais si je refuse d'entrer dans les ordres, alors, vous me rembourseriez ?

L'abbé toussota, se détourna, fit quelques pas et dit faiblement :

— Bien sûr, cet argent te revient... Mais je préfère te prévenir : il est sale.

— Sale ?

— Oui, et il ne te portera pas bonheur. De toute façon, tu n'es pas encore majeure, ni en droit de toucher cette reconnaissance de dette. Tu vas repartir à l'abbaye des Perles Noires, avec la chantre Mireille, et tu vas réfléchir à ton avenir. Mais n'oublie pas mon conseil avisé : prononcer tes vœux serait la meilleure des solutions et la meilleure des protections pour toi.

— Père abbé, avoua Éléonore qui se sentait tous les courages, toutes les audaces, trop affectée pour être prudente.

— Oui ?

— Je ne suis pas sûre de bien servir Dieu en vivant cloîtrée.

— Ta voix sert Dieu, Éléonore. Elle seule. Et tu ne peux chanter qu'en abbaye, tu le sais, non ?

Elle demeura les yeux dans le vague un moment, comprenant qu'elle parlait à un mur d'obstination. La confession que lui avait faite Manille, à l'abbaye, l'aidait à comprendre la réaction catégorique de l'abbé. Il ne voulait pas tenter le risque de laisser la fille de Laflaucheur libre. Des fanatiques protestants pourraient reconnaître en elle la fille du chef charismatique et chercher à en faire une prophète ou une prédicante. Il craignait peut-être qu'elle mît sa voix au service de l'autre Église.

— Père abbé, reprit Éléonore, quel est ce signe que le meurtrier a marqué sur l'épaule de Manille ?

— C'est la croix huguenote, quelque peu modifiée par Laflaucheur pour qu'on reconnaisse bien ceux de son camp : elle porte une larme, au milieu de la croix, et une épée.

Éléonore songea qu'il s'agissait de la croix qu'elle venait de retrouver dans la chaise de Manille.

— Le meurtrier voulait donc venger Laflaucheur ?

L'abbé se troubla, fit un signe de la main pour dire qu'il n'en savait rien. Il avança jusqu'à la petite ouverture servant de fenêtre pour la forge et prononça :

— Ne fouille jamais ton passé, Éléonore. Je ne t'ai pas sauvée pour ça, Manille non plus. Sache respecter sa mémoire et accomplir ses souhaits : devenir moniale cistercienne.

Il fit quelques pas dans la forge, se soustrayant à la pâle lumière qui entrait par la fenêtre. Éléonore perçut sa fatigue, ses regrets, ses doutes.

— Toutes les nuits, je revis ces terribles journées de la guerre contre les camisards, prononça l'abbé tout bas, comme pour lui-même. Je crois encore sentir l'odeur de mon cheval collé à celui du prieur Flavien, à celui de l'évêque Amaury et à celui du comte de Lesle. La couleur de nos yeux, allumés de violence, enivrés de prières et de certitudes. Nous étions l'armée du Christ. Nous étions l'armée du roi contre les huguenots, contre cette horde de camisards qui prétendaient faire des Cévennes un pays protestant. Ils avaient brûlé tant d'églises, assassiné tant de prêtres que nous en avons oublié le message chrétien de respect et de fraternité, de tolérance. Eux aussi. Et j'ai fait tout ce que le Christ interdisait : la guerre.

— Vous avez tué, père abbé ? osa Éléonore.

— Je me suis protégé derrière cette fausse idée : ne pas tuer. De fait, je n'ai pas tué. Mais j'ai été le guide des mains assassines, je dois le reconnaître et vivre avec cette idée sordide. J'étais là pour guider les troupes du roi, les milices, les dragons. Lesle et ses hordes. Je revois encore leurs uniformes vert et blanc maculés de boue et de sang, leurs chapeaux tachés de poudre, leurs visages déshumanisés grêlés par les escarbilles des mousquets et des pistolets... Moi, le bon abbé que j'étais, je connaissais toute la région où était sise mon abbaye de Chazourde, avant que les camisards ne la dévastent. Depuis la révocation, je connaissais tous les nouveaux convertis, tous ceux qui devaient venir à nos messes, qui devaient recevoir nos sacrements. Je savais qui s'y tenait, qui y échappait. Je savais où avaient lieu les assemblées du désert, j'entendais tant de confessions des délateurs, je savais quels étaient les paysans qui avaient des caves transformées en temples improvisés, en garde-manger ou en cachettes. Je connaissais les noms de la majorité des huguenots qui avaient abjuré leur foi. J'avais leur identité sur mes registres, je savais lesquels étaient relaps, sous l'emprise des prédicateurs. Il était temps de récupérer les âmes en péril et de les ramener à la Sainte Église...

Éléonore toussota, mal à l'aise face à ce long monologue qui paraissait une confession.

— J'ai été l'œil et le cerveau des armées du roi en Cévennes, reprit l'abbé. J'ai rebaptisé les repentis, centaines par centaines, pour les réinscrire dans la vraie foi après que nos dragons et nos Cadets de la croix eurent ravagé bien des hameaux, bien des mas, bien des villages. Systématiquement... Oui systématiquement. Les soldats du roi emmenaient dans des charrettes des jeunes enfants, ceux dont les parents égarés avaient été déportés ou tués.

— J'étais une de ces enfants, n'est-ce pas, père abbé ?

— C'est moi qui les plaçais dans des bonnes familles catholiques, poursuivit-il sans l'entendre. Dans des couvents, dans des monastères, comme oblats ou novices, dans des orphelinats catholiques du Puy, de force mais pour les sauver du démon. Moi... et le prieur Flavien. Tous les deux alliés dans cette folie. Ils étaient des enfants de Dieu. Et je devais les protéger de la mauvaise religion... Toutes les nuits je revois le visage du prieur Flavien, debout, au milieu de jeunes enfants sans parents, dans ces hameaux que l'armée venait de mettre à sang. Il les comptait, notait leur nom, les répartissait selon leur sexe dans les monastères ou les couvents. Il avait l'air fou, débordé, les cheveux en bataille, les mains couvertes de sang. Il avait dû arracher des enfants aux bras de leurs parents tués, ensanglantés. Des bébés hurlaient. C'étaient sans cesse des scènes apocalyptiques.

— Et moi, père abbé, moi, où étais-je ?

— Je me souviens de Manille, poursuivit l'abbé, comme s'il était seul. Je me souviens de ses doutes et de sa tristesse après le massacre du hameau de Lories... Ce 15 août 1704. Il avait ouvert les portes aux dragons du roi, et aux milices, commandés par Lesle, ce jour-là...

— Manille m'a raconté.

— Il avait porté le coup de grâce aux troupes des camisards concentrées dans la forteresse. Par chance, et par lâcheté, je n'étais pas présent sur les lieux, accaparé par les cérémonies mariales dans la cathédrale de Mende. Ce jour-là fut un jour noir. Un jour de mort... Les chefs, les prophètes, les prédicateurs : tous tués, pendus ou battus à mort.

— Arrêtez, père abbé ! hurla Éléonore.

— C'est grâce à Manille que l'opération a été une victoire totale... La victoire finale. C'est cela que Manille a voulu se faire pardonner à servir Dieu, à vivre en convers dévoué depuis tout ce temps-là ! Il a été celui qui a trahi, qui a tué, qui a vendu, qui a sali.

— Je ne l'en crois pas capable.

— Je le revois encore, poursuivit l'abbé, pris dans son monologue. Nous étions, le prieur Flavien et moi, dans la salle capitulaire de notre abbaye. La seule pièce à avoir subsisté à l'incendie et à l'attaque des huguenots... Le reste était un amas de ruines. Nous nous apprêtions à partir pour les Pierres Plantées... en Velay. La porte s'était ouverte sur Manille, vers minuit. Il chancelait au milieu des ruines, le visage défait, pâle, au bord de la folie. Il tenait dans ses bras une petite fille qui devait avoir cinq ans à peine.

— Moi ?

— Toi : Éléonore... Tu refusais qu'il te pose à terre. Tu restais accrochée dans ses bras, la tête enfouie dans son cou. J'ai senti qu'il se passait quelque chose entre vous, ça m'a touché. J'ai mesuré son attachement. Pour mener à bien sa triste mission d'infiltrateur, il avait dû vivre avec Laflaucheur, des mois et des mois, et donc avec toi aussi. Ce grand gaillard s'était attaché à toi, de manière considérable, excessive. Le prieur Flavien a intimé à Manille de te poser, coûte que coûte, pour que tu sois conduite avec les autres enfants protestants dans une institution ou dans une famille catholique. Mais... tu t'obstinais, tu refusais qu'il te lâche. Et Manille ne pouvait détacher ses mains de toi... Il m'a dit : « Père abbé, je vous demande la grâce de me laisser cette pauvre enfant, personne n'en a voulu et personne n'en voudra jamais. Elle est la fille de Laflaucheur dont le corps gît dans un fossé de Lesle. » Il y avait une sorte de fièvre dans ses yeux, de la ferveur. J'ai longuement hésité. J'avais envie de le contenter. Il avait bien servi l'Église. Il était un bon convers, il devait venir dans la nouvelle abbaye, c'était convenu entre nous. Je le savais intègre, respectueux. Il avait fait une bonne campagne contre les camisards à mes côtés. « Je ne vous suivrai pas aux Pierres Plantées comme convers forgeron si vous refusez de me laisser cette petite », a-t-il ajouté, déterminé. Manille était destiné à devenir l'unique forgeron de la communauté. Il aurait été indispensable lors de l'installation de mes moines en Velay. Je savais qu'il serait irréprochable. Je savais qu'il voulait et qu'il devait s'éloigner, et changer de vie. Il lui fallait un abri, aux pieds de Dieu. Je me suis dit que notre nouveau monastère allait être sis sur une terre isolée et lointaine, qu'il y serait éloigné des bâtiments des moines, de par son statut de convers forgeron... Qu'il pourrait t'élever en toute discrétion, jusqu'à ce que tu sois en âge d'entrer au couvent, le plus tôt possible. Après tout, avais-je songé, tu ne pouvais pas devenir plus catholique qu'en étant élevée par un moine convers. Je me souviens que le prieur Flavien était plus réticent : « Vous savez que nos statuts interdisent l'abbaye aux enfants, et encore plus aux filles », avait-il dit à plusieurs reprises. Manille nous a convaincus en disant que nous ne devions pas t'abandonner. Sinon, tu retournerais au Mal. Alors, j'ai accepté. Après tout, j'allais être l'abbé des Pierres Plantées. J'en serais le seul responsable. Les rares visiteurs ne s'attarderaient jamais et n'entreraient pas dans les granges. Personne ne pourrait déceler le passe-droit que j'avais accordé à Manille, en échange des fiers services rendus à l'Église pendant la guerre. Le prieur Flavien serait sous mes ordres et il devait te trouver une tâche ménagère utile à la communauté tandis que Manille devait t'élever et surveiller ta conduite.

— Il l'a fait. Avec tendresse et amour.

— Pas si bien que ça... Tu ne devais jamais entrer dans l'abbaye, ni être au contact des moines. Il est donc temps d'honorer correctement son autre promesse : entrer dans une abbatiale cistercienne de moniales. Pour racheter ton audace. Ton immense péché.

12

Ce dimanche-là, Éléonore était encore oppressée par des cauchemars récurrents. L'amitié de Marie-Danielle qui parvenait à lui tenir la main en cachette, à lui sourire pour la réconforter, ne suffisait pas à lui redonner goût à la vie. Elle dépérissait. La chantre elle-même s'en inquiétait et elle avait fait des remontrances à Éléonore sur son état de santé et sur sa motivation lors des chants. Même les voix qui s'élevaient dans l'église, lui revenant avec puissance, soulevant d'ordinaire son émotion, son bien-être, la laissaient froide, indifférente.

L'abbesse l'avait convoquée dans la salle du chapitre, en privé, pour lui dire qu'elle devait se ressaisir avant d'encourir des réprimandes devant le chapitre rassemblé. Surtout, elle devait faire un gros effort pour la messe de ce dimanche car la comtesse de Lesle serait derrière le mur du jubé, à écouter les chants. Son abbaye était renommée pour sa bonne moralité, pour le respect de la règle mais aussi pour l'ensemble de sa liturgie et de ses prières, de ses louanges chantées. Elle devait être à la hauteur et ne jamais décevoir la comtesse qui était une bienfaitrice généreuse lors des travaux d'entretien et des dons de pitance. Pour l'occasion, Éléonore porterait le voile de moniale, même si ses vœux n'étaient pas encore prononcés. Ainsi, elle serait installée dans les stalles, au centre, comme la chantre le désirait pour faire porter sa voix. Éléonore acquiesça, sans enthousiasme. Elle se prêterait à ce petit jeu, peu importait. De toute façon, aucun laïc n'était autorisé à voir ou à communiquer avec les moniales qui n'étaient pas visibles derrière le mur du chœur.

Elle quitta l'abbesse alors que la grande cloche sonnait l'appel pour la messe. À cette occasion, la moniale portière laissait les hôtes de passage et les paysans qui travaillaient pour l'abbaye entrer dans l'église, derrière le grand mur, dans le narthex[1]. Cette permission valait trois fois l'an et Éléonore perçut une file de familiers déguenillés se presser vers la porte ouest pour pénétrer dans l'église. Son regard fut attiré par un homme, cheveux noirs et longs, qui pénétrait dans la cour de l'abbaye à cheval, suivi par un laquais. C'était Hermin. Il portait un chapeau emplumé noir et un habit de même couleur avec des bas de soie blanche. Éléonore ressentit une drôle d'émotion, entre espoir et joie, qui la ramena un peu à la vie. Au moment où il descendit de cheval, il croisa son regard et garda ses yeux dans les siens sans dire un mot. Il lui fit un discret sourire et posa sa main sur son cœur avant de l'ouvrir vers elle. Une voiture suivait. La portière s'ouvrit sur une femme en tenue de servante puis sur une petite femme rondouillarde, d'une cinquantaine d'années, qui descendit

1. Vestibule à l'entrée de l'église.

par le marchepied. Elle portait un long manteau et avança avec mille précautions pour ne pas crotter ses souliers. Elle rejoignit Hermin et prit son bras. C'était la comtesse de Lesle, suivie de sa camériste[1] et d'un laquais. Ils rejoignirent la foule des familiers pour entendre la messe. Éléonore se précipita dans le cloître et entra dans l'abbatiale le cœur gonflé par l'envie de chanter. Haut et fort. Bien et beau. Elle se souvenait des mots d'Hermin qui avait promis de l'aider.

Elle trouva les lectures de la Bible et des textes affreusement longues. Le sermon de la mère abbesse lui parut interminable. Enfin, elle fit un signe à la moniale chantre pour que débute l'*Ave Maria*. Les voix prirent possession des lieux, des stalles jusqu'aux voûtes, s'élevant dans toute la nef et jaillissant avec une puissance atténuée par le mur sur les hôtes et les familiers dans le narthex. Portée par l'émotion, grisée par la beauté des chants, comme investie par une force d'espoir, la voix d'Éléonore s'éleva au-dessus de toutes les autres et la chantre finit même par lui laisser chanter un solo qu'elle plaça haut, qui résonna dans toute l'abbatiale. Les moniales étaient conquises, observant Éléonore avec des yeux pleins de ferveur et de prières. Derrière le mur, des hôtes étaient tombés à genoux. D'autres se signaient sans cesse, touchés par ce chant venu de derrière le jubé, de derrière les regards, venu comme du Ciel. Les chants grégoriens qui suivirent laissèrent échapper la voix d'Éléonore, volontairement. La chantre ne rectifiait rien. L'abbesse écoutait, sidérée. Elle avait un sourire

1. Dame d'honneur.

à peine perceptible. Elle savait que la comtesse serait satisfaite. Et Éléonore redoublait de talent, de vivacité, d'efficacité. À la fin de la messe, avant que l'assemblée ne sorte après le dernier Notre Père, Éléonore prit la liberté d'entonner un Te Deum qu'elle avait travaillé seule, dans la sacristie, avec une partition de la chantre. L'effet fut exceptionnel. Marie-Danielle avait des larmes d'exaltation. Des moniales fixaient le crucifix au-dessus de l'autel dans un état de passion absolu. Un frisson partagé gagnait l'assemblée et on percevait des soupirs derrière le mur. Éléonore avait conquis. Éléonore avait séduit. Elle mesura brièvement son emprise et crut que la Vierge l'avait enfin entendue.

Lorsque la cloche sonna la fin de la messe, elle suivit les moniales dans le cloître, rejoignit discrètement les novices et monta au dortoir avec elles pour changer de coule. Il était l'heure des travaux de lecture avec la maîtresse des novices. En parcourant les couloirs de pierre, longs, sinistres, son espoir retomba. Son émotion aussi. Elle sombra dans la réalité. Qu'avait-elle cru ? Qu'avait-elle imaginé ? Elle divaguait. Son sort, son rang n'intéressaient personne. Elle sentait son cœur se briser et déborder, des larmes silencieuses noyèrent ses yeux. Elle s'habilla machinalement, rejoignit la salle des novices dans un état de désespoir qui était aussi terrible que le moment des chants dans l'église avait été merveilleux et porteur.

L'abbesse entra quelque temps après, un peu avant l'office de sexte. Elle avait le visage fermé et paraissait fort contrariée. Elle fit un signe du doigt à Éléonore pour qu'elle la suive. Elle marchait vite, d'un air buté, à grands pas, s'essoufflant, pestant tout bas, se signant de temps à autre, jetant des regards obliques sur Éléonore qui peinait à la suivre. Elle entra dans la salle du chapitre en ralentissant l'allure, remettant son voile d'aplomb et se dirigeant d'un pas digne et nuancé vers son siège taillé dans la pierre de la paroi. Sur deux fauteuils, face à elle, étaient assis Hermin et la comtesse. Éléonore demeura derrière eux, sans pouvoir les regarder, ni voir leurs visages. Ils ne se retournèrent pas sur elle, pour respecter la règle.

— Je n'irai pas par quatre chemins, Éléonore, dit l'abbesse d'une voix grave qui cachait mal sa colère. Madame la comtesse de Lesle vous veut à sa cour comme chanteuse sacrée. Vous étiez sur le point de prononcer vos vœux, ce que j'ai répété à notre bienfaitrice, mais madame la comtesse désire votre avis personnel.

Éléonore sentit une onde de bonheur et de soulagement la gagner. Elle tenta de demeurer imperturbable et écouta l'abbesse poursuivre :

— Vous savez ce que vous devez à notre ordre. D'abord, l'abbé Gonrad, dans sa grande générosité, a accepté que le convers Manille vous garde dans sa grange, en faisant une légère entorse à la règle. Ensuite, vous êtes entrée dans mon abbaye en n'étant qu'une sauvageonne, sachant à peine lire, écrire ou chanter.

Hermin se gratta la gorge de façon excessive. La mère supérieure ne releva pas et continua :

— Nous vous avons tout appris : les textes, le savoir, l'amour de Dieu.

— J'aime et je vénère Dieu, Jésus son fils et Marie, notre Vierge à tous, la coupa Éléonore. Depuis toujours.

L'abbesse lui jeta un regard de glace. Elle porta sa main sur son cœur, offusquée d'avoir été interrompue.

— Je crois que votre talent, reprit-elle difficilement, développé par les soins de notre chantre, doit beaucoup à notre institution. Ce serait pécher que de l'abandonner. Cependant, je ne veux pas aller contre la volonté de madame la comtesse, ici présente, qui est notre principale légataire.

Elle inclina un peu la tête d'un air obséquieux vers elle. La comtesse répondit sèchement :

— Certes, votre chantre, sœur Mireille, est prodigieuse, votre chorale me plaît et me ravit, mais voyez-vous, cette jeune fille a un don, quelque chose de plus. Il est dommage de l'enfermer dans une abbaye.

— C'est en ces lieux que nous servons le mieux notre Seigneur, coupa l'abbesse pâle de colère. Nous prions pour votre salut et celui des hommes.

— Je veux cette jeune fille à mon service, répéta la comtesse.

— Vous n'ignorez pas que les femmes ne peuvent chanter dans un lieu sacré, chère comtesse. Éléonore ne pourra jamais faire entendre sa voix en dehors de chez vous.

— Elle chantera dans ma chambrée et dans ma chapelle privée. Jamais je n'ai ressenti pareil amour de Dieu qu'en entendant sa voix.

Elle se tourna à demi sur son fauteuil et regarda Éléonore en face. Elle avait une coiffure en palissade, faite d'un haut bonnet en gaze et en coques de ruban noir avec deux longues barbes. Une mouche était dessinée près de sa tempe droite. Un collier de perles blanches ornait son cou, à ras. Sa robe, quoique de couleurs sombres, dévoilait et étalait la richesse : elle portait un corps de robe ajusté sur la pièce d'estomac et un bas de jupe attaché à la base du corps, retroussé par des nœuds et des agrafes pour découvrir la jupe piquée de dentelles noires, de passements et de galants. Son corsage décolleté sur les épaules très rondes était bordé d'une mousseline jaune, ornée d'un nœud de ruban au milieu du décolleté. Ses traits étaient épaissis par l'âge et l'embonpoint. Ses paupières, qui retombaient sur des yeux sombres, trahissaient les épreuves endurées. Malgré tout, il y avait de la bonté qui filtrait sur son visage, quelque chose de sincère et de profondément aimant.

— Qu'en pensez-vous, mademoiselle ? demanda-t-elle à Éléonore qui était très intimidée.

— Je... suis d'accord pour vous suivre.

— À la bonne heure ! L'affaire est faite ! On ne va pas laisser une voix pareille se perdre ! s'exclama la comtesse en se relevant.

L'abbesse s'était raidie sur sa chaise de pierre. Elle regarda Éléonore avec une profonde déception, tentant de la culpabiliser, mais déjà Éléonore regardait ailleurs, vers ses lendemains. Hermin passa tout près d'elle en murmurant :

— Je t'avais dit que je t'aiderais.

Deuxième partie :
Les ruines de Dolmazon

1

Éléonore était au château de Lesle depuis maintenant une année. Elle allait avoir vingt ans. Sa vie était satisfaite, réglée et simple. Elle était entourée de la comtesse et de la dizaine de domestiques qui la servaient. Elle vivait baignée de joie, bien nourrie, bien logée, pouvant chanter, à pleine voix.

Le château de Lesle, situé à quelques lieues de Mende, n'avait plus rien du fort initial construit au Moyen Âge. Au fil des siècles, et surtout depuis la fin de la guerre des camisards, la comtesse s'était appliquée à en faire un lieu de villégiature lumineux et spacieux, bien chauffé et animé. Elle cherchait à reproduire la vie de cour qu'elle côtoyait de temps en temps à Versailles. Elle vivait entourée de dames de compagnie, de caméristes, de servantes, de cuisinières, de lavandières. Elle recevait fréquemment des invités.

Le bourg de Lesle, collé au château, abritait des paysans, des forgerons, des artisans de tous genres, dans des masures aux toits de tuiles orange. Elle avait avec eux une relation bienveillante, quoique distante, en raison de son rang. Mais Éléonore avait tout de suite sondé le cœur juste et charitable de cette femme-là, une femme blessée dont elle ne connaissait pas encore l'histoire intime. Elle percevait, dans sa façon de vivre, sa foi, une grande douleur qu'elle chercherait à guérir, à atténuer.

Éléonore avait été installée dans une chambre personnelle, située dans une des quatre tours de l'ancien château. L'endroit était éclairé par une fenêtre voûtée qu'on avait élargie. Creusée dans la muraille, elle offrait deux bancs de pierre taillés dans l'embrasure. Éléonore aimait s'y asseoir pour regarder les terres infinies qui s'étalaient autour du château. Il y avait là des prairies parsemées de bois où la famille aimait chasser, jadis, quoique le comte actuel ne se livrât jamais à cette coutume qu'il jugeait décadente et provinciale. Au loin, on pouvait voir des châtaigneraies et des oliviers, entretenus par les paysans du manoir. Le relief dessinait des vallons discrets, comme des vagues longues et douces de la terre. Ici, la lumière était pure, belle et claire. Il était rare que l'espace soit envahi de brume ou de ces brouillards opaques et sinistres qui voilaient la vue sur les hauts plateaux du l'abbaye des Pierres Plantées. Le vent était parfois continu mais son souffle était moins froid. Il portait même, au printemps, la chaleur et les senteurs du Sud. Éléonore aimait le crépuscule, par-dessus tout, quand les derniers feux rougeoyants du soleil entraient en cascades illuminées de rouge et d'orange dans sa chambre. Elle prenait alors les partitions sur ses genoux et travaillait les textes, les notes, les sons, seule, avec un petit orgue, progressant, excellant peu à peu. Acharnée. Déterminée et passionnée.

Le mobilier de sa chambrée était sobre mais confortable : un lit à baldaquin avec un édredon en plume et un matelas de laine, qui lui apparut comme un luxe infini, et un guéridon. Elle rangeait ses vêtements dans une grande malle de bois qui demeurait ouverte, posée contre un mur. Elle avait une coiffeuse avec un miroir. Elle y passait de longues minutes à peigner ses cheveux, à se faire les belles coiffures des dames de la noblesse, comme les coiffures à la Fontanges, présentant un entassement de boucles, de touffes, de tortillons. Parfois, elle y rajoutait des tuyaux de dentelles étagées maintenus par des épingles qu'elle achetait dans la ville de Mende, toute proche. Elle avait aussi acquis des bonnets ornés de coques de rubans ou recouverts de gaze pour agrémenter ses coiffures. Il était loin le temps où elle portait un fichu, une coiffe pour retenir ses cheveux et se protéger du froid, du soleil. Elle avait trois tenues élégantes, sans être extravagantes, que la comtesse lui avait fait faire par un couturier qui venait au château deux fois l'an. Il s'agissait de robes amples rejetées en arrière, portées sur des bas de robe relevés en retroussis avec des traînes taillées dans des tissus lourdement brodés. La minceur d'Éléonore était soulignée par un corset maintenu par une tige d'acier ou des baleines, auxquelles elle avait eu du mal à s'habituer. Les corsages étaient de couleurs chatoyantes, avec des décolletés profonds qui l'avaient un peu gênée, au début. Ils étaient agrémentés de dentelles, de rubans, de passementeries raffinées. Leurs manches s'arrêtaient aux coudes dans un flot de dentelles. Il fallait, en hiver ou lors des veillées froides, protéger ses mains dans un manchon en fourrure. Éléonore se mettait des onguents, des parfums, des huiles. Surtout, la comtesse l'autorisait de temps en temps à commander un bain aux domestiques qui montaient une baignoire remplie d'eau chaude parfumée. Elle y demeurait longuement, apaisée, rassurée et satisfaite de sa nouvelle vie, les yeux rivés sur le haut plafond à caissons, remerciant la Vierge avec ferveur et foi, chaque jour, pour lui avoir ouvert les portes du cloître et donné l'amour du chant.

La comtesse avait noué une relation de confiance avec Éléonore. Elle n'était pas exigeante, ni autoritaire. Elle avait compris qu'Éléonore lui était redevable de sa sortie de l'abbaye et qu'elle travaillerait au mieux pour la satisfaire. C'était le cas. La comtesse lui demandait de chanter dans sa chapelle privée, le matin, à midi et le soir, alors qu'elle était en prière, agenouillée devant l'autel. Éléonore était parfois appelée pour chanter lors des dîners avec des invités. Elle avait alors un répertoire profane, qu'elle aimait moins car les chants ne forçaient pas sa voix. Le reste du temps, elle était libre. Elle connaissait le château par cœur maintenant et tout le personnel l'appréciait et la respectait. Sa voix résonnait dans toutes les pièces du manoir et elle impressionnait. Sa beauté aussi, discrète, sans artifice mais évidente, frappante.

La porte principale, une fois la grande cour traversée, ouvrait sur une immense pièce dallée qui était autrefois la première salle des gardes. La comtesse en avait fait une pièce d'honneur, avec quelques fauteuils et des guéridons, pour recevoir ses paysans ou les hôtes de condition modeste. Les murs étaient couverts de tapisseries chaleureuses et percés par deux cheminées en marbre. Une porte, à droite, permettait de monter dans la tour ouest occupée par des chambrées. On y accédait par un escalier en colimaçon.

Une porte en bois, à l'est de la salle d'honneur, permettait de rejoindre l'autre tour, qui comptait elle aussi des chambres superposées sur trois étages et le cabinet privé du comte. Du fond de la salle d'honneur, on pouvait entrer dans les cuisines. Elles occupaient tout ce qui restait d'espace au rez-de-chaussée, avec deux immenses cheminées aux angles, dans lesquelles s'entassaient des tournebroches, des potences, des crémaillères, des crocs. À côté, des fagots et des bûches étaient prêts à brûler pour cuire et rôtir les viandes, essentiellement du gibier ou de la volaille. Il y avait là aussi des barriques empilées, les hachoirs, les couteaux, des plats en terre, en faïence, en étain, des cruches en olivier ou en verre soufflé, des pots en fonte, des larges louches, des réserves pour les haricots, les fèves, les châtaignes, les choux et les raves. Dans le cellier, des viandes faisandaient et des charcuteries laissaient leur odeur salée envahir la pièce. Une vaste porte cochère donnait sur l'arrière du château en face des écuries et des granges. Elle permettait d'effectuer le ravitaillement et d'accéder facilement aux poulaillers, aux porcheries. Éléonore allait souvent parler avec les cuisinières qui s'affairaient, coiffées d'un fichu blanc noué derrière le cou, vêtues d'une robe noire de futaine ainsi que d'un large tablier bleu. Il faisait toujours chaud dans la cuisine, il y sentait toujours bon. Elle y retrouvait parfois la même ambiance laborieuse et chaleureuse que dans l'atelier de Manille, et cette réminiscence la peinait. Il y avait des rires, du vin que l'on buvait à la volée. Le travail était difficile car la maisonnée à nourrir comptait plus d'une centaine d'âmes, depuis les palefreniers, les archers, les gardes, l'intendant, les garçons d'écurie et les domestiques. Seuls quelques privilégiés partageaient la table de la comtesse, à l'étage au-dessus, mais il y avait tout le personnel qui mangeait dans la cuisine sur l'immense table en bois. C'était là que se restaurait Éléonore, c'était là qu'elle venait rire et parler, aimer la vie et la joie partagée.

Un escalier partant de l'aile droite de la cuisine permettait de rejoindre, à l'étage, la salle à manger de la comtesse. Cette pièce qui servait aussi de salon était somptueuse : le plancher de bois verni rappelait le plafond mouluré constitué de caissons reluisants. Des frises couraient le long du haut des murs, au-dessus de tableaux et de tapisseries d'une grande valeur. Des statues, des bustes étaient posés sur les rebords en marbre des trois cheminées. La table était montée et démontée pour chaque repas. Le mobilier principal était constitué de trois chauffeuses et d'un salon aux assises de velours avec des rebords de bois doré mouluré. La pièce était éclairée le soir par trois immenses lustres en verre de Venise que les domestiques descendaient à leur hauteur pour allumer les bougies avant de les replacer sous le plafond. La lumière scintillait, vrillait, bougeait étrangement, c'était un spectacle pour Éléonore habituée à l'obscurité de l'abbaye.

Rares étaient les privilégiés qui pouvaient emprunter l'escalier menant au troisième étage du château, l'étage de la chambre de la comtesse, du comte, et de leurs fils. Éléonore ne connaissait que celle de la comtesse où elle montait chanter les soirs, pour sa toilette et son coucher ou aux heures des prières. Très pieuse, la comtesse avait fait aménager, dans le prolongement de sa chambre, une petite chapelle baroque dissimulée aux regards par deux portes qui semblaient être celles d'un placard. Derrière, il y avait un espace voûté, peint en blanc sur les murs, très coloré aux plafonds par des peintures de scènes bibliques. L'endroit était lourdement décoré de statues dorées de la Vierge et des crucifix. Tout était rutilant, astiqué, entretenu chaque soir par les domestiques. La comtesse y venait prier en écoutant Éléonore chanter les louanges à Dieu ou à la Vierge, seule, en général. On avait dit à Éléonore que ses fils fuyaient l'endroit et ne partageaient pas le mysticisme de leur mère. Quant au comte, quoique fervent catholique car fervent royaliste et ancien chef de dragons, il était peu pratiquant. Son manque de ferveur religieuse était d'ailleurs un sujet de dispute avec son épouse.

Il venait rarement au château de Lesle. Il vivait à Paris, dans un pavillon octroyé par le roi, place Royale. Il s'ennuyait ferme en Cévennes et ne le cachait pas. Ses fils demeuraient avec lui, dans la capitale. Le premier était notaire du roi. Le second avait embrassé la carrière des armes et il était lieutenant de l'armée royale. Le troisième se destinait à une carrière de juriste. Éléonore avait croisé les deux premiers fils de la comtesse, un dimanche, alors qu'ils rendaient visite à leur mère. Ils lui étaient apparus fort différents d'elle, quasi inaccessibles, drapés dans leur justaucorps en étamine. Ils portaient des perruques à la brigadière, sous des chapeaux voyants et emplumés. Ils marchaient avec mille précautions pour ne pas crotter leurs bas de soie et leurs chaussures basses à talon carré, le regard hautain, évitant de jeter les yeux sur les domestiques, les archers ou les laquais qu'ils ignoraient superbement, évitant la foule du bourg venue leur faire une haie d'honneur en mettant les genoux au sol, les enfants tendant la main en espérant l'obole.

Esseulée pour gérer les affaires de son domaine et sa fortune, la comtesse avait choisi Hermin pour l'assister, comme intendant et régisseur. Son cabinet était aménagé dans une pièce donnant sur le vestibule, pour pouvoir recevoir facilement les commerçants, les paysans et les artisans. Il avait sa chambrée dans une des tours du château. Il était accaparé par son travail, traînant toujours avec lui quelque parchemin ou porte-documents, le regard concentré et sérieux. Chaque fois qu'Éléonore passait la porte de son cabinet, pour le saluer ou discuter, elle le surprenait à travailler : soit pour la comtesse, soit à recopier des textes. Il avait la passion de l'écriture et il s'appliquait à conserver des documents dont l'ancienneté menaçait le contenu. C'étaient des textes relatifs au château mais aussi des fables, des récits, des chansons, des enluminures. Il prenait alors une mine appliquée, tordant un peu la bouche pour mieux se concentrer sur son art. La plume crissait sur le papier, décrivant les lettres rendues à nouveau au présent, sans éraflures du temps. Éléonore le contemplait, amusée. Elle l'aimait beaucoup. Entre eux, il y avait une amitié, un respect solide et une confiance totale qui étaient nés spontanément. Éléonore pensait que c'était leur histoire passée qui les liait, sans savoir exactement laquelle, mais une histoire qui en faisait presque des frère et sœur. Elle attendait le moment opportun pour lui en parler et pour comprendre le soutien qu'il lui apportait. Il avait même convaincu la comtesse d'offrir une solde considérable à Éléonore, à la fin de chaque mois, en plus du gîte et du couvert. Assez souvent, quand il était au château, Hermin entrait dans la chapelle pour entendre la voix d'Éléonore. Il ne priait pas. Il se signait rapidement et il l'écoutait, avec attention, les yeux mouillés d'émotion, avec son regard bienveillant.

Un jour, alors qu'Éléonore flânait entre les murailles du château, elle avait rencontré Hermin qui venait de visiter les fermiers. Il lui avait fait un franc sourire, comme à son habitude, un sourire qui était une marque profonde d'affection et d'amitié. Ils avaient marché côte à côte jusqu'à l'entrée, en parlant de choses et d'autres. Avant qu'ils ne se séparent, Éléonore l'avait regardé bien en face et lui avait demandé :

— Hermin, pourquoi m'as-tu aidée ? Qui suis-je pour toi ?

— Tu es des nôtres, Éléonore, c'est tout, avait-il répondu.

— Des vôtres ? Que veux-tu dire ?

— Tu le sauras assez tôt. Et tu nous rejoindras, je le sais.

Éléonore était demeurée interdite devant la porte à peser et repeser ces mots, sans en comprendre le sens profond. Elle avait couru pour rattraper Hermin, elle avait saisi son bras, en le serrant un peu et elle avait demandé :

— Le prédicateur qu'on appelait Laflaucheur, c'était mon père, n'est-ce pas ? Tu l'as connu ?

Hermin avait secoué la tête, d'un air embarrassé en murmurant :

— C'est si loin tout ça, j'étais enfant... Je me souviens peu.

— Tu te souviens de lui ?

— Oui.

— Parle-moi ! Manille m'a dit que c'était mon père et qu'il m'avait recueilli dans ses bras.

Hermin posa une main sur l'épaule d'Éléonore. Il la regarda au fond des yeux en prononçant tout bas :

— Ne crois pas les mensonges de ce convers, ni ceux de l'abbé Conrad à ton sujet. Tu dois apprendre à te découvrir toi-même, à savoir le talent que tu portes, pour t'épanouir.

— Qui suis-je, Hermin, qui suis-je ? Pourquoi m'aides-tu ?

Elle avait crié ces derniers mots. Hermin détourna les yeux. Il s'appuya sur le mur du château au pied duquel ils étaient parvenus. Il trifouilla la terre avec son soulier, gêné.

— Viens me voir ce soir, Éléonore, je te dirai ce que je sais.

— Où ?

— Dans mon cabinet, en bas.

— D'accord.

Le soir même, Éléonore apprit de la comtesse qu'Hermin était parti en voyage pour les affaires du comte, jusqu'aux confins de la Suisse.

2

Lorsque la comtesse avait parlé de la fête du château de Lesle à Éléonore, elle avait été à la fois flattée et angoissée d'être sollicitée. On lui demandait de monter sur une estrade, dans la basse-cour du château, pour chanter et faire danser les gens du bourg. Éléonore était émue à cette idée. Elle n'avait encore jamais chanté devant un public nombreux. La comtesse, sa camériste ou Hermin étaient souvent son seul auditoire. À l'abbaye, elle ne se sentait pas écoutée, sa voix étant mêlée à celle des autres moniales.

Le jour de la fête, elle serait accompagnée de trois musiciens, un joueur de viole, Louis, un joueur de hautbois, Marcello, et un de luth, Hildeberg. Ils étaient des musiciens ambulants mais la comtesse les faisait revenir systématiquement tous les deux ans pour ses festivités. Éléonore avait travaillé avec eux, au château, pour se préparer et elle avait beaucoup aimé chanter du profane, pour la première fois. Ils étaient tous les trois plus âgés qu'elle, avec de l'expérience. Marcello, qui avait sillonné l'Italie et qui était originaire de Pise, lui avait dit que sa voix avait quelque chose d'exceptionnel. Ils avaient répété des contes, des ballades, des chansons populaires, de ces chansons du pays qui passaient de génération en génération, connues de tous, fredonnées de tous, en occitan. Éléonore ne les connaissait pas. Manille ne chantait pas et les moines ou les moniales n'avaient que des chants sacrés à leur répertoire. Sa voix était moins mise en valeur dans les chants profanes, c'était plus dans son jeu de scène et dans son expression qu'elle devrait briller.

Pour l'occasion, la comtesse lui avait fait faire une robe par son couturier de Mende : le corsage était jaune, très serré à la taille ce qui soulignait son extrême finesse. Il était décoré d'une superposition de rubans et de dentelles blanches. Les manches courtes étaient ornées de volants d'étoffe plissée prolongées par des engageantes brodées. La jupe de dessous était décorée de pretintailles, des découpures inspirées des frises. Elle avait des broderies en fil d'or. Elle ne portait pas de chapeau mais une coiffure bouclée avec un chignon haut. Des fines mèches très blondes s'échappaient de la coiffure pourtant maintenue par de multiples épingles. Un charme infini se dégageait de son visage qui souriait sans cesse, marqué par les deux fossettes de ses joues. Quand la comtesse l'avait vue ainsi parée, elle avait dit, en retenant un cri de surprise :

— Mon Dieu ! Mais tu es belle, Éléonore ! Tu es très belle ! Tu ne tarderas pas à me quitter pour un galant !

Et sa maîtresse avait un peu ri, elle qui était si réservée de coutume. La fête qu'elle organisait au village avait lieu tous les deux ans pour célébrer le miel. C'était l'occasion d'une grande messe le matin, suivie d'un banquet populaire avec des danses et une foire géante. La comtesse avait pour habitude de distribuer des victuailles ce jour-là et d'offrir des spectacles aux paysans qui travaillaient ses terres, tout en recommandant bien aux archers et aux gardes de contrôler toutes les entrées aux murailles du bourg.

Le matin, Éléonore avait suivi la comtesse dans les ruelles du bourg. Elle saluait les siens de loin. Cinq hommes armés de mousquets, d'arbalètes et de lances les encadraient. Ceux qui la croisaient baissaient les yeux en signe de remerciement et de respect. Une haie d'honneur se creusait, de la sorte, pour leur faire place. On reconnaissait la comtesse à sa tenue ornementée de rubans, de colifichets et de perles de nacre, à son visage abondamment couvert de blanc de céruse, piqueté de mouches noires, à sa coiffure dressée à la hurlupée, tellement haute que la comtesse devait garder la tête droite, et regarder devant elle. Il y avait foule, le temps était au beau, sans être étouffant. Les enfants, vêtus de nippes, couraient en mordant dans des pains chauds. Tout n'était qu'un immense éclat de rire, un moment de repos et un jour sans faim, sans peine, sans fatigue. Parfois, Éléonore songeait à la vie des moniales, éteinte et sobre, et des mauvais souvenirs venaient se heurter aux beaux moments qu'elle vivait maintenant. Elle louait encore Dieu de l'avoir aidée à mener une vie laïque, dans laquelle elle ne le vénérait pas moins.

Les chants profanes et les danses du peuple étaient prévus en fin d'après-midi. Éléonore avait dîné dans la cour du château avec les domestiques, les gens d'écurie, les archers et les gens du bourg. On avait dressé de longues tables sur les pelouses. On sentait les odeurs de viandes grillées qui s'échappaient des cuisines, celles des graisses chaudes, des soupes mitonnées. On faisait circuler les cruches de vin et les gobelets de corne passaient de main en main. Chacun se réjouissait du festin à venir et de ce vin qui n'était ni aigre ni piqué. Pour ce repas des gens de la comtesse, les cuisinières avaient prévu des soupes, de la volaille courante, des connils[1], du mouton avec des haricots et des fèves, des choux et des raves, des galettes de sarrasin et d'orge. Éléonore avait beaucoup ri et parlé, tentant de réprimer l'angoisse qui montait à l'idée de devoir chanter en public. La comtesse n'avait pas réapparu depuis le repas qu'elle avait pris dans la grande salle de l'étage avec ses proches. On disait que ses fils étaient rentrés, ainsi que le comte. On avait dressé dans la salle à manger, à l'étage, des tables recouvertes de nappes de lin, repassées et amidonnées. Un festin de gibier et de poissons était au menu : sarcelles[2], faisans, perdreaux, chevreuils, sangliers, truites et brochets. On avait déposé des ustensiles pour manger, comme cela se pratiquait à la cour. On devait éviter de manger à pleins doigts. La camériste avait fait décorer la salle avec des genêts et des lianes de chèvrefeuille pour donner des couleurs à la fête. Les blasons de la famille Lesle pavoisaient toutes les ouvertures.

Vers 16 heures, Éléonore gagna l'estrade qui était dressée sur la place du village, accolée au mur de

1. Lapins.
2. Oiseaux sauvages proches du canard (mais plus petits).

l'église. Des guirlandes de genêts et de fanions aux couleurs des Lesle couraient d'un côté à l'autre de la scène suspendue par des planches clouées aux piquets situés aux angles. Ils formaient un cadre autour de l'estrade. Les trois musiciens étaient déjà en place et ils firent quelques essais. Les gens s'agglutinaient, en parlant fort, en s'invectivant ou en éclatant de rire. On sentait qu'ils avaient une gaieté un peu excessive, de l'impatience aussi, dues au vin. Une boule d'angoisse nouait la gorge d'Éléonore qui craignit de devoir s'enfuir. Elle songea à la bonté de la comtesse, à sa chance d'être sortie du noviciat et elle chanta dès que Marcello lança son hautbois. La foule se tut aussitôt et d'un seul mouvement tourna la tête vers elle. Sa voix touchait. Elle n'était pourtant ni poussée ni forte. Elle était mélodieuse, elle coulait, vibrait, elle grisait un peu, elle plaisait. Éléonore parcourut une bonne partie du répertoire, d'abord des chants lents puis des chansons plus populaires et rythmées. Alors, une farandole se forma pour danser au pied de l'estrade. Ce fut la liesse, l'euphorie, les rires. Les visages étaient joyeux, les pieds se levaient, s'abaissaient, les mains se serraient, se lâchaient, se resserraient. On s'embrassait, on buvait en levant les cornes de vin bien haut, on tournoyait. Éléonore était heureuse de donner cette joie à tous ces gens qui l'applaudissaient, qui dansaient grâce à elle. Marcello, Hildeberg et Louis redoublaient d'efforts pour maintenir le rythme des gigues. Ils se souriaient de temps en temps. Éléonore aimait ce partage avec d'autres musiciens, elle qui s'était souvent sentie coupable de chanter isolée et cachée sous les voûtes d'une église.

Soudain, la foule se fendit en deux et une forme humaine, recourbée, cachée sous un manteau sale, se précipita sur l'estrade avec fougue. Elle gravit les trois marches et se jeta sur Éléonore qui n'eut pas le temps de réagir. Elle sentit des mains enserrer ses pieds, toucher ses chevilles. Bientôt, une impression mouillée sur sa peau lui fit émettre un cri. L'être qui la serrait éperdument perdit sa capuche qui retomba sur son dos et leva les yeux sur elle. C'était une vision sordide, déjà entr'aperçue jadis : des yeux immensément bleus, des cheveux lumineux sur une bouche ouverte, béante, une plaie noircie à la commissure et rouge à l'intérieur. C'était la muette. Elle posait sa bouche difforme sur les pieds d'Éléonore pour les embrasser. Des plaintes gutturales sortaient d'elle sans qu'on n'en puisse comprendre le sens. Éléonore la regarda pétrifiée. Elle comprit que cette pauvre femme n'avait pas de langue. Marcello et d'autres hommes de la foule l'arrachèrent à l'estrade, la rouant de coups, et la jetèrent hors des murailles du bourg. Les gardes de la comtesse la saisirent. Ils revinrent en riant, se frottant les mains, clamant haut et fort que la muette venait d'être jetée en prison pour avoir osé réapparaître sur les terres de Lesle.

Louis reprit la musique le premier et la fête redémarra. Éléonore avait la voix qui déraillait. Elle s'excusa un moment et partit s'asseoir au pied de l'estrade, du côté isolé, face aux murailles du château, pour se ressaisir. Les trois musiciens jouèrent des gigues et la foule reprit ses danses en riant.

Éléonore tentait de se calmer. Elle avait encore la sensation désagréable de la bouche de la muette sur ses pieds. Et surtout, cette certitude que la malheureuse avait voulu lui signifier quelque chose. Tout son corps tremblait à la fois d'effroi et de pitié.

— Éléonore, *ma*, *che cosa fai* ? La *musica* t'attend ! lui reprocha Marcello qui venait de la rejoindre.

Il s'assit près d'elle, posa sa main sur son épaule et lui dit :

— Tu as eu peur ?

— J'ignore qui est cette... femme et ce qu'elle me veut.

— *É una pazza*[1]... On la voit de temps en temps dans le pays. Elle habite les grottes de Dolmazon.

— Mais... d'où lui vient cette terrible infirmité ?

— Au début de la guerre des camisards, elle vivait au village de Dolmazon, avec sa famille. Un soir, elle a disparu. Quelqu'un l'avait séquestrée et lui avait... arraché la langue.

Éléonore porta ses mains devant sa bouche pour y retenir un cri.

— Pourquoi ? articula-t-elle.

— Elle devait savoir trop de choses... je suppose. Je ne la connaissais pas et je suis arrivé dans les Cévennes bien après la guerre.

— Qui lui a fait ça ?

— *Non lo so*, personne ne le sait. Peu après, tout le village de Dolmazon dans lequel elle vivait avec sa famille a été rasé par les dragons de Lesle. C'était en 1702. Toute sa famille a péri. Elle continue à vivre dans ses ruines. Toute seule.

— De quoi vit-elle ?

— Je ne sais pas. On dit que des bonnes gens lui

1. « C'est une folle. »

apportent des vivres par charité. Je la croise souvent sur les marchés où nous jouons. Elle se cache pour nous écouter. Je crois qu'elle aime la musique.

— C'est affreux, cette histoire.

— *Vai !* Viens, ma fille, allons chanter et jouer, tu verras, ça soigne toutes les plaies !

3

Éléonore avait repris place sur scène et elle chantait avec moins de plaisir, toujours marquée et troublée par l'intervention de la muette qui était venue se jeter à ses pieds.

Vers 20 heures, les musiciens arrêtèrent un instant de jouer. Il était l'heure du grand souper donné dans la cour du château. Éléonore terminait une dernière chanson en occitan, sur un ton langoureux, un récit de départ en croisade dont la mélodie et les paroles remontaient au Moyen Âge. La foule s'ouvrit en deux pour laisser approcher le comte de Lesle et ses trois fils. Ils rejoignaient la comtesse qui avait fait transporter son fauteuil au pied de l'estrade. Le comte paraissait plus jeune qu'elle, très soigné. Il avançait, altier, avec une espèce d'assurance qui frôlait le mépris. Son visage exprimait l'agacement d'être en ce lieu et un extrême ennui. Il portait un justaucorps somptueux, aux boutons en or, sur une culotte écarlate. Ses collants blancs tombaient dans des souliers à bout carré et à talon rouge, trait de mode de la cour du roi. Il avait une perruque fournie de boucles noires, haute sur le dessus du crâne et marchait avec une canne élégante. Derrière lui, un domestique amenait un fauteuil qu'il installa à côté de celui de la comtesse. Suivaient les fils de la comtesse. Éléonore connaissait les deux aînés. Le premier, Joseph, était distant, détaché, il paraissait être au château contraint et forcé. Il ne souriait pas, soupirait beaucoup et posait un regard blasé, las, sur les êtres et les choses. Petit, replet, déjà dégarni, il portait l'habit noir de ceux qui travaillent pour le roi et souhaitent le rappeler. Ses yeux étaient un peu rapprochés et son nez courbé lui donnait un air fourbe. Pourtant, il était gentil et courtois avec Éléonore. Quand sa mère la lui avait présentée, il lui avait demandé d'assister à un de ses chants, à la chapelle, et il avait trouvé sa voix exceptionnelle. Il lui avait même suggéré de la faire entendre à un musicien du roi mais la comtesse avait froncé les sourcils, mécontente à l'idée qu'on puisse lui enlever sa chanteuse personnelle. Son épouse portait le nom de Pauline. C'était une fille de la haute noblesse courtisane. Elle avait des corsages et des jupes somptueux. Elle ne cherchait pas à feindre son mécontentement d'être chez la comtesse. Elle l'ignorait d'ailleurs superbement. Elle la regardait avec un mépris à peine dissimulé et elle avait franchement ri quand la comtesse lui avait fait entendre Éléonore dans sa chapelle, la traitant de dévote. La comtesse n'avait pas répliqué. Éléonore savait que son mysticisme cachait une douleur enfouie.

Joseph et Pauline s'entendaient mal. Leur désir inassouvi d'enfant après dix ans de mariage les avait rendus ennemis. Ils s'accusaient mutuellement de cette stérilité que le comte leur reprochait sans cesse, inquiet de ne pas avoir de descendance. Le second fils de la comtesse, Bertin, était militaire dans l'armée du roi. Son métier avait déteint sur sa physionomie. Grand, revêche, il arborait un air sérieux et impératif. Quand il avait questionné Éléonore sur sa voix, elle avait eu l'impression qu'il lui donnait des ordres. Il prononçait ses phrases de manière abrupte et péremptoire, attendant une réponse immédiate. Son épouse, Ade, ne parlait presque pas et elle était transparente à ses côtés, timide et effacée. Eux non plus n'avaient pas encore d'enfant, malgré le nombre de prières que la comtesse faisait en ce sens à la Vierge Marie. Si bien que le comte et la comtesse plaçaient tous leurs espoirs en leur dernier fils, Bohémont, qui finissait des études à Paris pour être avocat. Éléonore ne l'avait encore jamais rencontré.

Il arriva à la fête derrière ses deux frères. Il ne portait pas de perruque et ses cheveux étaient longs, d'un blond doré, un peu frisés, retenus par un ruban rouge à l'arrière. Son habit noir était composé d'un justaucorps bordeaux tombant à mi-cuisses. Il approcha de l'estrade en parlant avec son père, jetant des regards distraits sur les musiciens. Pourtant, son regard revint sur Éléonore. Il s'arrêta même de marcher un moment et la regarda longtemps. Elle ressentit une vive émotion, quelque chose de profond qui la bouleversa. Une impression diffuse que sa vie faisait une pause. Que tout allait changer. Que cet homme-là allait compter. Qu'elle le reconnaissait.

Bohémont regagna le dessous de la scène et s'assit sur un des fauteuils apportés par les domestiques à cet effet. Il n'avait pas quitté Éléonore des yeux bien que son père continue de lui parler en penchant la tête vers lui. Il paraissait absorbé dans sa contemplation et Éléonore était émue, troublée, profondément touchée. C'était un sentiment doux qui montait en elle, chaud, une envie, un désir. Le regard de cet homme sur elle était déjà une caresse, une promesse.

Elle redoubla d'ardeur, bougea davantage sur l'estrade. Pour la première fois, elle prenait conscience de son corps, de son charme à travers ce regard, et elle souriait en tentant de détourner les yeux. Ils revenaient pourtant sur Bohémont, sans qu'elle le veuille et leurs yeux se croisèrent tout le soir. Quand la famille de la comtesse se releva pour rentrer, elle fut envahie d'une infinie tristesse. Elle les regarda s'éloigner. Bohémont se retourna à trois reprises, suspendit encore ses yeux sur les cheveux, les lèvres, le visage d'Éléonore qui lui fit un petit signe d'adieu, imperceptiblement.

La foule dansa jusqu'au milieu de la nuit. Vers minuit, la cameriste de la comtesse vint chercher Éléonore pour qu'elle regagne la chapelle. La comtesse voulait dire une dernière prière. Elle la trouva déjà agenouillée sur son prie-Dieu, les mains croisées, la tête baissée, priant à demi-mots. Deux cierges brûlaient comme unique éclairage. Éléonore s'avança doucement et prit sa place habituelle, face à la statue de la Vierge, tournant le dos à la comtesse par discrétion. Sa voix monta, belle et pure, dans l'étroit espace de la chapelle. Elle était animée par une ferveur nouvelle et elle priait, elle aussi, ou plutôt elle remerciait la Vierge de cette soirée, de ce cadeau, de sa rencontre même si elle n'espérait encore rien de précis. La comtesse se releva au bout d'une bonne demi-heure de prière et de grâce. Puis elle sortit, attendant Éléonore pour refermer la porte de la chapelle. Son visage était fermé, fatigué. Éléonore lui posa une main sur l'épaule pour lui dire bonsoir et la comtesse, contre toute attente, confia :

— Chère Éléonore, si vous saviez comme je prie... Comme j'ai peur.

Éléonore s'arrêta et attendit la suite.

— Vous comprenez, je n'ai plus que mon époux et mes fils. J'attends une descendance. Je l'espère. Mon mari aussi. Mais Dieu ne semble pas nous entendre. Voilà plus de dix ans que nos deux premiers fils sont mariés.

— Vous en avez un dernier, tenta Éléonore en réprimant un frisson de plaisir en songeant à lui.

— C'est pour lui que je prie, Bohémont est mon seul espoir.

Elle s'approcha de son lit et Éléonore comprit qu'elle devait la quitter. Elle referma la porte délicatement et partit à pas feutrés dans l'escalier. Elle traversa le grand vestibule et s'apprêtait à s'engager dans l'escalier conduisant à sa chambre quand elle tomba sur Bohémont. Ils demeurèrent face à face en silence, un long moment. Il approcha d'un pas, si près d'elle qu'elle respira son odeur.

— Alors vous êtes la chanteuse attitrée de ma mère ? prononça-t-il avec une voix profonde et grave.

— Oui.

Il leva la main sur une mèche de ses cheveux et la caressa avant de la replacer derrière son oreille, avec une douceur infinie.

— Vous avez quelque chose de… d'envoûtant.

Elle recula et s'engagea dans l'escalier en murmurant un bonsoir inaudible. Elle ressentait déjà un attachement pour ce garçon qui la terrifiait. L'impression que la vie serait insipide sans lui. Désormais.

4

Éléonore marchait à vive allure. Elle s'était renseignée sur l'endroit où vivait la muette auprès de la cuisinière du château qui lui avait répondu en se signant. La pauvre mutilée était encore détenue dans une des prisons des châteaux pour avoir osé interrompre le spectacle de la comtesse et entrer sur les terres du comte de Lesle. Éléonore avait le souvenir récurrent de sa bouche tordue en une grimace difforme. Mais elle n'avait pas peur d'elle, elle ressentait tout au plus de la curiosité et une immense pitié. Le hameau abandonné où elle résidait seule, dans une grotte, était situé à une dizaine de kilomètres. Il s'appelait autrefois le mas Dolmazon. Il avait été incendié et détruit par les troupes du roi et les milices du comte de Lesle en représailles à l'incendie du monastère de Chazourde. Une centaine de femmes et d'hommes avaient été massacrés sur place. Au pays, cet événement était encore tu, on évitait d'en parler. C'était le comte en personne qui avait mené les opérations, avec l'abbé Gonrad. L'affaire était terrifiante, on tentait de l'oublier comme on tentait d'oublier toute la guerre des camisards.

Éléonore était obnubilée par sa rencontre avec Bohémont. Elle tentait de détourner son esprit de lui mais son visage revenait sans cesse dans sa mémoire. Elle se souvenait avec un vif plaisir de leurs mots, du toucher de sa main dans ses cheveux. Elle aurait aimé que cette scène se reproduise sans cesse. Indéfiniment. Elle l'avait rendue heureuse. Désireuse. Elle était attirée par ce jeune homme. Presque fascinée. Elle rêvait de le connaître, de lui parler, de pouvoir savoir ce qu'il pensait, ce qu'il était, ce qu'il aimait, comment il vivait, à Paris, avec qui, où, comment se déroulaient ses jours, ses nuits. Elle enviait ceux qui partageaient sa vie, ses repas, ses mots, ceux sur lesquels il posait les yeux, détestant déjà celles qui avaient cette chance. Elle n'osait envisager ce qu'il avait ressenti, lui, pour elle. Elle voulait s'éviter la déception. Pourtant, elle avait perçu son trouble. Il avait eu une façon de la regarder, de s'adresser à elle qui dissimulait mal son intérêt. Alors, malgré tout, elle espérait d'autres instants avec lui, des moments, des heures mêmes. Elle rêvait.

Elle finit par aboutir au hameau, après avoir traversé un immense bois de châtaigniers, ce qui la détourna enfin de ses pensées pour Bohémont qui l'envahissaient, la torturaient.

Quelques ruines étaient adossées à une butte toute verte. Des murailles et des toitures effondrées portaient encore des traces noirâtres, celle des incendies. C'était un spectacle accablant comme une plaie, une immense cicatrice, qui laissait envisager la violence de l'épisode. Le vent passait entre les maisons abattues, telle une plainte. Même des arbres étaient encore calcinés, fantômes tombés au sol, à jamais.

Des traces d'anciens champs et prés étaient perceptibles mais la végétation en friche reprenait ses droits. La vie paraissait s'être arrêtée, ici.

Éléonore suivit le chemin du hameau, traversa d'anciennes cours aux murs écroulés. Elle était mal à l'aise. Elle croyait entendre des cris, des voix, des rumeurs. Des blocs de murailles bloquaient le chemin, elle dut les enjamber, buta sur un morceau de bois. Elle reconnut un ossement humain. Elle hésita à fuir. Ses jambes chancelaient. Pourtant, elle s'engagea plus en avant dans un passage tortueux, voûté en plusieurs endroits. Des anciennes granges et des écuries éventrées, aux toitures enfoncées, s'ouvraient sur cette ruelle sinistre. Des corbeaux croassaient, habitant les lieux. La seule demeure qui avait été plus ou moins épargnée était située à flanc de colline, au bout du chemin. La porte principale s'ouvrait sur des caves d'un côté, dans une odeur de rance, et sur un escalier en pierre, de l'autre. Éléonore l'emprunta et aboutit sur un premier étage dans un vestibule étroit, éclairé par une petite fenêtre à droite. Éléonore appela :

— Il y a quelqu'un ?

Aucune réponse. Aucun bruit.

Elle pénétra dans une vaste salle au plafond en planches. C'était un ancien atelier de tisserand. Elle caressa le ventre et les bras silencieux des machines. Certaines avaient été brisées à coups de hache ou d'épée. Ici encore, la vie quotidienne paraissait avoir été arrêtée net. Subitement. Violemment. Au bout de l'ancien atelier, on arrivait dans la cuisine de l'habitation. Le fourneau était éteint, à jamais. À droite, une simple planche posée sur la maie[1] à pétrir attendait des hôtes absents. Les bancs étaient renversés. Un placard à l'angle avait dû être passé au crible. Il y avait de la vaisselle en bois éparpillée sur le sol formé d'un grossier glacis de chaux. Éléonore fît quelques pas, poussa deux volets qui grincèrent affreusement pour laisser entrer un peu de lumière. Elle ouvrit deux planches de bois qui fermaient un placard. À l'intérieur trois étagères étaient scellées au mur. Elles servaient sans doute à porter les ustensiles et les provisions du ménage. Éléonore allait fermer quand elle remarqua un jour au fond de la troisième étagère. Il y avait une planche mobile qui laissait voir une ouverture par laquelle un homme pouvait facilement se faufiler. Éléonore hésita un instant puis, sans savoir ce qui la motivait vraiment, entra dans la cavité. Elle communiquait avec une excavation rectangulaire située sous le sol de la cuisine. Elle mesurait pas loin de deux mètres et demi de longueur sur un demi-mètre de hauteur. Un homme voire deux pouvaient facilement s'y dissimuler. Elle donnait sur des écuries sous-jacentes. Éléonore songea que cette cachette devait être utilisée par des chefs camisards pour échapper aux fouilles des dragons. Elle se rétracta, inquiète et mal à l'aise. Avait-elle le droit ? Qu'allait-elle trouver ? Une faible lumière filtrait par les rainures des planches donnant sur l'écurie. Éléonore discerna plusieurs objets posés au sol. Elle trouva deux bibles traduites par Calvin,

1. Coffre monté sur pieds à couvercle plat utilisé pour pétrir et conserver le pain.

une autre par Théodore de Bèze. Il y avait des recueils épais. C'étaient des écrits de Pierre Jurieu ainsi que deux ouvrages de Martin Luther : *De captivitate babylonica* et *La Liberté du chrétien.* Les pages étaient humides, collées les unes aux autres, rongées par les rats. Elle buta sur des parchemins et des livrets. Elle s'en saisit et les posa dans l'armoire de la cuisine pour les consulter plus tard. Puis, en retournant dans la cachette, elle buta sur une boîte fermée à clé qui retint son attention. Elle la prit et s'extirpa du lieu. Avec des mains tremblantes, elle ramena ses trouvailles sur la table et ouvrit les livrets. C'étaient des chansons et des psaumes qu'elle ne connaissait pas. La plupart étaient propres à la religion prétendue réformée. Ils étaient mis en vers par Clément Marot et Théodore de Bèze. Éléonore les lut et tenta de les chanter, à mi-voix. Elle peina à lire les paroles écrites en langue d'oc, pâtit de déchiffrer les notes que le temps avaient abîmées sur le papier. Pourtant, une mélodie lui revint en tête. Elle eut la certitude d'avoir connu et chanté ces psaumes, notamment l'un d'eux, le psaume marqué 68, qui était qualifié de *Psaume des batailles* :

Que Dieu se montre seulement
Et on verra soudainement
Abandonner la place.
Le camp des ennemis épars
Épouvantés de toutes parts
Fuir devant sa face
Dieu les fera tous s'enfuir,
Ainsi qu'on voit s'évanouir
Un amas de fumée.

Comme la cire auprès du feu,
Ainsi des méchants devant Dieu
La force est consumée.

Elle ne parvint pas à ouvrir la boîte et la mit dans un sac avec lequel elle était venue. Elle ressortit de la maison et continua de marcher au hasard des ruelles en ruine, des dédales de pierres encore couvertes de suie.

À flanc de colline, dans la partie la plus abrupte du lieu, une grotte dessinait une ouverture profonde. C'était sans doute là que vivait la muette. Éléonore approcha. Elle appela. Nulle réponse. Toujours le silence. Ce silence sinistre et pesant, sur ces lieux de vécu. De guerre. De dévastation. Éléonore avança. Elle gravit le petit sentier pentu, posa sa main contre la roche qui ouvrait sur l'intérieur sombre, fit un pas. Le soleil donnait à l'intérieur, éclairant les lieux d'une forte lumière. Il y avait une odeur d'encens mêlée à celle d'une soupe qui était restée à chauffer sur le feu. Le sol était en terre. Une porte en bois fermait l'entrée au froid, au vent. On pouvait la repousser et la caler contre la paroi. Elle était dans cette position et Éléonore entra dans la première partie de la grotte qui servait de cuisine et de réserve. Il y avait un fourneau dont le tuyau d'évacuation sortait par la cavité, un banc, une table et une maie. Ces quelques meubles avaient été récupérés, sauvés, d'une maison incendiée. Les ustensiles reposaient sur une étagère en bois fixée à la paroi de droite, dans le prolongement du fourneau. Ils étaient propres, de bonne qualité, et témoignaient d'un ancien niveau de vie confortable.

Une cloison fixe marquait la séparation avec le fond de la grotte. Éléonore avança, hésita, passa sa tête, jeta un coup d'œil dans la pièce. C'était la chambrée. Là encore, les meubles étaient corrects : un lit au cadre de bois, une bonne paillasse et une couette en plumes. Les murs de la grotte avaient été passés à la chaux. Il y avait une petite coiffeuse à laquelle on avait arraché le miroir. Des robes et des tabliers noirs, sobres, étaient accrochés à une penderie. Éléonore avança jusqu'à un grand pupitre qui l'intriguait. Elle pensait qu'il s'agissait d'un bureau mais la tablette du dessus se soulevait. Au-dessous, il y avait un orgue. Elle s'assit sur le tabouret qui permettait de jouer et observa l'instrument. Il semblait de bonne qualité, marqué de l'année de fabrication : 1579. Tout à droite, au-dessus de la dernière gamme, on pouvait lire le nom de : Thomas Larmoso. Sur une étagère, à côté de l'instrument, il y avait les livrets de centaines de partitions, des feuillets, mais aussi des bibles et des listes de psaumes. Les plus anciennes partitions avaient été copiées à l'abbaye de Chazourde. Elles remontaient aux années 1660 et il s'agissait de chants grégoriens, ou d'*Ave Maria*. Des partitions plus récentes avaient été recopiées par une écriture fine et connaisseuse. C'étaient des psaumes protestants comme ceux qu'elle avait vus dans la maison du hameau. Elle était encore assise sur le tabouret de l'orgue, avec les partitions éparpillées devant elle, quand elle entendit un frémissement, comme un soupir. Elle paniqua, tenta d'empiler tous les documents qui s'étalèrent à ses pieds. Un très vieux chien entra dans la chambre et avança à petits pas vers elle, sans agressivité. Elle demeurait accroupie, les feuillets à ses pieds, sans oser bouger, de peur que le vieil animal ne la morde. C'était un chien noir, pelé sur le dos, l'air doux et calme. Il approcha à grand mal, la renifla, émit deux plaintes, posa sa patte sur sa jambe, puis son museau, attendant la caresse. Éléonore était stupéfaite. Elle passa sa main sur la tête de l'animal qui ferma les yeux de plaisir.

Éléonore se rassit sur le tabouret de l'orgue. Elle eut alors une drôle d'impression, comme un souvenir, une réminiscence. Elle regarda les touches, laissa ses mains dessus, attendit, longuement. Elle connaissait cette position, cette attente d'avant la musique, elle connaissait l'instrument. Elle ferma l'orgue d'un coup sec, frissonna, fouilla dans ses souvenirs, posa ses mains ouvertes sur ses yeux, fit le noir, chercha, sonda, interrogea sa mémoire. Rien. Pourtant elle avait eu cette sensation. Immense et indéniable. Elle rouvrit l'orgue, observa les notes, posa ses doigts sur les touches. Elle essaya de monter une gamme, comme elle l'avait entendu faire à l'abbaye. En vain. Elle était maladroite, elle en était incapable. Le chien était venu poser son museau sur sa jambe. Il lui tenait chaud sur le genou. Elle tenta de le repousser mais il revenait obstinément se coller à elle en gémissant. Elle se releva pourtant du tabouret, fit quelques pas dans la pièce, l'animal la suivant. Dans une commode en bois mouluré, elle découvrit un autre carnet de chants. Ils étaient tous signés par Thomas Larmoso. Les chansons étaient empreintes de beaucoup de poésie et d'une rare sensibilité. Des carnets plus anciens, dont les notes s'effaçaient un peu sur le parchemin, étaient signés par un certain Dono Larmoso. Éléonore découvrit dans un coffre des centaines de pièces de théâtre, des comédies de rue qui remontaient à plusieurs centaines d'années. Tous les textes étaient signés par un Larmoso. Elle reconnut la langue italienne et comprit qu'il s'agissait de chansons profanes, dites en place publique. En définitive, la muette était sans doute la dernière de cette famille de chanteurs et de musiciens dont elle conservait les archives, les souvenirs, terrée dans cette grotte : les Larmoso. Soudain, Éléonore eut le souvenir de ce que lui avait dit la chantre des Perles Noires, Mireille, concernant un chanteur à la voix exceptionnelle, dans la maîtrise de Mende : Odar, qu'elle pensait être un Larmoso. Ce jeune homme qui avait disparu du jour au lendemain. Éléonore chercha une trace de lui, une mention de son nom, en vain. Elle ne trouva rien pour la renseigner sur ce destin curieux.

Elle vérifia d'avoir encore le coffret rouge trouvé dans la cachette de la maison précédente et se décida à partir. Le chien la suivit jusqu'à l'entrée de la maison, elle le caressa encore un peu, en lui parlant tout bas.

— Si tu pouvais parler, brave bête, que me dirais-tu, hein ?

Elle eut beau tenter de la chasser, en criant un peu, il la suivit sur le chemin du retour. Quand elle fut sortie de la forêt, il était toujours derrière elle, peinant à marcher, poussant des gémissements d'abandon. Éléonore s'accroupit, caressa le chien et essaya une fois encore de le chasser.

— Vous avez du mal à vous débarrasser de cette carne ? lui lança un berger qui passait sur le chemin. Vous voulez que je le corrige ?

— Il est à qui ce vieux chien ?

— À la muette. Il a presque vingt ans. Increvable, comme sa saleté de maîtresse ! Mais nous, on veut pas le voir traîner au village, donc il faut le ramener à la grotte et dans le hameau du diable, sinon, je lui mets un coup de hache.

— Non, je vais le ramener, s'interposa Éléonore en toisant l'homme.

Il avait un physique charpenté, une barbe négligée, des braies sales. Un chapeau aux bords évasés lui cachait le visage, par intermittence, selon la position de sa tête. Il ne paraissait pas méchant. Simplement bourru.

— Je vous reconnais, dit-il au bout d'un moment, vous êtes la chanteuse de la comtesse, je vous ai vue le jour de la fête sur l'estrade.

— Oui, c'est moi.

— On n'oublie pas votre visage, vous savez, ni votre voix. Que faisiez-vous dans ce hameau du diable ?

— Je... voulais voir.

— Voir ? Mais voir quoi ? C'est un tas de ruines depuis décembre 1702. Les dragons leur ont bien réglé leur compte à ces salauds de huguenots.

— Pourquoi tout le village a-t-il été détruit ?

— C'était une communauté entière de relaps. Plus d'une fois l'abbé de Chazourde était venu vérifier leurs pratiques religieuses : ils n'allaient pas aux messes, ils n'avaient pas mis les enfants dans des écoles catholiques, ni au catéchisme, ils continuaient à entendre un prédicant dans les caves. Le hameau abritait des prophètes de tous genres, des chefs camisards. Il y avait des cachettes partout... Alors, les troupes royales ont tout ravagé et on ne s'en plaint pas, vous savez nous autres, au village, on est des bons catholiques. Les huguenots ont fait du mal, beaucoup de mal.

— Vous connaissiez un organiste du nom de Larmoso ?

— Que oui ! On le connaissait tous. Il avait un sacré talent, ce gars-là. Il venait parfois jouer en notre petite église. La plupart du temps, il se produisait à la cathédrale pour l'évêque. Il dirigeait le chapitre choral. Il avait une voix... divine. Il avait tout appris de son père, un organiste italien, pensez !

— Italien ?

— Oui... C'est l'abbé de Chazourde qui l'avait fait venir de Florence. Pas l'abbé Gonrad, son prédécesseur, l'abbé Henri. Il cherchait un bon organiste, il en avait déniché un excellent : Dono Larmoso. Il y a des années... c'est vous dire. Puis, il lui a fait don des ces terres boisées, à défricher. Larmoso a travaillé avec sa famille, sur deux générations, il a fait de ces terres ingrates une plantation de châtaigniers et un petit atelier de tisserand. Ma mère disait qu'elle entendait leurs chants du village les jours de vent du nord. Une merveille.

— Mais, alors, que s'est-il passé ?

— Thomas Larmoso, le fils aîné de Dono, s'est converti au protestantisme, personne n'a jamais compris pourquoi. Il était un très bon catholique, il composait pour le monastère, il jouait à la cathédrale de Mende... Un jour, il a fait un voyage à Genève, il en est revenu pasteur... C'était dans les années 1680. À son retour, il a entraîné tout le hameau de Dolmazon vers la conversion à la religion huguenote. Il a converti d'autres villages dans le pays sous le nez des moines de Chazourde et de l'évêque de Mende.

— Il convertissait des villages ?

— Beaucoup. Alors, quand l'édit de Nantes a été révoqué, les hostilités ont commencé entre l'abbé Gonrad et Larmoso. Bien sûr, les Larmoso et tout le hameau ont fait semblant de se plier aux volontés du roi et ils ont fait semblant de renier le protestantisme en 1687. En vérité, ils furent des relaps. Et la colère de l'abbé s'abattit sur eux : en 1702, le 15 décembre. De ça, je me souviens. Des cris, du feu, du passage des enfants dans les charrettes, des pendus sur place, des détenus marchant à la chaîne pour aller aux galères, de la rivière charriant des corps. C'était triste mais c'était un soulagement. Les Larmoso faisaient trop d'adeptes. Ils convertissaient, ils ramenaient les nouveaux convertis à la religion prétendue réformée, ils avaient l'art de s'attirer les foules lors des assemblées.

— Comment cela, les Larmoso ? Ils étaient plusieurs ?

— Thomas prêchait avec sa fille, et sa petite-fille, aussi. Car quand je parle des Larmoso, j'entends surtout les femmes Larmoso. Et elles l'ont payé cher, très cher, ces deux fanatiques, Thomas aussi.

— La muette qui reste dans la grotte ? C'est une Larmoso ?

— Je ne veux pas en dire plus. Ces gens-là ne portent pas chance. Ils sont... comment dire... à la fois divins et maudits.

Il se signa trois fois de suite.

— La muette était une prédicante ? insista Éléonore.

— Particulière...

— C'est-à-dire ?

— Très douée. À soulever des foules de nouveaux convertis.

Le berger fit quelques pas, se retourna, lança une pierre sur le vieux chien qui s'éloigna à vive allure en aboyant, apeuré.

— Vous voilà débarrassée de cette carne ! Adieu, mademoiselle.

Il reprit sa marche, à grands pas.

— Monsieur ! le rappela Éléonore.

— Quoi d'autre ?

— Vous avez connu un Odar Larmoso ?

Le berger réfléchit en se grattant la barbe :

— Odar Larmoso... Non. Larmoso n'avait qu'une fille, puis une petite-fille. Je n'ai jamais vu de garçon de cette famille par ici...

— Cet Odar était un chanteur de la maîtrise de la cathédrale à Mende.

— Ha ! Oui, d'accord. Je me souviens de ce gamin dont tout le monde parlait. Mais ce n'était pas un Larmoso, il était orphelin. Il a disparu, un beau jour. On disait qu'il avait été emmené pour chanter à Paris, auprès des Grands...

Il reprit sa marche en la saluant d'un geste bref. Alors qu'il était déjà un peu éloigné, il s'immobilisa et se tourna vers Éléonore en demandant :

— À propos, mademoiselle ?

— Oui ?

— C'est étrange que je vous trouve là... Je me permets de vous demander, alors... C'est vous qui chantez de temps en temps dans la chapelle Saint-Jean ?

— Non ! Je ne connais pas cet endroit...

— J'aurais juré que c'était vous... Avec une belle voix. Je l'entends en passant sous le pré Barre, parfois. La chanteuse s'enferme dans la chapelle mais je l'entends malgré tout.

— Vous ne savez pas qui elle est ?

— Que non ! Mais je peux vous dire qu'elle ne donne pas dans le cantique... J'ignore ce qu'elle chante mais ce n'est ni en français ni pour accompagner les messes !

— Où est cette chapelle ? demanda Éléonore folle de curiosité.

— Remontez jusqu'à la croix des Salces puis prenez le chemin de rocaille, sur une lieue, au moins. La chapelle est perdue sur le plateau des Gras. Vous verrez. On ne peut pas la louper. Autrefois, elle faisait l'objet d'un pèlerinage. On disait que saint Jean, tout du moins sa statue, avait guéri le village des Salces de la peste, en 1427. Puis, les habitants des Salces sont passés de l'autre côté... Du même que la muette, si vous voyez ce que je veux dire. La chapelle a été incendiée... Le diacre a été crucifié, percé de mille lames... Aujourd'hui, la chapelle est plus ou moins abandonnée. Le comte de Lesle y fait quelques travaux, de temps en temps. Les murs ont été repeints, pour effacer les traces de suie... Elle est sur son domaine, ça faisait pas très propre... Allez jeter un coup d'œil... Peut être entendrez-vous la chanteuse.

— Merci, au revoir.

Éléonore suivit la direction indiquée. Elle marcha presque une heure sur le chemin caillouteux, qui montait lentement, en boucles, autour d'un vallon. Elle ne se soucia guère des genêts, des fougères, des ramures basses des chênaies, des ronces qui venaient lui barrer la route. Elle les enjambait, elle les écrasait. Elle aboutit sur une vaste étendue verte qui paraissait sans fin et sans limite. Tout était immense et insolite. Seul un petit bois de pins attachait le regard. Contre lui, la chapelle semblait se protéger du vent. C'était un édifice en pierre de pays, très simple, composé d'une petite nef voûtée aboutissant sous le clocher en lauze. Des absidioles faisaient comme une étoile autour du chœur. Sans fioriture, ni décoration, la chapelle apparaissait pourtant dans une grande beauté, le soleil jetant des tons orangés sur les murs. Le silence était profond, évident. Il habitait l'endroit, éveillant l'émotivité et appelant à la rêverie. Éléonore approcha, contourna l'édifice, laissa ses doigts effleurer les murs. La porte de la nef était fermée à double tour. Elle monta sur un banc en pierre, posé contre le mur, pour voir à travers les vitraux d'une ouverture étroite et voûtée. L'intérieur était vide, sans chaises, ni bancs, ni même autel ou sculptures, sans matériel liturgique. Ce dépouillement extrême surprit Éléonore. Elle vit seulement, à droite du chœur, un pupitre de chanteur avec une partition. Dès lors, elle fit le tour de la chapelle plusieurs fois pour tenter d'y entrer. En vain. Elle allait renoncer quand elle remarqua qu'une pierre du pilier du portique d'entrée dépassait curieusement du mur. Elle parvint à l'enlever et découvrit la clé de la porte. Elle força un peu pour que le loquet s'ouvre enfin. La lumière de l'extérieur entra dans la nef, illuminant les travées jusqu'au chœur. Les couleurs des vitraux faisaient des taches vives sur le parterre dallé. L'odeur mélangeait l'encens avec celle de la poussière mais aussi des cendres, comme si le passé peinait à évacuer les lieux. Éléonore se signa, récita le Notre Père et avança dans la chapelle pour gagner le pupitre et la partition qui était ouverte. Elle caressa le papier, y chercha une odeur puis la parcourut des yeux. C'était un passage écrit sur plusieurs clés, qu'elle ne parvint pas à déchiffrer. Les paroles étaient écrites dans une langue inconnue. Elle ferma le livret et lut : *Orfeo, di Monteverdi*. Elle ressentit une drôle d'impression qui mélangeait le regret de ne pas être suffisamment cultivée pour lire les partitions et l'envie poignante de pouvoir le faire, un jour. Elle tomba à genoux, regarda vers l'est, au fond du chœur, et pria Dieu de lui donner un avenir.

5

Éléonore regagna le château en serrant contre elle, dans son sac de lin, le coffret trouvé dans la cachette protestante, Inconsciemment, son doigt caressait le cuir, à l'intérieur. Sa curiosité était à son comble mais elle ressentait aussi une peur terrible, une angoisse, comme un pressentiment. Elle était au bord d'une vérité, de sa vérité, et cette idée l'effrayait. Qui était-elle ? De quelle affreuse tragédie était-elle rescapée ?

Élevée dans la foi catholique, profondément croyante, elle avait toujours ressenti de la méfiance et une sorte de dégoût vis-à-vis des réformés qui continuaient à célébrer leur culte, cachés dans les caves. Malgré la guerre qui avait anéanti et écrasé les camisards, on savait au pays que des centaines de nouveaux convertis étaient demeurés des protestants convaincus, mais méfiants. Ils fréquentaient les églises pour éviter les ennuis mais la Réforme survivait, dans les cœurs et les âmes. Cette réalité révoltait Éléonore qui n'avait pas l'instruction adéquate pour comprendre l'hérésie et pour la tolérer. À ses yeux, c'était une atteinte, une insulte à la Bible et au message du Christ. Elle était révulsée par l'idée qu'elle puisse descendre d'une famille rebelle et hérétique. Pourtant, tout ce qu'elle apprenait, peu à peu, tout ce qu'elle découvrait, la confortait dans cette possibilité d'être une enfant protestante.

Alors qu'elle atteignait le croisement qui permettait de regagner la route de Lesle, deux silhouettes marchant sur le chemin du bas, vers la rivière, attirèrent son attention. Elle se glissa derrière un arbre et observa la scène, médusée. Elle avait reconnu la muette au premier regard mais elle ignorait qui était l'homme qui l'accompagnait. Plus ils approchaient de l'endroit où elle s'était cachée, moins elle doutait : c'était Hermin. Il avait son manteau trois quarts, son chapeau emplumé noir, sa façon de parler, la tête un peu inclinée vers son interlocutrice. Il tenait la muette par un bras, la soutenant. Il l'aidait à marcher, à avancer. Il y avait dans leurs gestes de la tendresse, de l'attention, une confiance réciproque qui sidérèrent Éléonore. Ces deux-là se connaissaient bien. C'était certain. Éléonore ressentit un malaise. Elle avait l'impression d'être au centre d'un secret que son entourage connaissait et lui cachait. À quoi jouait Hermin ? Comment connaissait-il la muette ?

Elle les regarda passer en demeurant bien cachée et reprit la route. Elle resta perplexe et songeuse jusqu'au château.

Dans le vestibule, elle tomba sur la comtesse en grande conversation avec son époux. Leurs mots étaient vifs. Ils avaient une dispute. Éléonore ne put éviter d'entendre des bribes de leur altercation.

— Il vous influence trop, reprochait le comte à son épouse.

— Il gère bien les comptes et je vous rappelle que

c'est vous-même qui avez tenu à ce que je le prenne à notre service, sur les conseils de votre ami le duc du Barru.

— Je ne remets pas en cause ses compétences. Nos bénéfices ont augmenté depuis qu'Hermin s'occupe de nos affaires. Il est vigilant et habile mais il n'avait pas à intervenir dans le cas de cette maudite muette.

— Quelle importance qu'on la garde enfermée ou qu'elle reste dans sa grotte et son hameau détruit... Elle ne peut plus rien contre nous, dit la comtesse en haussant les épaules.

— Je vous rappelle qu'elle fut notre plus grande ennemie !

— C'est une pauvresse, maintenant, Hermin a raison. Il fallait la tuer pendant la guerre.

— On ne l'a pas trouvée ! Je vous l'ai dit cent fois.

— Maintenant, c'est trop tard. Et inutile.

— Il aurait suffi que j'envoie un de mes gardes dans la geôle !

— Dieu saura se souvenir de notre pitié.

Lesle leva les yeux au ciel, exaspéré, et quitta le lieu.

Éléonore se glissa dans l'escalier pour regagner sa chambre. Derrière la porte, elle croisa Bohémont. Ils se regardèrent un moment, immobiles, face à face.

— Je voulais vous voir, murmura-t-il. Vous revoir.

Elle ne disait rien, tout au plaisir de pouvoir être près de lui. C'était puissant. Grisant. Elle avait envie de jeter son corps contre le sien, de serrer son dos et de ne plus s'en éloigner.

— Vous n'allez pas fuir, cette fois-ci, comme l'autre soir ? poursuivit-il avec une émotion qui lui brisait la voix.

— J'ai peur.

— De quoi ?

— De tout ce déferlement en moi... De vous.

— Il ne faut pas avoir peur. Je crois que nous devions nous trouver. Pour ne plus nous quitter. Je le sais, je le sens.

Il prit sa main. Elle frissonna. Il porta sa peau sous ses lèvres et y déposa un long baiser. Elle la retira, avec la certitude de faire quelque chose de mal, quelque chose qui n'était pas convenable. Elle s'échappa dans l'escalier, craignant et espérant à la fois que Bohémont la rattrape.

6

Le coffret s'ouvrit dans un grincement. Personne ne l'avait manipulé depuis des années, c'était certain. Une odeur de rance et de papier moisi s'en dégagea. Éléonore détourna un peu la tête. Elle hésita avant de saisir les feuillets entre ses mains. Elle était installée sur le petit guéridon de sa chambrée, à la lueur d'une chandelle. Le jour déclinait.

Elle retourna la liasse de feuillets pour commencer par le plus ancien, celui qui était située tout au-dessous de la pile. C'était un parchemin très abîmé par le temps. Éléonore le déroula et l'approcha au maximum de la lueur de la flamme. Il s'agissait d'un acte de donation, signé par le prédécesseur de l'abbé Gonrad, l'abbé Henri, du monastère de Chazourde. Il accordait une terre sise dans les bois de Dolmazon à Dono Larmoso, joueur d'orgue et chanteur de son état, né à Florence, avec droit de défricher et d'exploiter la terre à sa convenance. Il était libre, ne devant payer aucune taxe ni impôt à l'abbaye. Ce don reviendrait de droit à ses descendants, ses deux fils, lesdits Thomas et Yves Larmoso, nés à Paris. Un orgue, fabriqué dans les ateliers de Florence, serait accordé à la famille, par le monastère et l'évêché.

Dono Larmoso s'engageait à devenir le maître organiste de la cathédrale auprès de l'évêque et le fidèle serviteur des moines de Chazourde lors de toutes les cérémonies publiques. L'évêque Amaury, l'abbé de Chazourde et Dono Larmoso avaient signé l'acte de donation.

Suivait une pièce, plus courte, concernant l'achat d'un métier à tisser par Dono Larmoso ainsi qu'une charte d'exploitation et de vente des toiles sur le marché de Mende. Éléonore trouva des listes nombreuses, concernant des marchés et des ventes, entre les années 1670 et 1702. Il y avait des partitions pour orgue, plus courtes que celles qu'Éléonore avait pu lire chez la muette. Certaines étaient très anciennes, remontant au début du XVIIe siècle. Elles étaient signées par un certain Sylvo Larmoso.

Un autre document signé par l'évêque Amaury et l'abbé de Chazourde accordait le droit aux frères Larmoso, Yves et Thomas, de vendre des parcelles à des familles désireuses de s'établir dans leur hameau, comme tisserands ou bergers. Cinq noms suivaient : les feux Romeyer, Mazoyeur, Séguier, Mazel et Loiseau. Éléonore fit immédiatement le rapprochement entre Hermin et cette famille Loiseau venue vivre dans le hameau des Larmoso. Devait-elle sa protection au fait qu'Hermin avait grandi dans ce hameau, ce qui impliquerait qu'elle en serait issue aussi ?

Deux des derniers parchemins du coffret concernaient Yves Larmoso, le fils cadet de Dono. Par un acte officiel signé par l'abbé et le prieur de Chazourde, il renonçait à tous ses biens et à la vie laïque. Il embrassait la vie monastique et le cloître, à jamais.

Thomas était devenu l'entier héritier du hameau de Dolmazon, ainsi que sa descendance, à savoir Laudine Larmoso, née au hameau de Dolmazon en l'an de grâce 1699. Qu'était-elle devenue ?

Éléonore reposa tous les documents dans le coffret et le referma. Elle demeura songeuse, assise devant le guéridon. L'histoire de la famille Larmoso lui apparaissait plus claire, maintenant. Dono était venu travailler comme organiste pour l'évêque de Mende et l'abbé de Chazourde. Compositeur, musicien de talent, il avait obtenu en échange une terre libre de droits qu'il avait su faire fructifier, avec ses deux fils, Thomas et Yves, eux aussi organistes et compositeurs. L'un était rentré dans les ordres. L'autre, Thomas en l'occurrence, était demeuré au hameau de Dolmazon, avec des familles venues s'installer au fil des années. Tisserand et organiste en même temps, c'était lui qui avait fini par se détourner de la religion catholique pour devenir protestant, comme le lui avait expliqué le berger. Cette muette qui demeurait sur les lieux était-elle une descendante de Thomas Larmoso ? Très certainement. Pourquoi lui avoir arraché la langue ? Qui lui avait imposé cette mutilation atroce ? Éléonore se souvint alors de l'inscription que Laflaucheur avait laissée sur les ruines du monastère de Chazourde, après l'avoir incendié en décembre 1702 : « Vengeance pour Noélie. » Ce seraient donc les moines ou l'abbé Gonrad les responsables de l'horrible mutilation ? La muette serait donc Noélie ?

Éléonore se souvenait par bribes des mots qu'elle avait entendus entre le prieur et l'abbé au lendemain de la visite de la muette à l'abbaye des Pierres Plantées. Ils avaient évoqué le sort de la malheureuse femme. Ils étaient impliqués tous les deux dans sa mutilation. Éléonore en était désormais convaincue à la manière dont ils avaient parlé d'elle, à la manière avec laquelle ils l'avaient regardée et chassée.

Elle patienta dans sa chambrée en guettant le chemin d'accès au château. Quand elle vit Hermin revenir, elle se leva brusquement, passa la porte et dévala l'escalier en colimaçon jusque dans le vestibule. Elle entra dans son cabinet sans frapper. Il était derrière son pupitre, une plume à la main, à finir des comptes à la lueur d'une lampe à huile. Derrière lui s'entassaient de gros volumes reliés en fleur de cuir. Surpris, il la regarda entrer. Elle demanda :

— La muette, c'est Noélie Larmoso, n'est-ce pas ?

Il releva la tête vers elle, s'accouda au fauteuil et garda un moment le silence.

— Je t'ai vu avec elle, tout à l'heure... ajouta-t-elle.

Il soupira et baissa les yeux.

— Tu m'avais promis, Hermin, de me dire la vérité ! reprit Éléonore. Puis tu as disparu pour ton voyage en Suisse sans me parler. Je veux que tu m'éclaires. Je sais que tu es le seul qui le fera. Je ne sortirai pas d'ici avant que tu m'aies dit ce que tu sais.

— Sur qui ? articula-t-il faiblement.

— Sur moi, sur la muette, sur le lien que tu as avec elle, sur le lien que j'ai avec elle.

Hermin blêmit. Il se taisait, indécis, incapable de parler.

— Cette muette, le jour de la fête, elle est venue m'embrasser les pieds ! rajouta Éléonore, éperdue.

— Elle t'a reconnue. C'est pour ça qu'elle s'est jetée à tes pieds. Tu es tout ce qu'il lui reste, lâcha Hermin.

— Reconnue ?

— Elle t'a croisée, un jour, au monastère des Pierres Plantées, il y a des années. Elle a eu un doute. La couleur de tes cheveux, ton âge, tes yeux. Elle a cru t'avoir retrouvée.

— Comment le sais-tu ?

— Elle sait écrire. Elle communique avec moi comme ça. Le jour de la fête, elle a entendu le son de ta voix et elle a su que c'était toi.

— Et je suis qui, Hermin ? Qui ? hurla Éléonore en tapant du poing sur le pupitre d'Hermin.

— Sa fille. La fille de Noélie. La dernière des Larmoso.

Éléonore accusa le coup et se laissa tomber sur un banc en bois qui était collé au mur.

— Tu ne dois pas chercher à la revoir. Elle ne le souhaite pas. Elle a d'ailleurs quitté Dolmazon, dit posément Hermin.

— Où est-elle ?

— Elle est partie vivre sa foi dans un pays protestant. Ici, elle vivait dans la honte, elle sait qu'elle est effrayante. Elle ne veut pas t'imposer sa présence. Tu perdrais le soutien de la comtesse si elle savait que tu es sa fille.

— Je comprends mieux, articula Éléonore comme pour elle-même. Je suis allée chez elle, à Dolmazon. Je me suis assise devant l'orgue, j'ai lu des partitions. J'ai été certaine de connaître l'instrument et les textes.

— Les Larmoso t'avaient tout appris. À cinq ans, tu savais pratiquement lire. Tu savais jouer et tu chantais déjà divinement bien. Les Larmoso ont un don, depuis des générations. C'est ainsi.

— Manille m'a dit que ma lignée était maudite.

— Ne le crois pas. Tu peux t'en sortir et réussir. Tu sais, pour avoir vécu la guerre des camisards, j'ai appris une chose, Éléonore : nous devons nous soumettre et rester catholiques, ne jamais recommencer la lutte. C'est trop destructeur.

— Je suis catholique.

— Reste-le et oublie Noélie. Si la comtesse apprend que tu es sa fille, elle te chassera. Tout le monde te bannira. Tu es jeune, tu es douée et tu as la protection des plus forts. Garde-la.

Éléonore se releva, fit quelques pas dans la salle, pensive, ébranlée. Elle pensa à Bohémont. Elle était amoureuse de lui. Elle le savait et l'acceptait, désormais. Elle ne pouvait plus douter de la nature de ce sentiment puissant qui l'avait tellement effrayée. Dire qu'elle était la fille de la muette, c'était perdre Bohémont.

— Pourquoi vois-tu encore Noélie ? demanda-t-elle à Hermin.

— J'ai vécu dans son hameau de Dolmazon avec mes parents jusqu'à l'âge de dix ans, avant que les dragons ne le détruisent. Puis, j'ai suivi mon père à Lories où j'ai été pris et placé chez les du Barru... À Dolmazon, je connaissais bien Noélie, ainsi que Thomas Larmoso. Ils étaient justes et bons. Quand je suis revenu de mon voyage, le lendemain de la fête et que j'ai su que la muette avait été jetée en prison, je suis intervenu auprès de la comtesse. Je l'aiderai autant que je le pourrai. Je ne suis pas un ingrat.

— Et Laflaucheur ? finit par demander Éléonore.

Hermin soupira. Il s'attendait à cette question.

— Manille m'a raconté qu'il était mon père, ajouta la jeune fille.

— Personne ne l'ignorait. Laflaucheur t'emmenait avec lui partout où il prêchait, partout où il combattait.

— Mais... ce Laflaucheur ? Comment a-t-il connu Noélie, ma mère ?

— Il a rencontré Noélie avant que la guerre des Cévennes débute. C'était en 1699. Il était à l'époque un pasteur du désert, qui faisait de nombreux émules et qui sillonnait le pays, prêchant de désert en désert, vivant de cachette en cachette. Il formait des troupes, il relevait des temples, il dressait les convertis contre les curés, il rebaptisait les enfants, il appelait à la guerre contre les milices, il appelait à la haine, à la violence... Il était recherché. Il a demandé refuge au hameau de Dolmazon où il savait que ta grand-mère, Laudine Larmoso, la mère de Noélie, menait la résistance et appelait au retour à la foi protestante en suivant l'exemple de son père Thomas, mort dix ans plus tôt. Laflaucheur est resté caché chez Laudine un mois complet. Il fallait qu'il se fasse un peu oublier. C'est ainsi qu'il a mis Noélie, ta mère, enceinte... Ils étaient là tous les deux, jeunes et beaux, à parler de Dieu et à chanter, à vivre leur religion dans l'exaltation, à faire de la résistance... L'amour est né, tout simplement. Puis, Laflaucheur est reparti arpenter les Cévennes. Son image et sa renommée grandissaient. Il avait l'art de convaincre les foules. Mais il a dû redoubler de vigilance. Il passait de temps à autre à

Dolmazon, pour te voir, furtivement, sans en parler à personne, même pas à ses proches compagnons. Il te savait entre de bonnes mains. Ta grand-mère, Laudine, t'adorait. Après ta naissance, elle avait été folle de joie, te baptisant elle-même, te formant elle-même. Je grandissais au hameau de Dolmazon et je te voyais, je t'entendais surtout, grandir et apprendre avec Laudine et ta mère, Noélie. Elle t'appelait ma petite Larmoso et elle était si fière de toi. Laflaucheur n'en prenait pas ombrage, tout accaparé par son combat. Quand la guerre a vraiment commencé, début 1702, il a redoublé d'efforts pour convoquer des assemblées et lever des troupes. C'est à cette époque qu'il a convaincu ta grand-mère Laudine de sillonner les routes avec lui, pour appeler à la résistance, ainsi que Noélie.

— Noélie...

— Laflaucheur l'a embrigadée facilement, elle était sous le charme. Elle l'aimait. Il était son amant mais, surtout, son maître. Quant à elle, elle est devenue son fer de lance, mais un fer de lance particulier... Il l'emmenait avec lui lors des assemblées pour galvaniser les hommes, les relaps, les nouveaux convertis.

— Elle prêchait ?

— Mieux que ça... Elle chantait.

— Elle chantait ?

— Sa voix merveilleuse faisait se déplacer des foules. Elle avait une forte influence sur les troupes et les croyants. Laudine Larmoso, Noélie et Laflaucheur formaient un drôle de trio, efficace, complémentaire. Laudine, la prédicante, la pasteur, sa fille, à la voix en or et le combattant, fier et endurci. Durant l'année 1702, ils ont sillonné les routes des Cévennes, dans la clandestinité, abrités au hasard des hameaux dans des cachettes de fortune, avec toi, qui étais toute petite. Ils passaient dans toutes les assemblées du désert, dans toutes les maisonnées de relaps ou de nouveaux convertis et ils ramenaient à la Réforme les âmes que les dragons avaient poussées à la conversion. Laflaucheur avait des contacts avec les autres chefs camisards et Noélie eut bientôt une renommée immense. On disait qu'elle était une prophétesse, une élue, que Dieu l'avait dotée d'un pareil don pour qu'elle montre la vraie voie aux croyants, celle de la Réforme. Surtout, elle chantait avec une enfant d'à peine quatre ans.

— Moi ?

— Oui... on disait que tu avais la voix des anges. La nouvelle circulait, on voulait voir Noélie et sa fille, l'enfant et la mère. Laflaucheur a utilisé à outrance cette image quasi messianique de Noélie et de toi, tout enfant que tu étais.

— Et Laudine Larmoso acceptait ?

— Elle était très manipulée par Laflaucheur, elle était elle-même convaincue de ton génie et de celui de sa fille. Elle était flattée de voir des foules s'agenouiller devant vous. Elle trouvait dans ce combat une manière d'honorer la mémoire de son père, Thomas, pendu en place publique de Mende pour hérésie et refus d'obéissance à la révocation quelques années plus tôt. Laudine était surtout profondément protestante, incapable de ne pas lutter pour la liberté de conscience de ses coreligionnaires. Ses sermons étaient palpitants. J'avais une petite dizaine d'années mais j'en ai encore des échos. On avait l'impression que les paroles lui venaient du cœur, de l'âme, de Dieu, même. Elle utilisait aussi le chant des psaumes. Notamment le psaume 68 de la Bible, le chant de guerre des camisards, le chant du roi David. La voix de Laudine était belle aussi, quoique différente de celle de Noélie : elle était plus ténébreuse, basse et profonde. Les Larmoso, mère, fille et petite-fille, bâtissaient une légende que Laflaucheur divulguait et utilisait. Au fond, il savait que l'image de Noélie et de sa petite ramenait à la Bible et aux pages de l'enfance du Christ d'avec Marie. Il savait que les mots de Laudine Larmoso étaient beaux et convaincants, il savait que ta voix et celle de ta mère étaient capables de transmettre la foi, sa foi, et surtout de donner l'envie de se battre. Il voulait gagner sa guerre. Pour cela, il est allé très loin, trop loin. Mettant la vie de Noélie en grand danger. La tienne aussi, soufflant partout que tu étais sa fille et gagnant ainsi la fidélité de ses troupes.

— Mais qui était ce Laflaucheur exactement ?

— Je l'ignore. Il était originaire d'un petit village, au sud d'Alès. Sa famille était profondément protestante et il a refusé la conversion forcée lors des dragonnades. Il s'est enfui, il a échappé à la répression en vivant de cachette en cachette. Sa popularité est venue de son opiniâtreté. Il était un des rares chefs camisards à n'avoir jamais cédé aux dragons, à n'avoir jamais fait semblant d'être catholique. C'était un homme auquel on ne pouvait rien imposer. Tu sais, je ne l'ai vu que quelques fois, au hameau. Mon père le connaissait bien mieux mais il évitait de nous mêler à ces histoires de camisards. Je n'assistais pas à leurs réunions. Tout au plus aux assemblées et au culte du désert.

— Je connais si peu de chose sur cette guerre et je m'y sens tellement mêlée. J'ai de plus en plus la certitude que ma vie en découle. Tout ce silence dont on m'a bercée au monastère, au couvent.

— L'abbé Gonrad n'avait qu'une terreur : que tu deviennes un jour tout ce qu'étaient les Larmoso. Il craignait ton sang. Il craignait ta lignée. Comme si, un jour, tout devait ressurgir en toi. J'ignore encore comment Manille a pu le persuader de te garder.

— J'ai été élevée sous son nez, dans son monastère ; au fond, c'était la façon la plus intelligente de s'assurer de ce que je devenais. Il avait un contrôle direct sur moi, par le biais de Manille.

— Manille... En voilà un qui a bien mené son jeu, murmura Hermin comme pour lui-même.

— Tu te souviens de lui ? Tu l'avais vu au hameau ?

— Oui... Il passait pour un combattant exemplaire, pour un bon protestant et, surtout, il était le meilleur ami de Laflaucheur et de Loiseau, mon père, de tous les principaux chefs des camisards. Je n'aurais jamais pu douter de lui, personne n'a douté de lui, d'ailleurs.

— Il faut que tu m'éclaires davantage, Hermin...

— Que veux-tu savoir exactement ?

— La destruction du hameau... la mutilation de ma mère, l'arrestation de tous les chefs... Tout se confond dans ma tête, sans ordre logique.

Hermin resta pensif un moment, comme s'il cherchait la meilleure version des faits, la plus simple pour Éléonore.

— Tu as raison, j'ai été vague. Après tout, tu dois comprendre ce qu'il est arrivé aux tiens. Mais je ne suis pas le mieux placé pour t'expliquer. J'étais un enfant. Je ne sais pas tout. Je ne connais pas tous les précédents à votre histoire familiale. Le seul à pouvoir t'éclairer vraiment, c'est le frère cadet de Thomas Larmoso, Yves, le chartreux.

— Il vit encore ?

— Oui. Il était beaucoup plus jeune que Thomas Larmoso, de quinze ans son cadet. Il doit avoir près de soixante-quinze ans. Mais sois habile pour le rencontrer. Yves est un père chartreux. Il vit en cellule. Les vœux des chartreux sont très particuliers, ils observent une clôture perpétuelle, un silence quasi absolu, des jeûnes fréquents et l'abstinence totale de viande.

— Mais pourquoi Yves Larmoso a choisi pareil renoncement au monde ?

— Je crois qu'il a voulu échapper à la tournure que prenait sa vie... la vie de sa famille en tout cas. Il a senti le mal venir, rôder. Il a tenté de racheter la faute de son frère devenu hérétique.

— Une sorte d'abnégation, alors ?

— Oui. Un père chartreux vit dans la solitude, face à Dieu. Ils s'abstiennent de toute activité pastorale, sociale ou intellectuelle autre que la prière.

— Un attachement privilégié à Dieu...

— C'est une vie qui m'apparaît bien difficile, bien excessive !

— Et il est toujours seul dans sa cellule.

— Mais c'est un enfermement !

— Il n'en sort que pour la messe et les vêpres ainsi que pour l'office des matines chanté au milieu de la nuit. Et il ne mange au réfectoire que les dimanches. Une fois par semaine, il a le droit à une promenade communautaire où les chartreux peuvent parler, deux par deux.

— C'est gai ! ironisa Éléonore en songeant à sa vie de novice chez les cisterciennes.

— Ne le brusque pas et respecte son choix, modère tes propos.

— Je ne suis pas idiote, Hermin.

Elle allait sortir quand elle pensa à sa visite à la chapelle :

— Dis-moi, Hermin.

— Quoi encore ?

— Tu sais ce que c'est que la partition de l'*Orfeo*, de Monteverdi ?

Il la regarda, surpris, et éclata de rire.

— Où as-tu déniché ça ? demanda-t-il avec une décontraction forcée.

— Dans une chapelle, peu importe. C'est quoi ?

— Un opéra italien, écrit au siècle dernier.

Devant la mine perplexe d'Éléonore, il expliqua :

— L'opéra est un genre musical particulier, né en Italie... En dehors du contrôle de l'Église. Il s'agit de pièces de théâtre, d'histoires mythologiques ou politiques interprétées par les chanteurs ou les cantatrices. Avec des voix sublimes, en général. Je t'emmènerai écouter un opéra, à Paris, je te le promets.

— Qui pourrait chanter un opéra pareil ici ? Dans une chapelle perdue ?

— Personne.

— Si ! Pourtant, je t'assure... Un homme du pays m'a dit qu'il entendait une femme chanter, parfois, dans cette chapelle.

— Éléonore, les chanteuses d'opéra gagnent des fortunes et elles passent leur vie dans des fiacres pour aller d'opéra en opéra.

— Une aurait pu se produire en France ?

— Mis à part à Paris, non ! Et les opéras italiens ne remportent pas un franc succès dans le royaume. Ils sont trop extravagants au goût du roi. Le paysan qui t'a raconté ça s'est moqué de toi.

— J'ai vu la partition.

— Une vieillerie oubliée là depuis des lustres, sans doute.

— J'y retournerai.

Hermin haussa les épaules pour montrer son incompréhension, et sa lassitude. Éléonore hésita un instant, sur le pas de la porte. Elle avait envie de parler de Bohémont, de tout ce trouble qu'elle ressentait, de son attirance pour lui qui l'obsédait. Elle renonça. Elle craignit d'être ridicule. Écervelée.

7

Éléonore traversa le grand vestibule pour regagner sa chambre, le plus discrètement possible, lorsqu'elle entendit le comte de Lesle l'interpeller :

— Mademoiselle, je vous cherche depuis un certain temps !

Elle s'immobilisa, baissa les yeux et s'excusa.

— Ma femme vous demande pour ses prières de la nuit, dans la chapelle. Faites vite, je vous en prie. Nous ne vous payons pas pour discuter avec notre intendant.

Le ton était sec, sans appel. Le regard impératif. Le comte avait une perruque blanche qui couvrait sa tête, avec un chapeau emplumé rouge. Sa culotte noire était ornée de rubans, de colifichets d'argent. Il portait des chaussures de salon, avec, sur le dessus, un nœud de velours. Même au fond de son château des Cévennes, le comte s'habillait élégamment, à la mode de Versailles, méprisant ouvertement les seigneurs de la région qui ne portaient ni perruques ni souliers.

Éléonore s'exécuta sur-le-champ. Elle gagna la chambre de la comtesse, frappa discrètement et entra dans la chapelle dont la porte était entrouverte. Les prières de la comtesse à voix basse lui parvenaient déjà. Elle se glissa dans l'entrebâillement et se plaça à son habitude, face à la statue de la Vierge, derrière la comtesse. Elle commença à chanter lorsque sa voix dérailla. À l'angle, sur un des prie-Dieu, elle venait de voir Bohémont qui la regardait intensément, dans l'ombre. Elle se ressaisit lorsque la comtesse se retourna pour lui jeter un regard contrarié.

Éléonore tenta de réfréner les battements de son cœur, cette impression de chaleur qui lui faisait tourner la tête. Elle reprit les chants en sentant ses mains se faire moites, sa gorge se serrer. Elle se concentra sur la prière pour s'arracher à cette sensation que la présence de Bohémont faisait naître en elle, toujours la même, entre plaisir et terreur. Plaisir de sentir ses yeux sur elle, terreur d'être dans la dépendance de cet homme qui la regardait comme s'il la caressait, comme s'il l'aimait. Elle voyait bien que son trouble était réciproque. Bientôt, elle chanta mieux, puis de façon excellente, grisée par sa présence, euphorisée. Elle se surprit à implorer la Vierge de lui laisser cet homme, d'en faire son époux, de le lui accorder. La comtesse lui fit signe d'arrêter. Elle revint à la réalité. Elle était une chanteuse orpheline, sans nom.

Bohémont sortit en même temps que sa mère et il s'assit sur un des fauteuils de la chambre, près de la cheminée.

— Je vous demande la permission de me retirer, madame, prononça Éléonore tout bas.

— Non, restez un peu, dit la comtesse en lui désignant l'autre fauteuil. J'ai une bonne nouvelle à annoncer et je voudrais que vous soyez là, car, voyez-vous, j'aurai besoin de vous le jour des noces.

— De quelles noces parlez-vous, chère mère ? demanda aussitôt Bohémont.

— Des tiennes, mon fils.

Un silence se fit dans la chambre. Bohémont avait pâli et il détourna les yeux d'Éléonore qui le fixait, déjà gagné par une onde de déception et de peine.

— La famille d'Upret vient enfin de donner une réponse à ton père, qui s'est rendu en leur château cet après-midi.

— Leur château ? Mais ils vivent à Paris !

— Madame la duchesse et sa fille aînée sont venues pour faire restaurer la bâtisse. Tu sais que les camisards avaient incendié les lieux.

— Et alors ? s'impatienta Bohémont qui paraissait gêné.

— Depuis deux ans ton père demandait l'accord de la duchesse pour que tu puisses épouser sa fille. Elle a beaucoup hésité. Elle est arrogante et sa vie à la cour lui est montée à la tête... Mais notre situation financière et le renom de notre famille auprès du roi, depuis la guerre contre ces maudits camisards, l'ont décidée. Elle te donne Jeanne en mariage.

— Co... Comment ça ? articula Bohémont.

— Tu vas épouser la fille des d'Upret ! s'enthousiasma la comtesse en claquant dans ses mains, et j'aurai enfin une descendance !

— Mais ce n'est pas mon choix, coupa Bohémont en se relevant.

La comtesse blêmit et regarda son fils avec un air déterminé :

— Ne t'avise jamais de critiquer cette décision ! Tu crois que l'on écoute nos sentiments dans ce monde ? J'ai épousé ton père par nécessité, pas par amour, et je ne m'en suis jamais plainte !

— Mais j'ai croisé mademoiselle d'Upret deux fois à Paris, elle est insipide et quelconque. Elle ne m'inspire rien ! Rien !

— Ce sera un beau mariage ! Le meilleur contracté par notre famille depuis deux générations !

— Et si je refuse ?

— Tu ne tiendras pas tête à ton père !

Bohémont baissa les yeux et Éléonore comprit l'emprise du comte sur ses trois fils.

— Chère Éléonore, dit la comtesse en paraissant se calmer, je voudrais que vous soyez au centre de la cérémonie des noces.

— C'est-à-dire ? articula Éléonore qui manqua éclater en sanglots.

— Je veux que vous sélectionniez les meilleurs élèves de la maîtrise de Mende et que vous les prépariez pour la messe. L'évêque est d'accord pour me laisser ses petits choristes la journée.

— Il ne sera pas d'accord pour que je les prépare, je n'ai pas le droit de chanter dans une église, madame la comtesse, vous le savez bien, coupa Éléonore, amère.

— Vous les entraînerez dans la chapelle et, le jour des noces, l'évêque m'a assurée de laisser venir son principal chantre pour mener les enfants. Je veux travailler des chants somptueux... j'ai déjà pensé à...

— Ça suffit ! cria Bohémont. Mère, vous organisez mes noces comme si c'étaient les vôtres ! Je ne suis pas d'accord.

— Taisez-vous, jeune impertinent ! On reparlera de ça avec monsieur le comte, votre père, et on verra si vous lui tiendrez tête !

— J'aime une autre femme !

La comtesse accusa le coup, passa sa main sur ses yeux et dit tout bas :

— Il n'est pas question d'amour, Bohémont, je te le répète.

— Vous voulez me faire épouser une femme que je n'aime pas, comme vous avez fait épouser à mes deux frères des femmes qu'ils n'aimaient pas ! Regardez le résultat : ils sont incapables de faire un petit !

— Tu es un rêveur, Bohémont. Tu as toujours été un rêveur. Toutes tes lectures de Montaigne ou de cette Marguerite de Navarre t'ont tourné la tête. Tu vas oublier cette femme que tu aimes, soi-disant, et qui doit être une de ces traînées qui séduisent ceux de notre rang en espérant gagner une meilleure place. Mais les traînées restent des traînées !

Bohémont se releva, furieux. Il quitta la pièce en claquant la porte. Éléonore demeura immobile, ne sachant comment intervenir, elle aussi très affectée par la nouvelle de ce mariage. La comtesse lui confia :

— Je comprends la réaction de Bohémont, ce n'est pas facile de passer ses jours avec quelqu'un que l'on vous impose. Mais il a toujours été revendicateur et insoumis avec nous. C'est un libre penseur, que voulez-vous... Un esprit indépendant et libre. Enfant, il passait ses journées à lire les *Odes* d'Horace, à écrire de la poésie, des commentaires humanistes, même. Parfois, je crains qu'il n'ait même pas la foi. J'espère qu'il va se raisonner et éviter la confrontation d'avec mon époux. Sinon, il perdra. Le comte a toujours fait plier ses adversaires...

Elle se releva péniblement et attisa le feu avec un tisonnier.

— Voyez-vous, chère Éléonore, j'ai épousé le comte pour contenter mes parents. Pour eux, c'était un beau mariage. Quand j'étais jeune, ma famille avait quelques terres et une forteresse moyenâgeuse qu'elle peinait à entretenir. À l'inverse, la famille de mon mari, les Lesle, était possessionnée, elle savait faire fructifier ses biens en faisant du commerce. Discrètement, bien sûr, pour ne pas déroger... Les Lesle étaient des nobles exemplaires et enviés. Il ne manquait à leur palmarès qu'une entrée à la cour du roi. C'était l'ambition de mon beau-père et surtout celle de mon futur mari. La guerre des camisards lui a ouvert les portes de Versailles. Lorsque le roi a envoyé Montrevel puis Villars comme gouverneurs militaires pour écraser la révolte des camisards, mon mari s'est porté à leur service, mettant une fortune pour lever une armée locale qui appuierait les dragons, des milices recrutées dans nos villages. Il connaissait bien le pays, il connaissait les mentalités, les gens, Montrevel et Villars se sont laissé convaincre. Ils n'ont pas eu à le regretter : mon époux s'est jeté corps et âme dans la guerre et il a remporté de belles victoires sur les camisards... Dès les débuts de la guerre, en 1702, le comte de Lesle et les dragons du roi ont eu besoin de prisons. Ils faisaient des centaines de prisonniers qu'on devait juger pour les envoyer aux galères, en déportation ou à la potence. Alors, mon mari a accepté l'offre de mon père.

— Quelle offre ?

— Le château de ma famille est devenu une véritable citadelle où Lesle et Villars enfermaient les prisonniers avant de les juger. J'ai passé l'année 1702 à vivre au-dessus de centaines de relaps qui criaient, qui hurlaient, qui imploraient grâce, qui menaçaient. C'était impressionnant et terrifiant. Mon père et mes deux frères sont devenus les gardiens de cette immense geôle, avec l'aide de miliciens et de dragons qui torturaient les prisonniers pour leur arracher des aveux ou les convertir de force. La situation était intenable mais ma famille a continué à travailler pour Lesle en échange d'un beau mariage : le comte avait promis de m'épouser, pour remercier mes parents de cette aide précieuse. Nos noces furent célébrées en février 1703, dans le château de Lesle, en pleine guerre. Je n'étais pas heureuse de cette union mais je savais que je contentais mes parents et mes frères avec lesquels la famille Lesle avait promis d'être généreuse. Villars en personne était au mariage et il avait offert à mes frères des lettres de recommandation pour une rencontre avec le roi, à Versailles. Mon père exultait. Je souriais, béatement, de tout ce plaisir que je distribuais. Le soir venu, le comte a consommé l'union avec brutalité, sans sentiment. Il n'a jamais éprouvé quoi que ce soit pour moi. Il avait déjà à l'époque une pléthore de drôlesses. Je me suis accommodée à cette nouvelle vie, dans ce château... ici, à Lesle. Ce qui m'a sauvé la vie...

— Comment cela ?

— Au début de l'année 1703, la plupart des prisonniers avaient été transférés aux galères ou déportés de force. Il ne restait plus dans la forteresse de mes parents qu'une centaine de femmes qui allaient aussi être évacuées. Montrevel et l'évêque de Mende avaient mis en place un système d'emprisonnement et surtout d'élimination des récalcitrants plus efficace. Le château de ma famille devait retrouver son calme. De fait, les dragons étaient peu nombreux à monter la garde. Pourtant, au soir du 12 avril 1703, mon époux a fait un captif de poids, un des chefs des groupes de la région de Chazourde : Laflaucheur.

Éléonore retint un petit cri et dissimula son trouble.

— Une espèce de brigand, bestial et sanguinaire, reprit la comtesse, semant le mal derrière lui... Lesle venait de le capturer presque par hasard et il n'était pas peu fier de sa prise. Il savait qu'il existait un réseau de villages et de bois, de grottes qui servaient de refuge aux chefs appelés à pérégriner. Ce soir-là, mon mari avait décidé d'aller contrôler quelques-uns de ces abris que des paysans loyaux lui avaient signalés contre remise d'argent. Lesle avait eu écho que le père de la famille Viala, venue de Nîmes au milieu du XVIIe siècle, était une aide sûre pour les prédicants et qu'il servait même de courrier entre les pasteurs de Genève et ceux des Cévennes. Sa maison avait été fouillée plusieurs fois, en vain. Pourtant, ce soir-là, Lesle la fit investir. Il fouilla lui-même la cuisine, en vain. Mon époux, pour mieux réfléchir, s'assit sur un des sièges inconfortables qui étaient taillés dans l'embrasure d'une fenêtre. La pierre d'assise était brinquebalante. Elle bougea sous son poids. Il parvint à la soulever, après en avoir trouvé le loquet. Elle ouvrait sur un couloir qui plongeait derrière les écuries du bas. Mon époux appela deux dragons qui prirent l'échelle collée à la paroi. Le premier à descendre au fond de la cachette reçut une balle. Il fallut convaincre Laflaucheur de remonter de lui-même avant que la maison ne soit brûlée avec lui à l'intérieur. Cet affreux meurtrier se rendit et fut conduit, dans l'urgence, au château de mes parents. Il ne devait y passer qu'une nuit, une journée tout au plus... Cela suffit pour que sa troupe de camisards soit prévenue, par un habitant du pays, certainement. Une cinquantaine de fanatiques armés de fusils, de fourches et de torches a déferlé sur la forteresse des miens à l'aube du 13 avril. Laflaucheur fut délivré, les dragons et toute ma famille tués, le château incendié. Notre bon chapelain a été émasculé puis cloué sur le porche de notre église.

— Mon Dieu ! glissa Éléonore.

— Je me suis retrouvée seule, du jour au lendemain, sans mes frères, sans mes parents, avec toute cette haine que j'avais en moi, cette haine mêlée à une peine infinie, usante, paralysante. J'en voulais à ces satanés huguenots, bien sûr, et j'ai encouragé mon époux, par la suite, dans sa lutte contre les camisards, de toutes mes forces. Paradoxalement, je lui en voulais aussi à lui... Il n'aurait pas dû prendre le risque d'emmener un chef protestant entre les murs du château de mes parents qui n'avaient presque plus de dragons pour les protéger. Alors... Vous voyez, très chère Éléonore, quand mon fils renâcle à se marier, je me dis que mon mariage à moi m'a coûté cher et, pourtant, je l'ai accepté. J'en ai accepté l'idée. Parce que, quand on a la chance de naître nobles, on se doit à une conduite pour la dignité et la bonne fortune de la lignée. Sans trop écouter notre cœur...

Et mon époux, qui lui aussi s'est résigné à m'épouser, finalement, pour profiter de la forteresse de mes parents comme prison, n'acceptera pas les remarques et la réticence de Bohémont.

La comtesse se laissa tomber dans le fauteuil. Éléonore comprit qu'elle devait sortir.

— Bonne nuit, comtesse.

— Bonne nuit, mon petit.

8

Éléonore gagna sa chambre, heurtée par les révélations de la comtesse. Elle mesurait encore une fois l'impact de cette guerre des camisards sur le présent, sa dureté, ses répercussions. Elle monta l'escalier de pierre, perdue dans ses pensées. Elle tressaillit en découvrant Bohémont assis devant sa porte, la tête reposant sur ses bras croisés sur les genoux. Il la regarda avec des yeux infiniment clairs, comme ceux d'un enfant perdu et paniqué.

— Vous avez compris, n'est-ce pas ? dit-il d'une voix brisée par l'émotion.

— Quoi donc ? demanda doucement Éléonore en s'agenouillant à ses côtés.

— C'est vous que j'aime.

Il posa une main sur son épaule et la regarda avec intensité. Il cherchait à sonder ses propres sentiments, à cerner son amour, à en connaître le retour et la force. Elle se releva en arrachant ses yeux aux siens.

— Depuis ce jour où je vous ai vue chanter, sur la scène du village, j'ai su que c'était vous, reprit-il. Vous mon amour. Vous ma vie. Je le sais. Je le sens. Jamais je n'irai contre ce sentiment qui me rend heureux. Peu d'hommes trouvent l'amour absolu et parfait, le savez-vous ?

Éléonore demeurait le dos tourné, face au mur. Il y avait une petite ouverture, une ancienne meurtrière qu'on avait vitrée et par laquelle elle regardait la nuit, à la fois comblée et angoissée par la déclaration de Bohémont.

— Personne ne pourra m'empêcher de vous aimer et de vous prendre pour femme, Éléonore, personne, affirma-t-il tout bas, comme s'il cherchait à se convaincre lui-même. Même pas mon père. Il est perché sur son trône d'autorité et d'intolérance dans ce château. Il est dur, il est dirigiste. Je n'obéirai pas comme mes frères ou comme ses soldats, ses valets. Il ne me fera plus plier.

— Il est habitué à faire plier qui il veut, pourtant, glissa-t-elle.

— Je ne céderai pas, dit Bohémont en se relevant.

Il s'approcha d'Éléonore qui s'adossa au mur. Il passa sa main derrière ses cheveux et posa ses doigts sur sa nuque. Elle sentit l'emprise de ses doigts qui resserraient l'étreinte sur sa peau et c'était doux. Il la regardait avec fièvre. Elle ne détourna pas les yeux.

— Éléonore, vous m'aimez aussi ? murmura-t-il.

— Oui, avoua-t-elle.

Il mit délicatement ses lèvres sur les siennes et déposa un baiser long, doux, avec une intensité infinie. Elle le lui rendit, de toute son âme, avec la certitude de vivre le plus beau moment de sa vie mais aussi le plus interdit, le plus dangereux. Les mains de Bohémont glissèrent lentement, dans une caresse chaude de son cou à son dos, jusqu'à l'échancrure de sa taille où il appuya un peu. Éléonore sentit le feu du désir lui brûler le ventre. Il pressa un peu plus son corps contre le sien, la repoussant complètement contre le mur.

— Assez, murmurait-elle en vain.

Une main de Bohémont était maintenant sur son corsage.

— Arrêtez !

L'intonation de sa voix fut suffisamment ferme pour qu'il cesse. Il recula d'un pas et la contempla.

— C'est vous que j'épouserai, coûte que coûte, affirma-t-il avec passion.

— J'aimerais tellement, Bohémont, mais il y a quelque chose entre nous qui nous séparera.

— Quoi donc ?

— Le passé.

Il la regarda, interloqué.

— Je n'ai pas de famille. Je ne sais pas qui je suis, reprit-elle, émue.

Elle n'ajouta rien, suffoquée par le mal que lui faisait cet aveu : elle ne savait pas qui elle était. Bohémont lui envoya un baiser en ouvrant sa main vers elle et descendit l'escalier en lançant :

— Vous serez ma femme ! Peu m'importe qui vous êtes. C'est vous que j'aime. Et je vous donnerai un nom : le mien !

— Rejoignez-moi, demain, après la prière du matin, sous le porche de l'écurie. Je veux vous montrer un endroit...

— Je vous suivrai.

9

Elle avait été éveillée à l'aube par l'envie : celle de retrouver Bohémont, celle de vivre des minutes avec lui, d'entendre sa voix, de regarder au fond de ses yeux. Elle attendit les premières lumières du soleil pour s'habiller. Elle choisit la tenue qu'elle avait le jour de la fête du miel, le jour de sa rencontre avec Bohémont. Elle se parfuma légèrement, mit un onguent discret et laissa ses cheveux sans perruque, regroupés en chignon haut sur sa tête. Elle contempla son reflet dans le miroir avec stupéfaction. Elle ne se reconnaissait pas. Ses traits paraissaient mieux dessinés, son visage avait perdu sa rondeur héritée de l'enfance, le contour de sa bouche était plus marqué, les yeux semblaient plus présents encore, avec une couleur qui dominait le reste, qui accaparait le regard. Sa coiffure accentuait la maturité de son expression. Éléonore était une femme. L'immense attirance qu'elle éprouvait pour Bohémont et la certitude de lui plaire, d'être désirée par cet homme beau et élégant l'avaient poussée vers l'âge adulte. Ses peines, ses désillusions avaient creusé deux légers sillons entre son nez et ses joues, plus creuses, les fossettes disparaissant, sauf quand elle souriait.

Elle percevait les battements de son cœur qui s'emballait à l'idée de retrouver Bohémont, et, en franchissant la porte, elle comprit qu'elle savait désormais ce que signifiait vivre, et être heureuse de vivre.

Bohémont l'attendait sous le porche, grattant la terre du talon de ses bottes. Il avait l'air impatient et nerveux. Quand Éléonore parut devant lui, il arbora un sourire éclatant de bonheur. Elle sut qu'il l'aimait.

Ils s'éloignèrent des murailles, marchèrent au-delà des bois de châtaigniers puis rejoignirent un chemin de draille pentu et abrité des regards. Alors, Bohémont prit sa main et ils avancèrent lentement, comme en flottant, dans une infinie douceur, dans une infinie langueur, sur cette nature qui offrait ses formes au soleil. Leurs doigts étaient mêlés. Ils avaient peu de mots, se souriant continuellement. Ils n'avaient rien à se dire pour traduire leur émotion d'être simplement l'un près de l'autre. Toute phrase aurait été inappropriée pour dire l'intensité du moment, tous les mots auraient été pâles et insipides. Incongrus. Une légère brise caressait leur visage. Les cheveux de Bohémont, détachés, revenaient devant son visage et il les repoussait dans un bref mouvement de tête. Leurs pas les guidaient sur les chemins, les sentiers, déserts. Ils ne s'arrêtèrent pas, tentant de réprimer leur envie de s'embrasser, de se jeter l'un contre l'autre, de s'aimer.

— Je me sens prêt à tout quand je tiens votre main, Éléonore. Je voudrais aller loin, avec vous. J'oublie le reste de ma vie.

Ils atteignirent la chapelle Saint-Jean alors que le soleil était maintenant haut dans le ciel lumineux.

— J'aime cet endroit, avoua Éléonore en faisant une pause. Je voulais vous le dire. J'ai envie de tout vous dire de moi, de ma vie.

Bohémont sourit, pour montrer qu'il partageait cette envie. Il avança un peu et posa ses yeux sur l'esplanade devant la chapelle, sur le toit, sur le bosquet qui jouxtait les murs. La lumière changeait l'éclat de son regard. Ses yeux étaient presque verts.

— Je ne me souvenais pas que mon père avait fait restaurer cette chapelle. Nous y venions lorsque j'étais tout jeune, pour un pèlerinage.

— Elle avait été brûlée pendant la guerre des Cévennes.

— Mon père ne voulait pas laisser de trace… de cette tragédie. Il a toujours eu l'art de soigner les apparences. Il vit dans les apparences. Dans l'hypocrisie. Et il croit que je vais mener ma vie comme il a mené la sienne.

Il fit quelques pas et s'assit sur un bloc de roche en confiant :

— Sa vie n'est qu'un masque. En creusant bien, on trouve en lui de l'aigreur, des ambitions déçues, des faux-semblants et la terreur de la mort. La vie de ma famille m'apparaît comme une mauvaise fable. Ma mère, centrée sur son château, coupée du monde, à chercher je ne sais quel pardon, je ne sais quelle guérison dans sa chapelle. Mon père, à courtiser le tout-Versailles, espérant une reconnaissance supplémentaire. Quelle reconnaissance ? La vérité est qu'il n'intéresse personne parce qu'il est fruste, sous ses grands airs. Il est fruste et intolérant. Quelle gloire cherche-t-il à nouveau dans les salons ? Il a abreuvé du sang de nos gens huguenots les terres de nos ancêtres. Au nom d'un Dieu qu'il ne vénère même pas, auquel il ne pense même pas, un Dieu auquel il fait référence par tradition et appartenance à la vieille noblesse, un Dieu auquel il se soumet par conformisme et amour du roi. Il a tué pour hisser notre nom dans les salons de Versailles. Pour inscrire notre nom dans une page de l'Histoire. Comment nos descendants le jugeront-ils ? A-t-il fait le bon choix ?

— Avait-il le choix ?

— D'autres gentilshommes sont restés neutres. Leur famille a été épargnée. Mais mon père ne supporte pas l'inactivité. C'est un dominateur. Il a enfermé mes deux frères dans des vies conventionnelles, sans saveur, sans amour. Ils sont tellement dans l'ennui qu'ils ne paraissent pas capables de faire un enfant. Et si c'était Dieu lui-même qui punissait notre lignée ?

— C'est la grande peur de votre mère, madame la comtesse.

— Ma mère s'adonne à la superstition trop volontiers. C'est une âme faible et naïve. Vous savez, je suis un libre penseur, je ne me fais pas la même idée de Dieu que ma mère. Dieu, c'est autre chose qu'une espèce d'âme enfermée dans les églises, derrière le regard de pierre de nos statues.

— Moi, j'ai la foi. Vraiment.

— Cela se sent lorsque vous chantez.

— J'aimerais apprendre à chanter l'opéra. Je voudrais progresser dans le chant et me perfectionner.

Bohémont la regarda intensément. Il se releva, s'approcha d'elle, la prit sans ses bras et lui glissa :

— Vous y parviendrez, Éléonore. J'en suis sûr. Nous allons partir, ensemble, et je vous trouverai les meilleurs professeurs de chant et d'opéra.

Elle souriait, en confiance. Sur le chemin du retour, elle lui raconta tout de sa vie. Son enfance lointaine, comme effacée de sa mémoire, ses jours bénis avec Manille, sa solitude et sa détresse à l'abbaye, ses jours meilleurs, au château. Bohémont se livra aussi. Il n'avait jamais été malheureux. Il avait grandi au château jusqu'à ses douze ans, sous l'œil bienveillant d'un chapelain qui lui enseignait les lettres. Puis, son père l'avait placé dans un collège de jésuites pour parfaire son éducation. Le comte trouvait que son dernier fils s'encanaillait avec les bouseux de la basse cour. Il l'avait arraché à son pays pour en faire un noble respectable et digne de ce nom. Bohémont avait aimé s'instruire. Depuis toujours, il aimait lire, il aimait réfléchir et écrire. Il ne s'était jamais senti seul, toujours accompagné par des livres et une plume, du parchemin. Il appréciait les calculs, les comptes. Au collège, puis au lycée, il n'avait langui ni de son père, qui n'avait jamais eu une marque d'affection particulière pour lui, ni de sa mère, qui l'avait toujours confié à des nourrices, à des servantes et au chapelain. Il s'était construit seul, mais pas solitaire. Au collège jésuite, il avait été entouré par les autres garçons de son âge, malgré la rude discipline. Depuis qu'il avait quitté l'institution et qu'il vivait à Paris, dans leur hôtel de la place Royale, il fréquentait des salons de penseurs, il avait des jeunes amis de la noblesse qu'il qualifiait « d'éclairée ». Sa formation au métier de futur juriste ou avocat lui convenait mais ne l'occupait pas suffisamment. Il devait lire encore beaucoup, les soirs, bavarder, échanger. Il voulait se construire une vie qui serait bien différente de celle que son père lui prédestinait. Une vie dont il choisirait tout : de son métier à ses amours. Il expliqua à Éléonore qu'avec elle il avait le sentiment d'avoir trouvé ce qu'il lui manquait, tout du moins la personne qu'il lui manquait, pour bâtir son futur, de façon déterminée et assurée. Elle lui avait avoué ressentir la même impression d'être comblée, complétée par lui. Ils s'étaient quittés heureux, avec la volonté de lier leurs destins à jamais.

10

Il était très tôt. Sur l'herbe, la rosée du matin était encore perceptible à travers des nappes de gouttelettes. Le soleil levant donnait une lumière blanche qui éblouissait un peu Éléonore. Elle marchait d'un pas vif, pour ne pas avoir froid. Elle venait de chanter pour le lever de la comtesse et devait être revenue pour midi. Elle espérait entendre la mystérieuse cantatrice à la chapelle Saint-Jean. Elle y était déjà revenue à trois reprises, en vain.

Une fois parvenue au bois, elle se dissimula derrière un grand pin et attendit, en silence. Elle ne vit personne, n'entendit personne et s'apprêtait à quitter les lieux quand le trot d'un cheval lancé au galop la rabattit au pied de l'arbre. Une femme arrivait, le visage caché par la capuche d'un immense manteau noir qui couvrait tous ses vêtements. Elle descendit prestement de cheval, attacha la bête au banc qui était sur le bas-côté de la nef et prit la clé derrière la pierre. Éléonore entendit nettement la fermeture du verrou intérieur que la mystérieuse femme repoussa derrière elle. Elle n'osa pas bouger. Elle attendait, tendant l'oreille, dans un état de grande excitation. Bientôt, elle discerna des vocalises, dans des tonalités qu'elle ne pensait pas pouvoir exister dans la voix humaine. C'était à la fois une voix très haute, mais vibrante, profonde. Quand la cantatrice commença à chanter l'opéra, Éléonore ressentit une intense émotion, l'impression que la voix et la mélodie, les paroles mêmes qu'elle ne comprenait pas, entraient en elle pour y réveiller tout ce qu'elle était, tout ce qui la portait, tout ce qu'elle avait de beau et de sensible. C'était comme une douce euphorie. Son attention était entièrement captée par le chant et elle y trouvait un bien-être inconnu jusqu'alors. Elle demeura le dos contre l'arbre pendant presque deux heures, incapable de se relever, incapable de briser la bulle, le plaisir, incapable de rompre la magie de l'instant où la portait la voix. Elle n'avait pas la force de se relever, elle était bien, ainsi, à vivre dans cette écoute. Elle ignorait qu'un chant pouvait être un sanglot, un rire, une colère, elle ignorait que l'on pouvait traduire une émotion par une voix. Quand la cantatrice cessa de chanter, elle ressentit une immense tristesse et elle fit son retour au monde. Le galop du cheval lancé sur le chemin de rocaille marqua la fin de la parenthèse. Éléonore n'avait pas pu voir le visage de la chanteuse, sciée en deux au pied de l'arbre par l'émotion.

11

Éléonore l'avait croisé par hasard, sous le porche de l'écurie. Elle en ressortait, venant d'ordonner au palefrenier de lui préparer la voiture pour le lendemain tôt. Bohémont revenait au château sur sa monture encore lancée à vive allure dans la haute cour. Il l'immobilisa et plongea ses yeux dans ceux d'Éléonore avec intensité et fièvre. Longuement. Ignorant l'agitation de l'animal qui trépignait, si proche de l'écurie. Sans lâcher Éléonore du regard, il descendit de selle et confia les rênes de sa monture au palefrenier qui venait à sa rencontre. Il essuya ses mains au revers de son manteau et s'approcha d'Éléonore, sans la toucher. Il la suivit en silence derrière le mur du porche et prit sa main, une fois à l'abri des regards. Il la poussa contre le mur, se colla contre elle, mit sa main derrière sa nuque et l'embrassa avec passion. Ce fut un long baiser, doux, tendre, sensuel. Elle sentait son cœur palpiter, se rompre, s'emballer, tout son corps bouillait. Elle se sentait belle, aimée. Elle se sentait vivre pleinement. Elle se sentait grandie, mûrie, femme. Elle posa ses deux mains ouvertes dans le dos de Bohémont, sous la pelisse, et frôla le justaucorps, en tremblant d'émotion. Elle était guidée par un feu qui la brûlait, qui la poussait à l'audace, au contact. Elle appuya les doigts sur le corps, malgré elle, désirant trouver la chaleur, l'odeur. Elle enfouit un doigt entre l'échancrure du vêtement et de la culotte, en un endroit où la peau affleurait et elle caressa cette zone avec bonheur. Un bout de peau. La peau de Bohémont. Elle se nourrissait de ce toucher. Elle enfouit sa tête entre son cou et son épaule, respira son odeur. Bohémont avait glissé ses deux mains au creux de ses reins et la caressait, déchaînant son désir.

— Je ne pense qu'à vous, articula-t-il. Je suis mal. Je suis heureux mais malheureux. Je ne peux plus me passer de vous. C'est sorcellerie.

Éléonore le serra encore plus fort en guise de réponse, incapable de prononcer un mot, incapable de trouver un mot pour désigner ce qu'elle ressentait.

— Qui es-tu ? Qui es-tu pour me faire cet effet ? murmura Bohémont en se détachant d'elle, les yeux brillants de fièvre et de désir.

— Je ne sais pas qui je suis, je ne sais pas, avoua Éléonore dans un souffle, en baissant les yeux, soudain accablée par cette vérité énoncée... Je ne sais pas.

Un pas botté retentit sous le porche et elle s'enfuit.

12

Éléonore avait demandé à la comtesse la permission de s'absenter une journée pour aller visiter un vieux parent. Cette dernière avait hésité à lui accorder ce congé, refusant de se passer de sa voix lors de ses prières quotidiennes, dépendante de son talent et de l'émotion qu'elle donnait à ses séances d'oraisons. Mais Éléonore l'avait convaincue en lui promettant d'être revenue pour la dernière prière, celle de minuit.

Hermin l'avait accompagnée jusqu'à l'arrêt de la diligence qui montait au Puy, de la place de Mende. Elle avait pris place près de la vitre de la voiture et elle avait regardé le pays s'étaler devant ses yeux, se découvrir, se livrer. Elle avait aimé les infinis paysages, bas et plats, qui surmontaient Pradelles et se dénudaient, bordés au loin par les monts du Velay. Ils ressemblaient à des animaux fauves couchés là, depuis des siècles, à contempler le pays aussi majestueux qu'insolite. Un peu après Costaros, la diligence emprunta une route qui dominait la cité anicienne. Sa vision était comme un enchantement : les bâtisses se regroupaient autour de deux pics rocheux élancés jusqu'au ciel, le rocher Corneille et le rocher Saint-Michel, coiffé d'une chapelle romane piquant les nuages. Au pied paraissait veiller la cathédrale, immense, sombre et élégante, avec ses escaliers en façade qui dégringolaient vers la ville aux toits rouges. Les maisons se regroupaient autour de l'édifice, laissant la place à des ruelles pavées tortueuses. Éléonore descendit près de la tour Pannessac, arpenta la rue des Carmes, éblouie par les devantures des magasins, des ateliers, flânant un peu. Elle se fit indiquer l'adresse précise de l'emplacement de la Chartreuse. C'était là que son grand-oncle avait choisi de se retirer, des années plus tôt.

Elle aboutit devant une porte de bois, seule ouverture de l'enceinte en pierre, très élevée, qui cloîtrait les lieux sans possibilité d'apercevoir quoi que ce fût à l'intérieur. Une clochette accrochée au mur permettait de signaler une visite. Éléonore l'agita.

Un frère portier entrouvrit la trappe qui permettait de voir le visiteur, à hauteur du visage.

— Je voudrais voir le père Yves Larmoso, je suis de sa famille, dit Éléonore.

— Les femmes ne peuvent entrer dans la chartreuse et le père ne m'a parlé de rien. Adieu, ma fille.

— Allez le prévenir de ma visite, c'est important, insista-t-elle.

— Le père n'a le droit qu'à deux visites par an.

— Il n'a pas pu en avoir une autre. Il n'a plus de famille.

— Détrompez-vous. Il en a déjà eu une cette année.

— J'attendrai ici, jusqu'à ce qu'il vienne, dites-le-lui.

Le portier referma la trappe en glissant un « Vous allez attendre pour rien » qui agaça Éléonore. Elle se mit à faire les cent pas, constatant qu'elle perdait effectivement son temps alors qu'elle en avait peu. Elle avait mis plus de trois heures de diligence pour venir et il lui en faudrait autant pour rentrer. Elle ne voulait pas faire attendre Hermin qui viendrait la chercher à la voiture du soir, à Mende. Elle devait forcer le passage. Soudain, elle pensa qu'elle avait un atout pour se faire reconnaître et entendre par son grand-oncle. Elle traversa la rue de la Chartreuse, se jucha sur un escalier qui permettait d'entrer dans un immeuble d'habitation surélevé, en face. Elle se mit à chanter un *Ave Maria*. De toutes ses forces. Avec toute la puissance de sa voix. Bientôt, des passants s'arrêtèrent, des fenêtres s'ouvrirent. Elle chanta pendant presque une demi-heure, aussi fort qu'elle le put, attirant des foules. Mais la porte de la Chartreuse restait close. Éléonore allait renoncer quand elle vit la trappe se rouvrir et une main passée au travers lui faisant signe de s'approcher. Le portier lui dit :

— Père Yves vous attend dans la chapelle extérieure. Longez la rue et vous tomberez sur la porte du bas-côté de la nef.

Éléonore s'exécuta et entra dans une chapelle romane curieuse : son sanctuaire était situé en clôture mais la nef était hors clôture. Au centre, une grille à guichet en marquait la limite. Elle s'assit sur une des rares chaises et attendit, dans l'obscurité, regardant vaguement les lueurs des cierges qui jetaient des ombres dansantes sous la voûte. Un pas se fit entendre, lent, incertain, doublé du bruit d'une canne. Bientôt, le guichet de clôture s'ouvrit et un moine vint vers elle. Il portait une robe de drap blanc, serrée avec une ceinture de cuir et un scapulaire à capuche de même couleur. Le cilice[1] était maintenu à sa taille par une corde. Le visage de l'homme demeura dans l'ombre jusqu'à ce qu'il fut à la hauteur d'Éléonore qui se releva. Ses joues étaient très creuses, sa mâchoire saillante. Le front paraissait immense à cause de la tonsure. Le regard était d'une infinie douceur, porteur de ferveur, de lumière. Le père Yves contemplait son arrière-petite-nièce avec bienveillance et une tendresse qu'il tentait de cacher en mesurant ses gestes. Il ne put s'empêcher de passer un doigt sur la joue d'Éléonore en souriant avec bonheur :

— Quand je t'ai entendue chanter, de ma cellule, j'ai tout de suite reconnu ta voix. La voix des nôtres. Je t'ai cru morte ou perdue pendant toutes ces années.

— Non, mon oncle, répondit Éléonore avec émotion. J'ai été sauvée et élevée par un convers cistercien.

— Tu es donc catholique ?

— Bien entendu.

— Dieu soit loué ! Il a su entendre mes prières.

Il tomba à genoux sur un prie-Dieu et demeura silencieux, pendant de longues minutes. Il finit par se relever, avec mille précautions, le corps usé par l'âge.

1. Chemise ou ceinture de crin portée à même la peau par pénitence.

Il regarda Éléonore et lui demanda, sur un ton neutre :

— Tu voulais donc me connaître ?

— Vous êtes le seul survivant de ma famille. Et vous êtes le seul à pouvoir me dire qui je suis.

Yves fut pris d'une quinte de toux terrible qui le brisa. Il suffoqua, fit quelques pas dans la nef et revint s'asseoir près d'Éléonore qui prit place à ses côtés sur le banc.

— Je comprends ta requête, ma fille. Je suis le seul à pouvoir t'éclairer, prononça-t-il, essoufflé. Et je pense que tu dois savoir toute la vérité. La difficile vérité.

— Je sais des bribes de l'histoire de ma famille... Comment mon père est devenu protestant. Mais j'ignore tout des causes de sa conversion, j'ignore même tout de cette religion...

— Je vais essayer d'être précis. Te dire. La grande histoire de l'hérésie, de cette honte dans laquelle Thomas a glissé...

Il prit une grande aspiration, fixa Éléonore :

— Les premiers réformés des Cévennes ont été convertis par des calvinistes parcourant le pays, au XVIe siècle.

— Quel était vraiment leur message ?

— Pour les protestants, l'Église n'a aucune autorité. Ils renient le clergé et le Pape. À leurs yeux, il faut suivre l'Écriture pour obtenir son salut qui est accordé sur la foi personnelle. D'ailleurs, pour les réformés, il n'existe pas de clergé. La parole de Dieu est prêchée par le pasteur qui distribue les deux seuls sacrements conservés : le baptême et l'eucharistie.

— Que deux sacrements ? Je l'ignorais.

— Plusieurs pratiques de l'Église romaine sont rejetées : l'intercession des saints, le purgatoire, les œuvres méritoires, la confession des péchés au prêtre, la messe comme sacrifice, la transformation du pain et du vin en corps et sang du Christ opérée par le prêtre, l'adoration du saint sacrement.

— Mais... Comment peut-on remettre ces usages en question ? glissa Éléonore, choquée.

— Les réformés ont un rapport au livre très différent, personnel. Ils lisent la Bible dans le texte.

Éléonore songea aux bibles qu'elle avait trouvées dans la maison des Larmoso.

— D'ailleurs, reprit Hermin, le pasteur n'a rien à voir avec un prêtre catholique. Il doit être accepté et approuvé par les fidèles de sa communauté. Ce fut le cas de Thomas, mon frère... Égaré. Une fois converti, il est venu prêcher la nouvelle parole dans le hameau de Dolmazon qu'il a amené à la foi protestante. Par la suite, les habitants l'ont élu pasteur de leur communauté.

— Quand mon arrière-grand-père est-il passé au protestantisme ?

— C'était un peu avant la révocation de l'édit de Nantes, lorsque le protestantisme était toléré dans le royaume, en 1679.

— Mais pourquoi s'est-il converti ?

— Pour Laudine, sa fille, ta grand-mère.

— Comment ça pour ma grand-mère ? Je ne comprends pas...

— Pour qu'elle puisse chanter... Thomas Larmoso avait appris le chant et l'orgue à Laudine, depuis son plus jeune âge. Elle était née en 1665, c'était sa seule enfant. Le problème, c'est que son talent ne lui servait à rien et se perdait dans le cadre de leur maisonnée. L'évêque Amaury et l'abbé de Chazourde du moment, Henri, l'oncle du futur abbé Gonrad, refusaient catégoriquement qu'une femme, même enfant, chante dans leurs églises. Pourtant, ils connaissaient la voix de Laudine, sa puissance, ce qu'elle était capable d'apporter en dévotion et en émotion, pour Dieu et dans la prière. Mais leur refus était sans appel.

— Cette intolérance-là, je la connais bien... glissa Éléonore.

— L'abbé Henri a proposé à Thomas de mettre sa fille Laudine dans un couvent. C'était la seule solution pour qu'elle chante. Thomas est entré dans une rage folle, ne supportant pas l'idée qu'on le sépare de sa fille unique et, surtout, l'idée qu'il ne puisse plus poursuivre son enseignement avec elle. L'évêque et l'abbé lui firent alors une proposition qui le révulsa dans un premier temps.

— Quelle proposition ?

— Ils acceptaient de profiter des talents de Laudine en l'inscrivant dans la maîtrise du chapitre de la cathédrale de Mende pour qu'elle puisse chanter, avec le chœur des enfants mais...

— Mais ?

— Sous un nom de garçon, cheveux courts et uniquement jusqu'à ses quinze ans. Pour Thomas, c'était insultant, pour Laudine c'était dangereux.

— Mon Dieu...

— Pourtant, comme Thomas avait un rapport très proche avec Laudine, pour ne pas dire fusionnel, il prit son avis. Il en parla avec elle.

— Qu'en a-t-elle pensé ?

— Laudine aimait chanter, avant tout. Elle dépérissait sans cela.

— Ce sentiment de dépérir, de perdre son temps et sa vie sans chanter, je le connais aussi et je me sens bien proche de cette femme aujourd'hui.

— Laudine avait une dizaine d'années alors. Elle supplia son père d'accepter la proposition de l'évêque. Elle avait entendu la maîtrise de la cathédrale chanter aux messes, à Mende, quelques fois. Cela l'avait fascinée et comblée. Elle voulait apprendre et participer à ce bain de bonheur. Thomas a donc conclu un arrangement avec l'évêque Amaury qui donna le prénom d'Odar à Laudine.

— Odar Larmoso, susurra Éléonore pour elle-même en se souvenant que la chantre Mireille lui avait parlé de cet enfant de la maîtrise de Mende. Elle retrouvait enfin la trace de ce mystérieux chanteur surdoué.

— Comment a-t-elle vécu ses années à la maîtrise de la cathédrale ? demanda Éléonore.

— Bien. Elle était brillante, elle progressait, l'évêque n'avait de cesse de faire donner des messes avec les chants chorals de la maîtrise. Pour y avoir assisté une fois, je peux te dire que la voix de Laudine était mise en valeur par des solos fréquents et c'était le grand frisson, la communion avec le Tout-Puissant. Il y avait de l'émotion dans l'assemblée chaque fois que les fidèles l'entendaient. Une sorte de curiosité et d'attente commençaient à se faire dans la ville au sujet de cet élève de la maîtrise de l'évêché : on posait des questions, d'où venait cet Odar surdoué ? L'évêque Amaury avait inventé une histoire qu'il servait à toutes les sauces : Odar était un enfant recueilli par le chapitre. Malgré tout, il savait qu'il faudrait bientôt renvoyer Laudine. Sa beauté, ses cheveux blonds dorés, ses yeux très féminins, infiniment bleus, éveillaient des doutes de plus en plus nombreux. Elle prenait des jolies formes. Mais elle refusait elle-même de le voir, apprenant à chanter voûtée, acceptant d'être tonsurée régulièrement, se faisant la plus transparente possible. C'était difficile. Sa voix exceptionnelle ramenait les regards sur elle.

— Comment cela s'est-il fini ?

— Le secret fut percé de façon dramatique.

— C'est-à-dire ?

— Thomas a vu revenir Laudine, un matin, très tôt, chez eux, à Dolmazon. Elle se tenait devant la porte, les yeux hagards, son habit de jeune choriste déchiré, les pieds nus. Son entêtement à demeurer dans la chorale et sa passion l'avaient conduite au cauchemar. De jeunes choristes un peu plus âgés qu'elle avaient fini, au dortoir, par percer son secret. Ils avaient découvert qu'elle était une fille, presque une femme. Amusés, excités, une nuit, ils l'avaient violée, tour à tour. Elle s'était enfuie, profondément choquée, et elle était revenue chez les Larmoso, faisant des kilomètres à pied, éperdue, dans sa chemise de lin blanc maculée du sang de sa virginité. Dans son innocence, elle avait tout raconté à son père qui entra dans une rage terrible.

— Je comprends sa colère...

— L'évêque Amaury ne voulut rien entendre, ni tenter de l'apaiser en faisant punir et condamner les jeunes choristes qui avaient abusé de sa fille. Cela aurait été pour lui proclamer à la ville qu'il avait utilisé le talent d'une femme dans sa cathédrale, ce que les canons ecclésiastiques interdisaient formellement. Pour Thomas, ce fut la goutte d'eau qui fit déborder le vase. Il comprit que sa fille n'avait aucun avenir dans l'Église catholique qui ne pouvait que la conduire au silence, dans tous les sens du terme. Silence sur son agression, sans sanction contre les criminels, silence sur son talent et sa voix. Pourtant, Thomas, jusqu'alors, lui, il s'y plaisait dans l'Église catholique. Depuis des générations, les Larmoso étaient des catholiques assidus, acharnés, convaincus. Thomas travaillait pour l'abbé de Chazourde et pour l'évêque mais il venait de se heurter aux limites et à l'intolérance des catholiques de plein fouet, à cause de sa fille. Le coup fatal vint du refus catégorique de l'évêque Amaury à baptiser l'enfant de Laudine... née bien entendu de père inconnu.

— Mon Dieu, articula Éléonore. Noélie, la muette, est le fruit de ce viol collectif affreux...

— Oui et Thomas a été d'un grand secours, d'un grand soutien pour sa fille. Mais il a été totalement outragé et révolté par le refus du clergé de baptiser l'enfant.

— Je comprends son dégoût.

— Ce sont le dégoût et la colère dont tu parles qui allaient le pousser dans les bras de la religion des huguenots. Il savait, pour avoir fréquenté des villages réformés, en faisant du commerce de toiles, que les temples protestants résonnaient de psaumes chantés par tous les croyants, hommes et femmes. Il a discuté longuement de cette tolérance avec des pasteurs et il a accepté de faire un voyage en Suisse pour être mis en connaissance de la Réforme par des calvinistes chevronnés, dans une académie de Genève. Il ne s'est pas converti à la légère. C'était un homme mûr et réfléchi. Pourtant, il a franchi le pas, la barrière. Il est devenu un protestant et a fait baptiser Laudine et l'enfant.

— L'évêque Amaury et l'abbé ont été furieux, je suppose.

— Furieux. C'est à cette époque que je me suis fait chartreux, en pensant calmer un peu leur fureur et leur rancune. Mais leur ressentiment a été décuplé quand mon frère est devenu pasteur, en 1681.

— Pasteur... Qu'est-ce que cela implique ?

— Chaque dimanche, au temple qu'il avait fait bâtir à ses frais dans le hameau, Thomas expliquait et actualisait la parole de Dieu en s'appuyant sur la Bible, traduite en français et en patois local. Il passait bien, il était aimé, c'est pour ça que la grossesse de Laudine, sa fille, qui demeurait inexpliquée, a été acceptée, sans grande médisance. La famille avait une espèce d'aura que son talent en musique accroissait. Tous les dimanches, au temple, Thomas faisait durer son moment préféré : celui des psaumes, en fin de prêche. Là, il chantait comme d'autres exultent, donnant une large place à la voix de Laudine et, plus tard, à celle Noélie qui connut l'orgue et le chant dès son plus jeune âge. Thomas était heureux à cette époque, vivant entouré de sa fille et de sa petite-fille auxquelles il enseignait son art.

Éléonore se souvint des psaumes mis en vers par Clément Marot et Théodore de Bèze qu'elle avait trouvés dans la cachette.

— Thomas Larmoso avait ainsi trouvé dans la religion réformée un équilibre, un nouveau métier, lui permettant à la fois de chanter et de faire chanter sa fille, puis sa petite-fille, Noélie, à laquelle il apprenait tout. Mais cette période de grâce fut de courte durée. De cinq ou six ans à peine.

— Pourquoi ça ?

— En 1685, l'édit de Fontainebleau révoqua celui de Nantes et la pratique de la religion protestante fut interdite dans le royaume. Pièce à pièce, l'édit de Nantes a été démantelé : interdiction de pratiquer le culte protestant et de faire toute assemblée de réformés. Les pasteurs eurent quinze jours pour se convertir ou bien pour s'exiler, les temples furent rasés. Les protestants fraîchement convertis ont eu l'obligation de faire baptiser leurs enfants et de les faire instruire régulièrement par des curés. Les collèges protestants ont été fermés. Pour obtenir un maximum de conversions, les méthodes utilisées par le roi furent efficaces, mais cruelles. Des maisons de conversions furent fondées par des Compagnies de la Propagation de la foi. Elles accordaient des aides financières aux familles converties. Quant aux dragons, envoyés par le roi dans les Cévennes en 1685, ils se firent loger de force chez les protestants pour les faire céder, pour les pousser à la conversion par toutes les méthodes : torture, vol, viols, intimidation de toutes espèces... La terreur dont ils firent usage déclencha des vagues de conversion dans des villages entiers. En quelques semaines, dans notre pays, des centaines de protestants devinrent des nouveaux convertis, ou nouveaux catholiques.

— Qu'en fut-il de la famille Larmoso ?

— Tout le hameau suivit les conseils de Thomas : l'abjuration immédiate pour éviter les maltraitances.

Surtout, il s'agissait d'éviter les peines portées contre les non-convertis : la condamnation aux galères pour les hommes, la prison pour les femmes mais, avant tout, la confiscation des enfants qui seraient pris de force et confiés à des hôpitaux, des couvents ou des collèges catholiques. Pour Thomas, il fallait éviter ce drame : en aucun cas il ne voulait perdre Noélie, sa petite-fille. Il ne voulait pas non plus que son hameau soit dépeuplé des enfants. En outre, les relaps étaient punis par la confiscation de leurs biens : Thomas ne voulait pas perdre le domaine que son père avait obtenu de l'abbé de Chazourde, il voulait tout conserver pour Laudine et Noélie. C'est donc la sagesse qui le conduisit à l'abjuration forcée. Il fit un retour en grâce auprès de l'évêque Amaury et de l'abbé Gonrad qui contrôlèrent personnellement la bonne foi du hameau : ils firent distribuer des explications de la messe afin de contrer les mauvaises lectures hérétiques. Toutefois, malgré l'insistance de l'abbé, Thomas refusa de retourner chanter et jouer de l'orgue à l'abbaye ou à la cathédrale.

— Il arrêta son art ?

— Non ! Tous les villageois qui vivaient à quelques kilomètres du hameau pourront te dire que la nuit on entendait les filles Larmoso chanter et l'orgue de Thomas jouer les psaumes ou des textes profanes. La musique, l'amour de la musique et du chant faisaient partie intégrante des Larmoso, leur lien, leur cœur...

— Pourquoi ne voulait-il plus jouer de l'orgue au monastère ?

— Thomas n'était pas réellement converti. Son abjuration était de pure forme, pour se sauver, sauver sa famille et les gens du hameau. Il était demeuré protestant. Cette diablerie survivait au fond de lui. Il m'expliquait qu'il aimait cette religion parce qu'elle savait faire une place aux femmes, parce que sa descendance pourrait chanter. C'était obsessionnel, chez lui, entendre sa fille, transmettre son art. De fait, il devint un prédicateur, ceux qui remplacèrent les pasteurs convertis ou déportés, pour poursuivre le culte protestant dans des endroits cachés. Thomas devint un prédicateur du « désert ».

— Le désert ?

— Le « désert » est une expression empruntée à la Bible pour interpréter la situation des protestants persécutés, identifiés ainsi au peuple d'Israël avec le désert de l'Exode. Cette image biblique renvoyait aux prédicants leur propre errance, de désert en désert, c'est-à-dire de lieu en lieu, obligés de se cacher et de changer de cache tous les deux jours, appelant leurs auditeurs, des nouveaux convertis devenus relaps, à fréquenter les garrigues, les grottes, les bois, les coins les plus sauvages des Cévennes. L'abbé de Chazourde constata rapidement les absences répétées de Thomas qui mettait en avant son travail de tisserand et la nécessité de vendre des toiles pour justifier ses déplacements. Son nom avait été cité par des relaps capturés par les dragons, par des traîtres ou des nouveaux convertis zélés qui cherchaient l'enrichissement. Bientôt, Thomas fut inscrit sur les listes des prédicants à arrêter. Une déclaration royale de début 1687 condamnait à la peine de mort tous ceux qui seraient surpris faisant des assemblées, prêchant, célébrant la cène et baptisant selon les rites protestants. La justice du roi devait se montrer implacable : elle prévoyait la peine de galère à vie pour ceux qui soutenaient ces prédicants improvisés qui détournaient les nouveaux convertis vers l'hérésie. La répression fut terrible sur les Cévennes entre 1686 et 1687 : des procès faits pour cause de participation à des assemblées ont conduit à vingt-quatre exécutions capitales, à une cinquantaine de condamnations aux galères et à trois cents condamnations à la déportation en Amérique. Les prédicants pris ont été pendus en place publique, souvent sous les yeux et avec l'assentiment de l'abbé Gonrad, qui venait de remplacer son oncle Henri, et de l'évêque Amaury. Ils étaient tous les deux juges aux côtés des représentants du roi lors des procès.

— Thomas a été capturé ?

— Sa traque a duré plus de trois ans. Il avait le soutien de nombreux relaps et il était reçu dans des tas de maisons qui avaient des cachettes huguenotes. Par deux fois, il a failli être pris chez lui, alors qu'il était venu voir Laudine et Noélie. Mais il a eu le temps de se glisser dans la cachette de la maison, insoupçonnable...

— Je l'ai trouvée, derrière l'armoire... glissa Éléonore.

— Les dragons et l'abbé ne l'ont jamais décelée. Alors...

— Oui ? s'impatienta Éléonore.

— Pour prendre Thomas le prédicateur, l'évêque Amaury et l'abbé ont usé d'une méthode bien exécrable, une de ces méthodes affectionnées par les dragons et les capitaines du roi...

— Quelle méthode ?

— Au début de l'année 1689, ils ont emprisonné Laudine et Noélie, dans la prison de l'évêché de

Mende. Ils ont laissé courir la rumeur de leur prochaine déportation et ils ont attendu que Thomas se rende de lui-même.

— Il l'a fait ?

— Dès qu'il a appris l'affreuse affaire. Sa fille et sa petite-fille étaient ses trésors. Il a trouvé le courage de négocier avec l'évêque et l'abbé.

— Qu'a-t-il négocié ?

— Que Laudine et Noélie soient libérées sur-le-champ et qu'elles puissent continuer à jouir du hameau de Dolmazon librement, ainsi que leur descendance. Les prélats ont signé et ils ont fait libérer les deux femmes sans leur donner d'explication. Elles ignoraient que Thomas se rendait pour qu'elles vivent. Elles ont appris en regagnant Dolmazon qu'il allait être exécuté le lendemain.

— Vous n'avez pas tenté d'intercéder ?

— L'abbé de ma chartreuse connaissait mes liens avec Thomas Larmoso, bien sûr. Il m'a accordé le droit de quitter ma solitude et la Chartreuse la veille de l'exécution, pour tenter de ramener mon frère à la véritable foi. Il refusait l'extrême-onction, ce qui était la preuve de son appartenance à la Réforme. Il m'a tout raconté mais il a refusé que je le bénisse, que je tente quoi que ce soit pour lui faire entendre raison. Je crois que l'abbé Gonrad aurait été prêt à lui laisser la vie sauve s'il avait abjuré publiquement. Mais il s'est obstiné. Même juste avant que la trappe de la potence s'ouvre pour lui ôter le souffle...

— Vous étiez à sa pendaison ?

— Oui... J'espérais encore. En vain. Il y avait un monde fou sur la place de Mende. Des catholiques qui hurlaient à mort et des relaps qui se tenaient dans l'ombre, venus rendre un dernier hommage à leur pasteur, à leur prédicateur. L'évêque Amaury s'est approché de mon frère après lui avoir lu la sentence... Il a parlé tout haut. Je crois qu'il était ému. Malgré tout, il avait admiré et respecté mon père, Dono Larmoso, ainsi que mon frère, lui-même. Il aurait aimé le sauver, vraiment. Thomas lui a dit : « Arrière de moi, Monsieur, vous êtes pire que Satan ! » L'évêque a gardé son calme et il a prononcé : « Cher frère, je viens au nom de Dieu, par un principe de charité, vous consoler dans votre affliction et vous donner secours. Acceptez l'extrême-onction, et vous serez sauvé. » Thomas a répliqué : « Je n'ai pas besoin de vous, ce n'est pas dans les hommes que je dois mettre ma confiance mais en Dieu seul. » Il a levé les yeux au ciel et s'est écrié : « C'est à toi, Sauveur du monde, que j'ai recours, regarde-moi avec pitié, sauve les miens, protège les miens des êtres sataniques qui veulent nous arracher la langue, tu ne m'as pas commandé de m'adresser au clergé pour obtenir l'Éternité, mais tu m'as dit et à tes fidèles venez à moi et je vous soulagerai ! Use donc à cette heure, Christ débonnaire, fils de David, de ta grande miséricorde envers moi et les miennes ! » L'évêque a reculé d'un pas. Le bourreau attendait un signal qu'il hésitait encore à donner. Ce fut alors que le chant débuta.

— Le chant ?

— Laudine et sa fille Noélie, qui avait une dizaine d'années en 1689, avaient eu accès à une terrasse sur toit, dans une des hautes maisons de la place de Mende. Une famille relaps les avait cachées et protégées dans leur initiative pour dire adieu à Thomas.

— Quelle initiative ?

— Elles ont chanté. Impossible de savoir nettement d'où provenaient leurs voix, car elles montaient claires et perchées dans le ciel. Ce fut un adieu émouvant et intense, qui pétrifia la foule et fit vaciller l'évêque. On eût dit un psaume, presque un cantique, mais les paroles étaient profanes. C'était un hommage à leur père et aux Larmoso, en général. Ce texte fut écrit jadis par un de nos aïeuls, en Italie, à Rome, pour la condamnation à mort de son fils. Laudine avait retranscrit les paroles en français et le texte ressortait avec une force incommensurable :

Au sang des Larmoso,
À ce sang béni de Dieu,
Ce sang qui depuis les siècles reste saint et enchanteur,
Au sang et aux voix des nôtres,
Repose en paix au nom de tous les tiens, cher frère, cher père
Ne pleure pas la vie, souris à l'Éternel,
Car tu seras entre tous reconnu parmi les justes,
Au sang des Larmoso,
Ne pleure pas les tiens,
Ne crains pas sur cette terre une épée qui les fera taire,
Une épée qui les mettrait à terre,
Leur voix reste celle des cieux
Et nous saurons rester des maîtres.

L'évêque, soudain, a semblé se ressaisir et il a levé la main pour que le bourreau fasse son office. Thomas mourut. Les deux voix se sont arrêtées net. Le silence a baigné la place. Il n'y a pas eu d'applaudissements. La foule s'est dispersée, un goût d'amertume dans la bouche. Elle venait de se souvenir qu'avant d'être un prédicant protestant Larmoso avait été un organiste et un chanteur de génie. Laudine et Noélie avaient brisé la sentence du roi, de l'évêque et de l'abbé. Elles avaient réhabilité leur père.

— Elles sont reparties vivre au hameau de Dolmazon ?

— Oui, et elles ont chanté, prié chaque jour pour Thomas. La douleur ne s'effaçait pas. La rancune non plus. Je ne pouvais pas les aider, j'étais cloîtré, je ne pouvais pas leur écrire. Moi-même, j'ai prié pour elles des heures durant. Je n'ai pas pu les sauver, Dieu ne leur a pas accordé la miséricorde, ni le répit. Pendant une dizaine d'années, Laudine a compris qu'elle devait se faire oublier pour élever sa fille, Noélie. Elle a repris l'atelier de son père, elle est devenue tisserande, elle-même, tout en cultivant sa passion pour le chant. Elle a poursuivi d'instruire sa fille et de lui transmettre tout ce que son père lui avait appris, à elle. Tout ce que nos ancêtres se transmettaient depuis très longtemps. Mais l'insoumission demeurait, malgré l'apparente acceptation du catholicisme. Noélie, en grandissant, avait dû assister à des messes, elle avait été catéchisée de force deux fois l'an avec les autres gosses du hameau. Un curé venait sur place pour contrôler leur pratique. L'abbé Gonrad se déplaçait aussi. Une fois le dos tourné, le hameau entier reprenait les psaumes interdits et la lecture de l'Évangile. Laudine avait simplement appris à être discrète et prudente. Elle allait être dépassée, outrepassée, débordée en quelque sorte par sa propre fille Noélie qui présenta vers 1700 les premiers signes de prophétisme, après ses vingt ans. Elle allait faire, comme d'autres jeunes de son âge issus de la génération du refoulement : l'expérience de l'inspiration. Ce fut à cette époque qu'on vit monter le prophétisme dans les Cévennes, prémices à la guerre contre les camisards.

— Le prophétisme ?

— Les prophètes étaient des enfants ou des très jeunes gens qui parlaient avec leur corps, avec leurs larmes, avec leur voix, et qui allaient emmener dans leur sillage des centaines de nouveaux convertis à replonger dans le protestantisme. Parmi ces jeunes prophètes, il y avait de tout : des charlatans, des enfants précoces, des surdoués, des gamins qui connaissaient les textes par cœur, des enfants pris de tremblements ou de spasmes... Ils ont laissé croire que Dieu se manifestait par eux pour ramener les fidèles au protestantisme. Ce fut bien sûr par le chant que Noélie se fit prophète. On commença à venir à elle. Elle commença à passer de village en village. Les autorités civiles et ecclésiastiques redoutèrent cette nouvelle vague de prédicants, ces prophètes qui faisaient des adeptes. Il fallut rapidement enrayer le fanatisme, cette explosion charismatique qui menaçait encore la religion catholique. Laudine joua de prudence et tenta de ramener sa fille à la discrétion la plus absolue. Mais sa réputation se faisait grande, trop grande et elle allait bientôt intéresser un chef camisard, fanatique, qui cherchait à asseoir sa popularité.

— Laflaucheur... prononça Éléonore entre ses dents.

— Oui... Ce scélérat allait pousser Noélie aux pires péchés, l'engrossant, l'emmenant de par les routes pour amasser des nouveaux catholiques... Faisant d'elle l'ennemie du clergé local.

— Ainsi que Laudine...

— Elles ont été mal influencées, toutes les deux. Laflaucheur a réveillé en elle tout ce que Laudine cherchait prudemment à éteindre, à apaiser... Il a été malveillant. Tout ce malheur qui s'est abattu sur Laudine, sur Noélie, sur... toi, tout est sa faute.

— Il était peut-être très croyant.

— C'était un fanatique en armes. Un chef de guerre, un guerrier. Rien à voir avec la religion chrétienne.

— Il y en avait d'autres... tenta Éléonore.

— Je sais. Mais les autres n'ont pas entraîné mon sang dans cette... folie.

— La folie... oui...

— Pour faire taire Noélie, à la fin décembre 1702, les dragons l'ont capturée. Un relaps qui l'accompagnait lors de son rapt a pu s'enfuir et il est revenu à Dolmazon, pour dire à Laflaucheur que Noélie avait été enlevée. Personne ne la vit revenir durant la nuit. Laudine et Laflaucheur l'ont cru morte. Alors, l'engrenage de la violence s'est déclenché : Laflaucheur a levé une armée de camisards lancée sur l'abbaye de Chazourde qui fut mise à sac pour venger Noélie. Laflaucheur espérait qu'elle y était détenue mais ce n'était pas le cas.

— Et que s'est-il passé après la destruction du monastère ?

— Après... Il y eut la colère sourde et profonde de l'abbé Gonrad, de l'évêque Amaury. Il y eut la réplique des troupes du roi menées par Lesle sur le hameau de Dolmazon, incendié, anéanti, dès le lendemain. Les habitants pendus, les femmes condamnées à la potence ou aux galères. Les enfants arrachés aux parents et dispersés au gré de familles catholiques. Je sais la douleur de cette guerre.

— Et Laudine ?

— Que veux-tu savoir ?

— Elle était sur les lieux, n'est-ce pas ?

— Non. Laflaucheur l'avait convaincue de fuir avec lui.

— Elle a accepté ?

— Oui, car tu étais une toute petite fille et que Laflaucheur te voulait avec lui. Laudine savait que les dragons allaient la tuer s'ils mettaient la main dessus après l'incendie de Chazourde. Elle était trop proche de Laflaucheur. Alors elle a fui avec lui, et avec toi, sur les chemins de l'errance, de désert en désert. De cachette en cachette, de famille fiable en grotte aménagée. Elle te protégeait et soutenait Laflaucheur qui prêchait, qui guerroyait. Lesle a réussi à le capturer, un soir d'avril 1703, presque par hasard mais il a été libéré par des troupes de camisards. Son prestige en fut grandi. Des foules le suivaient. Les exactions des soldats du roi et des milices portaient à lui des jeunes hommes meurtris par la perte des leurs. C'était la haine qui lui procurait cette masse de bras armés, tous ces hommes, humbles, brisés, choqués, tous ces cœurs désireux de vengeance. Tous le rejoignaient pour venger une sœur, une mère, leurs femmes ou leurs fils. Tous avaient des comptes à régler avec l'autorité royale, pour la foi, pour un larcin, pour une condamnation pour manquement aux lois... Ils rejoignaient Laflaucheur qui devenait dangereux. Sa horde de camisards avait mis les dragons en déroute par deux fois et elle avait incendié moult villages catholiques, égorgé des prêtres, pendu des convertis, crucifié des bourgeois partisans des dragonnades. Sa bande armée n'était pas la seule à semer la terreur et à faire des ravages. Début 1703, le roi en personne fut alerté sur cette guerre sans nom, sur ces désordres des Cévennes, comme on disait à la cour : il restait plus de cinq mille fanatiques sévissant en bandes armées, en état de combattre et d'accentuer leurs forfaits malgré la répression des dragons depuis le début de l'année 1702. Le bilan était terrible : quarante églises brûlées, trois cents abandonnées, deux cents martyrisés, plus de cent hameaux ou villages sans exercice de culte. La réplique du roi se devait d'être terrible. Il ne pouvait supporter que des troupes de bandits religionnaires tiennent tête à la plus grande armée d'Europe. Il envoyait deux mille hommes supplémentaires, quinze nouvelles compagnies ! Un effort était exigé de tous les nobles des Cévennes pour qu'ils entretiennent et lèvent eux-mêmes des milices dans leurs seigneuries. Lesle devint un fer de lance du roi et leva des troupes sanguinaires, ivrognes, sans pitié. À force de traque, de massacres, de terreur, Lesle et l'abbé Gonrad ont fini par avoir la peau de Laflaucheur et celles de nombreux autres chefs camisards, grâce à un de leurs espions. Ils ont fait un gros coup de filet en été 1704, à Lories, mettant un terme à la guerre. La plupart des chefs ont été exécutés. Les autres ont négocié leur exil. En ce qui concerne Laflaucheur, il est mort lors de l'assaut des dragons, jeté par-dessus les murailles, dans un fossé. Je ne savais pas ce qu'il était advenu de toi mais je me doutais que tu avais été confiée à une famille catholique.

— Et Laudine ?

— Elle était à Lories. Elle a été jugée à Mende puis déportée, je crois.

— J'ai l'impression d'être une survivante.

— Tu l'es et tu dois en remercier Dieu. Chaque jour. Maintenant que je sais que tu vis encore, que tu as notre don, tu dois me promettre de faire des enfants, de transmettre notre sang. Tu es la dernière à pouvoir le faire.

— Pourquoi est-ce si important ?

— Nous ne sommes pas une famille comme les autres, Éléonore. Nous avons un don de Dieu et nous devons honorer Dieu.

— Que voulez-vous dire ?

13

— Il y a des siècles, reprit Yves, les Larmoso étaient une famille clanique qui vivait en Palestine romaine, non loin de Jérusalem. Bien sûr, leur histoire s'est transmise de génération en génération, avec des erreurs sans doute, des rajouts. Il y a quand même un fond de vérité que mon grand-père, Sylvo Larmoso, avait pu vérifier dans les archives du Vatican pour lequel il travaillait.

— Mais alors, les Larmoso seraient d'origine juive ?

— Oui. Leur lignée possédait une petite propriété, avec quelques oliviers, au début de notre ère. Ils se seraient installés là au retour de l'Exode. Leur clan, après avoir vécu des années en Égypte, serait revenu derrière Moïse vivre en Canaan. La coutume raconte que, durant la traversée du Sinaï, les hommes Larmoso se seraient fait remarquer par leurs voix et leur musique. Les femmes et les filles dansaient les soirs, chantaient, aussi, lors des campements. Peu à peu, la tradition s'est ancrée dans la lignée : la famille était une famille à voix et elle devait travailler ce talent dont presque tous les enfants étaient dotés. Une fois installés en Terre sainte, les Larmoso étaient souvent sollicités pour les noces et les fêtes juives : ils chantaient et jouaient d'instruments divers. Un jour, le patriarche Larmoso, Samuel, était près de ses oliviers, dans sa propriété, un peu en retrait de la ville. Il contemplait le domaine, assis sur une souche, avec sa fille Édith. Ils auraient vu passer un homme, dans une espèce de vision trouble. Un homme au regard lumineux qui marchait depuis Nazareth et qui disait suivre le Messie. Ce personnage énigmatique aurait posé sa main sur la bouche d'Édith qui aurait ressenti une sorte de vive brûlure, au fond de la gorge et sur les lèvres. Et il lui aurait dit tout bas : « Par ta voix, et celle de ta descendance, tu honoreras le Seigneur. » Après ce jour, les enfants d'Édith Larmoso eurent quelque chose de plus dans leur voix, une intensité, une puissance et une facilité à la travailler immense, surtout les filles.

— C'est certainement une légende que cette histoire... coupa Éléonore, presque amusée.

— Peu importe. Les Larmoso cultivaient cette légende, transmise de génération en génération. Comme une force. Comme un lien.

— Et que nous raconte le reste de l'histoire de cette famille ?

— Samuel et Édith passèrent des journées à retrouver l'étrange inconnu qui avait intensifié leur talent et qui avait prédit une descendance auréolée. C'est en le cherchant qu'ils commencèrent à s'intéresser à Jésus de Nazareth. Ils suivirent les foules de ses disciples, ils le virent, ils le crurent et ils se firent chrétiens. La famille d'Édith fut une des premières à chanter des prières pour le Christ, et à en composer, après sa crucifixion, pour les toutes premières communautés chrétiennes. On murmurait aussi, tout bas, que l'étrange personnage qui avait fait le don aux Larmoso était le Christ en personne, que Samuel et Édith l'auraient reconnu entre tous.

— C'est un peu exagéré, non ?

— Moi je crois à ce don, et je crois à cette version parce que je sens l'appel de Dieu, je sens ce besoin de tout lui consacrer. Nous sommes une famille élue, mon père, mon grand-père le répétaient.

Éléonore n'insista pas. Elle songea que les Larmoso avaient bâti une épopée familiale fort mystique, sûrement trop mystique.

— Par la suite, les Larmoso ont suivi saint Pierre, à Rome. Ils voulaient convertir avec lui, ils voulaient prêcher, sans doute aussi tenter une nouvelle vie en Italie. Les persécutions chrétiennes étaient très dures en Judée. À Rome, les hommes Larmoso firent de l'artisanat. Ils étaient fabricants d'instruments de musique, naturellement, et musiciens. Les femmes étaient chanteuses. Leur talent allait leur apporter une grande renommée.

— Je ne connais pas grand-chose à la musique de la Rome antique...

— Les Larmoso fabriquaient des flûtes à bec, des flûtes de Pan, des lyres, des cithares, des instruments de percussion que les Romains adoraient : des sistres, des crécelles, des grelots, des tambourins, des timbales, des castagnettes. Ces percussions accompagnaient les danses rythmiques de certains rites comme celui des bacchantes ou des frères arvales.

— Mais les Larmoso étaient chrétiens ! Ils jouaient quand même pour les fêtes païennes ?

— Oui. Le culte chrétien était célébré discrètement, dans l'ombre des catacombes. Pour se protéger, les Larmoso travaillaient officiellement pour les concours et les fêtes du paganisme romain, ils participaient aux fêtes religieuses. Ils louaient aussi leurs services à des familles aristocrates pour des dîners et des orgies. L'empereur Néron aurait félicité personnellement des Larmoso à trois reprises lors des concours de musique en l'honneur d'Apollon.

— C'est curieux quand même, cette propension à jouer de la musique pour une culture et une religion à laquelle les Larmoso échappaient...

— Les Larmoso avaient appris à garder leur secret. Ils tenaient à maintenir leur lignée en vie et à la porter au sommet. Ils ne savaient que trop ce que pouvait leur coûter de trahir leur appartenance au christianisme...

— Pourquoi donc ?

— Lorsque Samuel et sa fille Édith se sont installés à Rome, dans le sillage de saint Pierre, ils avaient avec eux trois enfants dont une toute jeune fille de quinze ans qui portait le nom de Sacha. Elle était exaltée. Très exubérante et surtout imprudente. Elle a été arrêtée avec d'autres chrétiens lors d'une messe clandestine. Elle a refusé de renier sa religion et elle a été jetée aux lions, avec trente autres chrétiens. On raconte qu'elle a chanté, si bien, si haut, que les bêtes même auraient hésité à la tuer. Pour la faire taire, l'empereur a donné l'ordre à un gladiateur d'aller lui percer le cœur d'un coup de glaive. Et les bêtes ont dévoré son cadavre.

— Mon Dieu...

— Tu comprends que les descendants de la lignée ont su être prudents quant à leur appartenance au christianisme. Peu à peu, le temps leur a permis de sortir de l'ombre et de célébrer leur religion au grand jour. Au début du IVe siècle, l'empereur Constantin se faisait baptiser et autorisait le christianisme qui devint religion d'État sous son descendant Théodose. Mais le choix du christianisme comme religion d'État faillit coûter gros aux Larmoso. Les Pères de l'Église ont interdit les danses, les poésies et toutes les musiques païennes. Brutalement, les ventes d'instruments de musique festifs se sont effondrées. Mais les Larmoso ont su rebondir.

— Comment ?

— Ils s'étaient transmis une connaissance. Ils maîtrisaient la fabrication des orgues, depuis des années. Les Romains les utilisaient dans certaines cérémonies. Quand les Larmoso se sont installés à Rome, ils surent rapidement créer des orgues sur le modèle de celui de Ctésibios d'Alexandrie dont j'ai retrouvé un manuscrit recopié. Au fil des générations, ils s'étaient transmis les notices de fabrication. Peu à peu, l'orgue devait s'imposer comme le seul instrument ecclésial et les Larmoso devinrent des fabricants cotés et célèbres. Riches. Ils devinrent aussi une famille d'organistes réputés qui essaimait dans toute l'Italie, jusqu'à Rome et au sein même du Vatican. Ils allaient rester à la pointe du progrès et ils surent fabriquer des orgues positifs de chœur qui se répandirent pendant tout le Moyen Âge là où chantaient de grandes chorales : monastères puis cathédrales. Ce n'étaient pas les seuls et certains fabricants français, hollandais ou germaniques en faisaient autant. Pourtant, les Larmoso avaient toujours un peu d'avance sur leurs concurrents car ils voyageaient et s'inspiraient des inventions faites en France, en Espagne ou en Autriche. Ils aboutirent au XVIIIe siècle à une fabrication d'orgue reconnu comme le meilleur d'Italie, avec un savoir-faire qui ne sortait pas de la famille. On trouvait alors des Larmoso organistes dans de nombreuses chapelles, dans des écoles cathédrales, mais aussi des maîtres organistes qui enseignaient aux maîtrises. Les femmes Larmoso avaient moins de possibilités pour exercer leur art du chant. L'Église, d'une main de fer, interdisait les chants féminins dans les édifices religieux. Aussi, les filles Larmoso excellaient dans le clavecin et elles donnaient des leçons aux enfants de la haute bourgeoisie vénitienne ou napolitaine. Par tradition orale, je sais que trois d'entre elles furent célèbres au XIVe siècle quand l'Ars nova fut mis à l'honneur.

— L'Ars nova ?

— La forme la plus aboutie du chant au XIVe siècle, un chant accessible aux femmes quand il était profane. Toutes les formes lyriques étaient utilisées : ballades, rondeaux, virelais, complaintes, chants royaux, si bien que les filles Larmoso se produisaient dans les cours aristocratiques ou les fêtes seigneuriales, les banquets, les fêtes foraines. Elles savaient jouer des instruments accompagnant ces genres : sacqueboute[1], vièle[2], rebec[3], exécutant teneurs et contre

1. Ancêtre du trombone.
2. Instrument à cordes dont on joue avec un archet.
3. Sorte de vièle à caisse en forme de poire, creusée dans une seule pièce de bois.

teneurs. Souvent, un père, un frère ou un cousin les accompagnait. Certains composaient eux-mêmes les ballades et autres motets profanes, se faisant poètes et musiciens. Les princes des grandes villes du nord de l'Italie attirèrent et protégèrent les musiciens Larmoso. On retrouve des branches des Larmoso à Padoue, à Vérone, à Milan et surtout à Florence où la souche principale s'installa définitivement au XVe siècle. Dans la maison de famille. La maison où résidaient les Larmoso devenus chanteurs d'opéra. Où ils doivent encore résider, d'ailleurs.

— Ils sont chanteurs d'opéra ?

— Bien sûr ! L'opéra propulsa les Larmoso vers la gloire au XVIIe siècle, surtout les femmes.

— L'opéra, répéta Éléonore en songeant à l'*Orfeo* et à la voix magnifique qu'elle avait entendue dans la chapelle.

— Mais si l'opéra allait apporter la gloire aux Larmoso, il allait aussi précipiter la famille dans une impasse... Elle commença au milieu du siècle dernier. Les femmes Larmoso, accaparées par leur carrière, à la fois choristes, chanteuses d'opéra, sacrifièrent leur maternité. Moins d'enfants naissaient, le chant, la passion prenant le dessus sur la vie familiale. Ce n'est pas que les femmes Larmoso manquaient d'époux. Leur beauté était restée la même, depuis des siècles. On disait qu'elles s'attiraient les faveurs des hommes les mieux mariés et les plus puissants d'Italie tant leurs voix étaient envoûtantes et puissantes. Quant aux garçons Larmoso, ils furent rapidement victimes de la castration nécessaire à la gloire en opéra. Ils furent des castrats renommés mais sans descendance.

— Des castrats ?

— Des garçons auxquels on enlevait les testicules avant qu'ils muent pour qu'ils gardent un timbre de voix proche de celui des sopranos. Dono, mon père, fut le seul à échapper à cette spirale destructrice pour la famille. Il était le troisième fils d'un Larmoso, Batisto, qui était demeuré organiste. Son fils aîné était castrat et son second fils était entré dans les ordres pour devenir chantre. À cette époque, tous les cousins de la lignée étaient castrats, et les deux femmes cantatrices n'avaient pas d'enfant. Batisto refusa de faire castrer Dono et le garda à ses côtés pour en faire un organiste. Il travaillait à la chapelle des ducs de Florence. Bientôt, Batisto subit la pression de l'Opéra de la ville, dirigé par l'époux de sa sœur Christella, don Sylvestro, un imprésario et un directeur d'opéra ambitieux et richissime. Sa sœur Christella était la chanteuse la plus renommée de la ville, ainsi que sa fille Fiorenza, encore enfant. Deux femmes Larmoso douées mais perdues dans leur passion, exaltées, excessives, portant leur famille aux nues. Batisto craignit que son fils, qui avait alors l'âge d'être castré, ne soit enlevé ou convaincu par Christella qui le prenait sous son aile et lui faisait passer des après-midi à l'Opéra. Il décida alors de le confier à un de ses amis, un organiste qui venait d'obtenir le poste de la Sainte-Chapelle, à Paris. Bien sûr, pour Dono, ce fut une déchirure terrible, prégnante. Il quittait tout : son pays, son père Batisto, son instrument d'apprentissage, sa tante Christella, sa cousine Fiorenza. Dans les compositions qu'il fit à l'orgue, par la suite, notamment dans ses jeunes années où il était organiste à la Sainte-Chapelle de Paris, on sent sa douleur. Jamais un Larmoso n'a eu plus de talent, sur cet instrument, pour parler de Dieu et de l'amour sacré.

— J'ai retrouvé des partitions de Dono... Je les ai trouvées... émouvantes.

— Il était malheureux. Il a toujours porté cette tristesse au fond des yeux, et ce manque de rires. En Italie, son père, Batisto, est mort lorsque Dono avait une dizaine d'années. De fait, il n'y est jamais retourné. Il est devenu organiste de la Sainte-Chapelle, il était très bien payé par le roi. Il donnait des concerts au Louvre, à Notre-Dame. Mais son cœur demeurait meurtri. Son seul bonheur lui vint de la grossesse de sa femme, Viviane.

— Qui était-elle ?

— La fille de son maître formateur. Dono ne ressentait rien de fort pour elle, si ce n'est de l'amitié et de la tendresse. Il l'épousa pour contenter le père de Viviane, désireux de donner un époux fortuné à sa fille. Thomas naquit un an après et moi-même quelque dix ans plus tard. À cette époque, mon père ne supportait plus la vie aristocratique à laquelle il était mêlé, il détestait le faste, il s'entendait mal avec le clergé, il était d'une timidité quasi maladive. Il était, je pense, au bord du précipice, au bord de la mort, il marchait dans une vie qui l'écœurait, sans cesse tourmenté. Il rencontra alors l'abbé de Chazourde, Henri. Et cet homme-là lui parut honnête, véritablement croyant et intègre. Il cherchait un organiste pour son monastère et pour la cathédrale de Mende. Il était venu consulter Dono pour avoir son avis sur certains de ses élèves. Dono accepta le poste, contre toute attente et malgré la colère du roi. Il quitta Paris et vint vivre en Cévennes, avec

Thomas et moi-même. Ma mère refusa de rester dans ce pays qu'elle jugeait sauvage et contaminé par la Réforme. Elle repartit vivre à Paris et mourut peu après, d'une mauvaise fièvre, supportant mal l'affront de son époux. Pourtant, elle aurait dû voir combien Dono était transformé dans sa nouvelle vie. Depuis notre installation à Mende, il souriait. Il était serein. Il paraissait se retrouver dans cette vie simple et rustique. Il composa beaucoup. Il fit des prouesses et l'abbé Henri lui offrit Dolmazon pour le remercier de son talent. Ce furent des années de bonheur, de belles années pour moi. Nous vivions dans la musique et le chant. Mon père nous enseigna tout ce qu'il savait à l'orgue, en chant, et il nous instruisit. En parallèle, il avait monté un petit atelier de filature, qui attira d'autres habitants au hameau. Il activait les ateliers le jour et, dès que la nuit tombait, il jouait et il composait. J'étais fier de lui. Je me souviens de mon cœur éclatant d'orgueil quand nous allions aux messes de la cathédrale. Mon frère et moi avions le droit de nous placer près de lui, sur la tribune de l'orgue qui dominait la nef. Nous apprenions, nous nous émerveillions, nous étions bien. Et puis soudain, comme par un mauvais coup de vent, notre jeu de cartes s'est effondré, notre bonheur s'est abattu. Dieu rattrapait notre lignée, Dieu faisait payer le prix de notre orgueil, celui de notre talent, celui de notre trop-plein de bien-être.

— La conversion de Thomas ?

— D'abord la mort de Dono... notre père. Puis, cet attachement excessif de mon frère Thomas à sa petite Laudine. Son acharnement à en faire une voix. Son entêtement à l'instruire, à tout exiger d'elle, à tout attendre d'elle. J'ai vu ma nièce devenir une enfant passionnée, au mauvais sens du terme. Elle était devenue une Larmoso. Excessive et talentueuse. Lorsque mon frère l'a laissée entrer dans la maîtrise de l'évêque, en la faisant passer pour un garçon, j'ai compris que la vie allait basculer.

— Et elle a basculé...

— Tu connais la suite, ma petite. Le viol de Laudine, sa grossesse, son accouchement de Noélie. La rupture de Thomas avec l'Église, la colère de l'abbé Gonrad, le successeur et neveu d'Henri, celle de l'évêque Amaury qui perdaient leur organiste, mon repli dans la chartreuse pour tenter de sauver l'âme de Thomas et celle de sa fille, de sa petite-fille... Le déchaînement de la violence pendant la guerre des camisards... La mort tragique de mon frère, la mutilation de ta mère, l'arrestation de Laudine à Lories...

— Mais je suis là, mon oncle, je suis debout et bien vivante.

— Sache être une Larmoso. Prends et cultive le meilleur de ta voix, sans orgueil délirant.

Le vieil homme se releva du banc, Éléonore l'imita. Il posa sa main sur son épaule, serra sa peau, l'attira contre son corps maigre et décharné et la serra entre ses bras. Il mit dans cette étreinte ce qu'il lui restait de force, d'amour familial, de tendresse. Il la serrait parce qu'elle portait le sang de Dono et de Thomas. Lui, cet homme auquel l'ordre interdisait le contact avec l'extérieur et davantage encore avec une femme.

— Il ne faut pas que tu meures, ma petite. Tu dois vivre, et vivre bien. Tu es la dernière de nous tous.

— Mais... en Italie ? articula Éléonore émue par cet arrière-oncle qui ne la lâchait pas.

— J'ignore tout de ce qu'ils sont devenus. Je suppose que Fiorenza a fini par avoir des enfants car j'ai entendu parler, il y a des années, par un moine de passage, d'une soprano à la voix magnifique. D'après ce que disait ce moine, elle avait tout appris de sa mère, une Larmoso de l'Opéra de Florence. Elle voyageait d'Opéra en Opéra avec deux fils, dont un était déjà castrat.

— Vous avez su leurs prénoms ?

— Non...

— Nous avons donc encore des nôtres... prononça évasivement Éléonore... Combien j'aimerais les connaître... J'ai grandi seule, élevée par un convers. Je crois que j'étais faite pour vivre entourée...

Yves prit les mains d'Éléonore dans les siennes, la contempla longuement, une larme à l'œil.

— Bonne chance, ma petite. Tente de les retrouver et de faire ta route.

Elle le regarda marcher lentement jusqu'à la barrière de la nef. Il frappa, la porte s'entrouvrit dans un grincement et il disparut sans se retourner.

14

Quand Éléonore descendit de la diligence en place de Mende, elle fit signe à Hermin qui l'attendait dans le coche, l'air absent. Pour descendre de voiture, il rabattit son manteau sous son nez et mit son chapeau emplumé. L'air était froid et vif.

— Veux-tu que nous allions manger avant de reprendre la route ? proposa-t-il à Éléonore.

— Mon dieu, oui ! Je n'ai rien pris de la journée.

Ils marchèrent bras dessus, bras dessous dans les ruelles pavées, rasant les murs pour éviter les rigoles qui coulaient au centre. Une odeur de vase et de détritus mêlés s'en échappait. Des eaux sales et croupissantes formaient des flaques dans les ornières. Des crottes de chèvre jonchaient les pavés. Ils demeuraient silencieux, Éléonore pesant, classant, ordonnant tous les renseignements précieux que lui avait donnés son arrière-grand-oncle chartreux. Ils croisèrent sous une venelle étroite des hommes des milices bourgeoises qui ricanaient fort, visiblement avinés. Ils firent quelques réflexions paillardes en zyeutant Éléonore, sous sa capeline et son chapeau. Hermin leur fit un signe brutal pour qu'ils passent leur chemin, relevant sa pelisse pour montrer la crosse d'un pistolet qu'il avait à la ceinture. Plus loin, ce fut un détachement de fusiliers de l'évêque qui se retourna sur sa protégée et il réagit avec autant de véhémence. Ils accélérèrent le pas.

Soudain, au détour d'une ruelle, un petit chien vint se jeter contre les jambes d'Éléonore, manquant la faire basculer. Hermin tenta de le chasser d'un coup de pied mais Éléonore arrêta son geste et s'accroupit. C'était le petit chien de la muette. L'animal l'avait reconnue, jappant autour d'elle, léchant ses doigts et posant ses pattes sur sa robe.

— C'est le chien de la muette, expliqua-t-elle à Hermin.

— Tu te trompes ! Tu sais ici, les bâtards ont tous la même tête.

— Non, c'est lui, je t'assure.

Un sifflet retentit dans l'obscurité et le vieux chien fila vers le seuil d'un immeuble. Il disparut derrière la porte. Éléonore se précipita sur la cloche et l'agita à plusieurs reprises, peine perdue. Elle arrêta un passant dans la ruelle en demandant :

— Excusez-moi, monsieur, vous savez qui vit dans cette demeure ?

— Oh ! Un négociant anglais y réside pour le moment. Un M. Dubuy, je crois. Il est marchant de toiles.

— Seul ?

— Il a une dame avec lui… très discrète. Elle ne sort jamais, pour ainsi dire. Je n'en sais guère plus, chère mademoiselle.

Hermin pressa Éléonore pour qu'ils reprennent leur marche.

— Je t'assure, Hermin, il faut en savoir plus, tenta-t-elle.

— Écoute, dit-il d'un ton impératif qui ne lui ressemblait guère. Noélie est partie très loin, dans un autre pays. Il ne faut pas nourrir de faux espoirs et tu dois respecter son souhait. Alors, allons manger !

À l'angle de la rue, ils poussèrent la porte d'une auberge. Dans le couloir, une odeur de poisson et de mouton grillés les assaillit. Une matrone, portant un bonnet noir et un large tablier, leur désigna du menton deux places libres à la tablée commune. Ils s'installèrent, frottant leurs mains l'une contre l'autre pour réchauffer leurs doigts. La salle était peuplée de gars et de filles, domestiques pour la plupart, au vu de leurs tenues, qui buvaient du vin de clairet dans des gobelets en terre. Une vieille femme, au sourire édenté, chantait une ritournelle cévenole de chevrier. La lumière dansait, projetée par trois lampes à huile accrochées aux solives, au-dessus des têtes. La servante apporta un plat de mouton aux fèves avec deux verres de clairet à Éléonore et Hermin. Elle le posa entre eux, laissant un petit récipient d'eau pour rincer leurs doigts.

— Alors ? demanda Hermin en saisissant un morceau qu'il se mit à dépecer.

— Alors je veux que tu m'aides.

— À quoi encore ?

— Tu as accès aux archives du comte de Lesle, non ?

— Oui, la comtesse me fait entière confiance.

— Il faut que je sache ce qu'il est advenu de Laudine. Elle a été jugée par le tribunal de Villars et de Lesle après son arrestation, en 1704, à Lories. Il faut retrouver l'acte du procès.

Hermin soupira. Il détourna la conversation et mangea rapidement, arguant que la nuit serait noire et très froide. Une fois au coche, il lança les chevaux au galop dès qu'ils furent sur le grand chemin. Il ne posa pas d'autres questions à Éléonore durant tout le trajet et elle eut la certitude, une fois de plus, qu'il savait tout de sa vie.

Dans la cour du château, il régnait une agitation inhabituelle. Des malles étaient posées un peu partout et le personnel était regroupé face au comte. Il avait le visage empourpré de colère et sa voix criait dans la nuit. Éléonore s'approcha discrètement. Le comte vociférait :

— J'ignore laquelle d'entre vous a eu l'audace et le culot de séduire mon fils mais je ne courrai pas le risque de garder une gueuse pareille entre mes murs. À partir de demain, je ne veux plus voir aucune bonne, ni cuisinière, ni lavandière dans ce château. Je change toutes les femmes de ma maisonnée. Et que la responsable sache qu'un fils Lesle ne sera jamais à une roturière. Quand bien même elle attendrait un bâtard de lui, je les laisserais crever tous les deux. Le sang des Lesle ne se corrompra jamais avec celui des manants ! Déguerpissez toutes !

Le comte fit un grand signe de bras comme pour ôter de sa vue toutes ces femmes dont certaines pleuraient pour implorer sa clémence. Ses gardes vinrent les pousser au-dehors de l'enceinte. Éléonore s'approcha de la cuisinière Marie qui était plus en colère que désemparée.

— Que se passe-t-il ? lui glissa-t-elle.

— Il est fou ! Il est devenu fou ! articula Marie en crachant par terre. Il remplace tout le personnel du château sous prétexte que son fils Bohémont lui aurait avoué aimer une jeune fille travaillant pour lui !

— C'est pas possible ! Il renvoie tout le personnel ?

— Tant mieux. J'irai travailler pour les moines ou les bonnes sœurs de Mende. J'en pouvais plus de ce seigneur qui a décimé le pays pendant la guerre. Tu veux que je te dise ? C'est un monstre !

Elle planta Éléonore là et saisit sa petite mallette par la poignée. Elle s'éloigna d'un pas rageur, posant de temps à autre sa lourde charge pour reposer son bras. Par deux fois, elle injuria un des gardes du comte qui tentait de l'aider à quitter l'enceinte.

Le comte entra dans le vestibule du château comme une furie juste derrière Éléonore sans lui adresser un regard. Elle n'était donc pas concernée par le licenciement général des femmes du personnel du château. Elle monta dans la chambre de la comtesse et frappa. Elle la trouva agenouillée dans la chapelle, le dos agité de sanglots qu'elle tentait de retenir. Elle leva des yeux infiniment fatigués et tristes sur sa choriste et prononça :

— Mon mari est furieux. Bohémont lui a tenu tête ! Il refuse d'épouser la fille d'Upret.

Éléonore réprima un frisson de joie.

— Il a quitté le château sans s'excuser, reprit la comtesse. C'est un affront terrible pour Lesle... Il a chassé toutes les femmes qui me servaient... Mon fils lui a dit qu'il aimait l'une d'elles, d'un amour fou et absolu. Ce sont ses propres paroles...

— Mais... mais... et moi ?

— Par bonheur, le courroux de mon époux vous épargne. Il n'a pas eu l'idée que cette gredine dont mon fils s'est amouraché puisse être vous ! Ce serait tellement... ridicule...

— Ridicule, en effet, glissa Éléonore à la fois vexée et soulagée.

— Mais pourquoi Bohémont s'entête-t-il de la sorte ? Il pourrait épouser sa promise et garder cette... putain sous le coude. Combien de grands seigneurs agissent de la sorte ?

— Sans doute ne pense-t-il pas que cette fille qu'il aime mérite d'être une putain.

La comtesse regarda Éléonore d'un air surpris puis éclata de rire :

— Vous me surprenez, chère Éléonore... C'est drôle d'entendre un mot vulgaire dans la bouche d'un ange. Veuillez chanter maintenant, ma jeune amie.

Éléonore s'exécuta mais elle chanta sans cœur et sans passion, absente. Absorbée dans ses pensées. La journée avait été riche en épreuves : elle savait désormais tout de sa famille. Elle avait du mal à rattacher son existence à cette lignée Larmoso, douée mais excessive, trop exaltée, trop mystique, trop orgueilleuse. Elle devait être prudente pour éviter les destins tragiques de ses aïeules. Car la voix des Larmoso paraissait à la fois un cadeau de Dieu ou la marque du diable. La voie royale ou une descente en enfer.

Éléonore songeait aussi à Bohémont, au courage dont il avait fait preuve en tenant tête au comte, ce père autoritaire et imbu de lui-même. Il l'aimait donc vraiment, leur histoire n'était ni une amourette ni une petite aventure sans lendemain. Elle était bien là, existante, réciproque et assumée.

La comtesse remarqua les absences d'Éléonore et ses déraillements. Elle finit par la congédier en lui disant :

— Allez vous coucher, mon petit, vous êtes ailleurs ce soir, ni avec la Vierge ni avec moi, et encore moins dans cette chapelle.

— Excusez-moi, c'est vrai... Je suis préoccupée.

— Ce n'est pas grave. Vous serez mieux demain.

— Bonne nuit, Madame.

Elle sortit de la chapelle et s'apprêtait à la quitter quand la comtesse lui dit, sans bouger de son prie-Dieu :

— J'aurais aimé avoir une fille qui vous ressemble. Qui ait votre finesse, votre beauté... Votre talent.

Éléonore faillit déborder et hurler que c'était presque possible, que son fils l'aimait et qu'elle pouvait entrer dans la famille, devenir sa belle-fille, presque sa fille. Mais elle ne répondit rien et quitta les lieux. Ses origines ne permettraient jamais un rapprochement avec la comtesse et les siens. Jamais. Elle n'était qu'une roturière. Pire, elle était la fille de Laflaucheur.

15

Elle regagna sa chambre rapidement, rêvant de s'allonger enfin sur sa couche. Où était Bohémont ? Qu'allait-il advenir de lui ? D'eux ?

Elle distingua une petite enveloppe fermée sur l'épais édredon en plume. Elle frissonna. Elle la prit, la tourna et retourna dans sa main. Elle ne connaissait pas l'écriture de Bohémont mais elle se doutait qu'il s'agissait d'un mot d'adieu de lui.

En tremblant un peu, elle parvint à décacheter le pli et lut :

Chère amie, l'extrême orgueil et l'autorité exacerbée de mon père me poussent à quitter les lieux. Je voudrais vous voir avant de partir. Je vous attends cette nuit à la chaumière du bois. Un des fermiers de mon père a été bienveillant avec moi. Nous y serons seuls et à l'abri.

Éléonore prit une cape noire qu'elle jeta sur sa robe et fila dans l'escalier de la tour. Tout son être, tout son cœur la poussaient vers Bohémont, sans qu'elle puisse se raisonner. Sa vie prenait de l'intensité. Jamais les instants ne lui étaient apparus plus forts, plus poignants. Elle se sentait vivre, elle se sentait marcher, les deux pieds plantés sur cette terre, son existence prenait un sens. La déclaration d'amour de Bohémont lui donnait l'assurance d'être aimée et de plaire, enfin, lui donnait une identité, une raison d'exister, de se battre, de réussir. Cet amour la portait, la mûrissait, la rendait volontaire. Elle aussi voulait Bohémont à ses côtés. Plus rien ne les séparerait, ni personne.

Elle courut le plus discrètement possible jusqu'au porche, sortit, longea la muraille, traversa le bourg désert et gagna le bois. Elle courait toujours, elle n'avait pas peur. Ni des ombres basses que le clair de lune jetait au sol, ni du vent dans les branches qui paraissait un cri, ni des aboiements des chiens égarés ou de quelque loup, au loin. Elle filait, elle flottait, elle avait le sentiment de voler vers quelque chose de doux et de bon, de nouveau, vers quelque chose qui la sortait définitivement de l'enfance.

Elle parvint enfin devant la porte entrouverte de la chaumière. C'était là que les fermiers attachés au château rangeaient le matériel et les réserves de foin. Bohémont était assis sur le banc qui servait à manger, devant une table ronde qui était une souche polie. Il était d'une pâleur infinie, les yeux paraissant très clairs. Son visage s'illumina de bonheur quand il vit Éléonore. Il se redressa, la serra dans ses bras tellement fort qu'elle peina à respirer. Elle aima ce débordement d'amour.

— Personne ne m'empêchera de t'épouser et de vivre à tes côtés, personne ! murmura-t-il sans relâcher son emprise. Même pas mon père. Il croit pouvoir diriger le monde. Il croit me dominer. Il m'a toujours méprisé, me rappelant sans cesse combien je ressemblais à ma mère, de par ma sensibilité, mon romantisme. Il m'aurait voulu soumis, docile et combatif. Je ne serai jamais ce qu'il a été : un chef de guerre impitoyable avec ses gens, un seigneur inflexible et ambitieux, un mauvais mari, sous ses faux airs d'aristocrate !

— Calme-toi, dit Éléonore en caressant ses épaules.

— Il ne s'intéresse à moi que depuis quelques années, ayant découvert que j'étais son dernier espoir de lui faire un héritier. Mâle, bien entendu. Noble et courtisan. Ambitieux et volage. Je ne veux pas d'un fils qui lui ressemble. Je ne veux pas d'une femme qu'il me choisisse. J'ai écrit une lettre à la famille d'Upret.

— Une lettre ?

— Oui, que j'ai confiée à Hermin en personne. Il l'a apportée ce matin en leur demeure, à cheval.

— Que dit-elle, cette lettre ?

— C'est une lettre franche et sans détour qui affirme mon respect pour la famille mais mon refus de mariage avec leur fille, par honnêteté de sentiment.

— La réputation de ton père va en prendre un coup.

— Je ne lui rendrai jamais autant de coups que ceux qu'il m'a fait supporter, dans mon enfance.

Il dégagea le visage d'Éléonore, la contempla et l'embrassa longuement. Ce fut elle qui mit fin au baiser en prononçant :

— Je crois qu'il te faut bien réfléchir à ce que tu fais vis-à-vis de ta famille.

— Je vais gagner ma liberté.

— Mais... l'héritage ?

— Je ne veux pas vivre dans ce château, peut-être même pas dans ce pays des Cévennes où résonnent encore les cris des camisards massacrant ou massacrés. Je rêve d'ailleurs. Nous partirons. Ma mère ne me laissera pas sans le sou. Je sais, au fond, qu'elle me comprend.

— Je ne crois pas, non. Elle a sacrifié sa vie à son mariage. Elle attendait la même chose de toi.

— Le temps passe. Notre ordre, la noblesse, va s'éteindre d'avoir trop voulu conserver le pouvoir et les biens par des mariages arrangés. Je ne serai pas la fin de race à laquelle les ambitions de mon père me prédestinent.

— Il y a quelque chose que je dois te dire, Bohémont.

— Plus tard...

Il posa à nouveau ses lèvres sur celles d'Éléonore et recula avec elle jusqu'à la remise de foin. Ils basculèrent d'un commun accord dans ce lit improvisé. Elle découvrait le désir, ardent et puissant, contre lequel elle ne pouvait pas lutter, un désir qui lui fit songer à celui qu'elle avait parfois de chanter : c'était un appel, un besoin au bien-être, au plaisir. Et elle succomba aux caresses sous ses jupes, sous son corsage. Pendant des heures. Pourtant, Bohémont s'arrêta avant d'entrer en elle.

— Je t'aurai quand nous serons mariés, Éléonore. Je te respecte trop.

Éléonore s'assit dans le foin, remit ses habits en ordre, à la fois déçue de n'avoir pas pu assouvir son désir et convaincue des sentiments de Bohémont à son égard.

— Je dois retourner à Paris dès demain. Je ne reviendrai pas au château d'un long moment. Je veux éviter mon père. Il tient à rester encore un mois pour superviser des travaux dans le domaine, ici. Je vais convaincre ma mère de venir me voir dans la capitale, avec toi...

— Moi ?

— Je ne vais pas rester un mois sans te voir... Entre-temps, je vais préparer notre union et notre nouvelle vie. J'ai des appuis. Je serai avocat. Tu chantes comme un ange. Je trouverai une ville où nous pourrons vivre et nous aimer.

— Bohémont, le coupa Éléonore, la voix chargée d'émotion. J'ai de l'argent. L'abbé Conrad me doit beaucoup d'argent.

— Comment ça ?

— Manille, le convers qui m'a élevée, lui avait confié de l'argent, pour moi. L'abbé ne me l'a pas encore donné car j'étais en noviciat, puis aux frais de ta mère mais je peux lui réclamer cet argent quand nous le désirerons. Il faut simplement que j'aie vingt et un ans.

— C'est curieux... D'où ce convers tenait-il cet argent ? Il aurait dû tout abandonner en rentrant dans les ordres...

— Je n'en sais guère plus mais cet argent sera à nous.

— Et comment ! s'exclama-t-il en riant.

Il se releva, frotta ses mains l'une contre l'autre, fit un petit pas de danse, entraîna Éléonore dans une ronde folle et l'embrassa encore passionnément. Ils se quittèrent à l'aube. Ils durent s'arracher l'un à l'autre.

16

Les cris éveillèrent Éléonore vers 10 heures. Elle s'habilla promptement, angoissée à l'idée de ne pas être à l'heure à la chapelle pour la première prière de la comtesse. Elle jeta un œil dans la cour du château. Les nouveaux domestiques et les gardes s'agglutinaient autour d'une charrette dont elle ne distinguait pas le contenu. Des femmes repartaient en hurlant et en se signant. Éléonore dévala l'escalier, surgit dans le vestibule où Hermin la retint par le bras :

— N'y va pas ! N'y va pas ! Ce n'est pas beau à voir.

— Que se passe-t-il ? demanda-t-elle le cœur serré, persuadé qu'il était arrivé malheur à Bohémont.

— On vient de retrouver deux corps sans vie... Les deux frères de Manille, les Broissard.

Éléonore cacha son soulagement et culpabilisa un peu. Elle esquiva le geste de croix et mit ses mains devant sa bouche.

— L'assassin leur a planté un couteau en plein cœur et les a marqués tous les deux du symbole protestant de Laflaucheur.

— Mon Dieu...

— Quelqu'un le venge... susurra Hermin avec une lueur dans les yeux qui n'échappa pas à Éléonore.

— De qui parles-tu ?

— De Laflaucheur !

— Il est mort !

— Quelqu'un travaille pour lui. À sa vengeance. Et à celle de tous les nôtres !

— Tu déparles, Hermin...

— Non. Ces deux types étaient les plus féroces des troupes recrutées par les dragons pour les seconder ! Pour faire de nous des martyrs !

Éléonore le considéra avec terreur et articula :

— Des martyrs ?

— Tu n'as quand même jamais pensé que j'étais devenu catholique, ma pauvre Éléonore ?

Et il la planta au milieu du vestibule, abasourdie. Ce fut à peine si elle vit la comtesse qui vint la rejoindre :

— Vous voyez, Éléonore, cette satanée guerre n'est pas finie.

Le comte entra en hurlant dans la salle qui résonnait :

— C'est elle ! C'est la vieille folle de muette ! J'ai envoyé mes soldats la débusquer ! Il est temps de se débarrasser de cette maudite huguenote !

Éléonore frissonna. Le comte portait sur son visage une haine terrible, son regard était trouble, comme habité par de vieux démons, par des souvenirs anciens qui lui ramenaient une frustration, une défaite, un regret.

— Personne ne la trouvera, dit Hermin d'un ton neutre en approchant du comte. La muette a disparu depuis sa dernière arrestation, sans doute effrayée.

— Je le savais ! hurla le comte. Il ne fallait pas la relâcher ! Je l'avais dit !

— Nous n'avions rien contre elle, monsieur, dit Hermin sans se démonter.

Le comte lui lança un regard meurtrier. Il rapprocha son visage du sien et lui dit, en lui parlant sous le nez :

— Dans quel camp êtes-vous ? Hein ?

— Dans celui de la justice, monsieur le comte. La muette est une pauvre diablesse qui est incapable de tuer trois hommes à coups de couteau.

— Hermin a raison, intervint fermement la comtesse. Vous vous trompez de piste.

— Qui, alors ? Qui signerait ses crimes avec le symbole de cette espèce de... prédicateur fou ! Qui ? J'ai vu le cadavre de Laflaucheur dans un fossé, criblé de balles. Qui tue à sa place ?

— Certainement un de ses anciens adeptes ! dit la comtesse en se signant.

— Nous avons purgé le pays de la gangrène huguenote !

— Il faut croire que non, glissa Hermin d'un ton monocorde.

— Je ne laisserai pas un meurtrier tuer mes gens ! hurla à nouveau le comte. Surtout ceux qui ont su me servir et qui ont su servir l'Église aussi bien que les trois frères Broissard ! Je réglerai cette affaire avant de repartir pour Paris, je vous le dis !

Il disparut dans le bureau d'Hermin en faisant de larges enjambées rageuses.

La comtesse demeura les bras ballants, l'air défait. Éléonore perçut qu'elle était apeurée par ces meurtres qui réveillaient l'esprit belliqueux et les vieilles passions de son époux.

— Je suis de l'avis d'Hermin, la muette n'a pas pu tuer ces braves gaillards... Elle était trop... trop... angélique, profondément chrétienne.

— Vous la connaissiez avant guerre ?

— Non, pas elle. Mais sa voix, oui.

— Sa voix ?

— Mise à part la vôtre, mon amie, je n'ai jamais entendu pareille beauté, pareille intensité dans une voix. Voyez-vous, lorsque mes parents ont accepté que notre château devienne une prison pour les camisards, nous avions de nombreux prisonniers, surtout durant l'été 1702. Je dormais dans une chambrée du donjon, au dernier étage. La fenêtre donnait de l'autre côté de la cour, sur le bois. La prison était située au sous-sol, en bas du donjon. Presque chaque nuit, cette femme venait sur le flanc de la colline boisée et elle chantait d'une voix puissante et grave. Elle chantait pour les détenus qui étaient dans nos geôles, pour les siens, pour les huguenots. Mon père ordonnait de la chasser mais elle trouvait toujours quelque cachette sur la colline, à l'abri, pour se faire entendre. À la fin, mon père laissa faire. Elle avait le mérite de calmer les prisonniers. Je crois que lui aussi était sous le charme même si elle ne chantait que des psaumes protestants. Sa voix était comme un remède à tous les maux, comme un apaisement, le souffle de Dieu lui-même. Quand mon mari fut au courant de l'audace de cette femme, il jugea que ses chants étaient la provocation ultime, sous son nez. Durant la journée, des témoins disaient l'avoir entendue chanter dans les assemblées du désert, cachée mais écoutée et suivie. L'abbé Gonrad et l'évêque Amaury la maudissaient eux aussi. Elle était la petite-fille de leur ancien organiste, un dénommé Thomas Larmoso, une ordure passée aux mains des huguenots.

Éléonore fut choquée par le mot « ordure » qu'elle reçut en plein cœur.

— Le jour de sa pendaison, reprit la comtesse, la muette, sa petite-fille, avait osé chanter sur un toit pour lui rendre hommage. C'était la première fois que j'entendais sa voix et elle m'avait arraché des frissons.

Éléonore se taisait, ne voulant surtout pas se trahir. Elle savait tout ça mais elle espérait une confession ultime. Qui avait mutilé Noélie Larmoso de la sorte ?

— Un soir, il y avait un banquet, ici, dans le vestibule où nous nous trouvons. Le comte avait beaucoup bu, les autres chefs de l'armée des dragons aussi et les soldats eux-mêmes étaient ivres. Ils buvaient à même la barrique, se soulageant dans les seaux d'aisance que les domestiques leur apportaient pour éviter qu'ils ne pissent et vomissent sur mes tapisseries. C'était une orgie. J'étais écœurée. J'allais me retirer, supportant mal les récits de leurs faits de guerre. Le sort qu'on réservait aux enfants des relaps me peinait profondément. J'en avais assez d'entendre parler des villages brûlés, des hommes pendus, des femmes conduites en prison et tondues, des bébés arrachés aux parents et confiés aux bonnes sœurs... Soudain, dans ce raffut des voix, des rires, la porte s'est ouverte d'un coup sec. L'abbé Gonrad est apparu. Toute l'assemblée s'est tue. Il était très pâle. Il s'est approché de mon mari et lui a dit qu'un de ses indicateurs savait où se trouvait la chanteuse huguenote, à l'instant même. Le comte s'est levé, enthousiaste et il a dit : « Je m'en occupe. On va lui apprendre à fermer sa bouche à celle-là ! » Il est parti avec deux dragons, les deux malheureux dont les corps sont encore sur la charrette, dehors, les deux frères Broissard. J'ai rattrapé mon époux dans la cour et je l'ai imploré de ne pas tuer cette chanteuse.

— Pourquoi ?

— Elle avait quelque chose de... divin dans la voix. J'en étais convaincue. Mais mon mari m'a à peine entendue. Il est parti avec ses sbires, furieux et avinés... Il est rentré à l'aube, encore plus ivre qu'au moment de son départ. Il avait l'uniforme taché de sang. Quand j'ai demandé si la chanteuse était morte, il m'a répondu de ne pas m'en faire, qu'elle vivait encore mais qu'elle ne chanterait plus.

La comtesse soupira, baissa la tête et avoua :

— Lui et les frères Broissard avaient arraché la langue à la malheureuse, la laissant quasiment morte au fond d'une forêt. Par la suite, elle s'est cachée, sans oser réapparaître pendant des années. Vivant dans les ruines de son village.

— Mais... Pourquoi pareille violence contre elle ?

— Pour faire un exemple.

— C'est terrible.

— Je crois que c'est à partir de ce jour-là que j'ai compris de quoi était capable mon époux pour gagner sa guerre et construire sa renommée. Capable de tout. Du pire. La mutilation de cette pauvresse a été le point de départ d'une lutte sans merci entre les huguenots et l'armée royale. Ils se rendaient coups pour coups. Je crois qu'au fond c'est ce que voulait Lesle : provoquer pour mieux débusquer et frapper.

De fait, les partisans et amis de la chanteuse, sa famille, ont redoublé d'efforts pour la venger. Son amant, le cruel Laflaucheur, a lancé des troupes armées sur le monastère de Chazourde, le lendemain de la disparition de la malheureuse. Des moines ont été massacrés, les lieux ont été ravagés par le feu. C'était une offense terrible. Impitoyable. Une insulte à l'Église et les violences ont redoublé... Le village où se cachait Laflaucheur, Dolmazon, a été ruiné par les dragons, le jour suivant, les habitants ont été déportés ou tués... D'année en année, de coup bas en coup bas, d'incendie en massacre, la guerre a fini par s'achever, reprit la comtesse. Par un coup de filet bien monté qui allait faire tomber les chefs de guerre, grâce à un indicateur de mon mari. C'était en 1704... un autre bain de sang, à Lories. Il y avait là un rassemblement de prédicateurs fous, de relaps, de non-convertis. Ils ont été massacrés. Les enfants ont été placés. Vous savez peut-être qu'Hermin est l'un d'entre eux.

— Oui, madame.

— Il a été élevé par une excellente famille catholique, des amis de mon époux, les du Barru. Je l'apprécie. C'est un excellent régisseur et je suis soulagée de voir que nous en avons sauvé quelques-uns... des griffes de l'hérésie. J'ai beaucoup parlé avec lui, avant de l'embaucher, pour connaître la nature de sa religion... profonde. Je craignais qu'il ne soit dans le ressentiment, la haine. Il a vu son père pendu par nos troupes, sous ses yeux. Vous comprenez ?

— Oui, je mesure... l'horreur.

— Hermin m'a dit que d'être confié à une famille catholique avait été une véritable chance pour lui.

Elle l'a dirigé dans le droit chemin. Dans le catholicisme.

Éléonore ne disait rien. Elle trouva la comtesse bien naïve. Hermin n'avait rien oublié, au contraire. De par son comportement avec elle, l'aide qu'il lui avait apportée, sa bienveillance, elle savait qu'il était encore, bien au fond, un enfant de camisards.

— Enfin, n'en parlons plus, très chère, finit la comtesse. Je vais aller prier pour l'âme de ces malheureux en ma chapelle. Venez avant midi.

— Bien, madame.

17

Éléonore patienta quelques minutes dans le vestibule où résonnaient les voix des nouveaux domestiques prenant leurs places. Quand elle vit le comte quitter le cabinet d'Hermin, elle se précipita à la porte et pénétra sans frapper. Le régisseur était encore assis derrière son pupitre à trier des papiers vieillis qu'il venait d'examiner avec Lesle.

— Je veux que tu retrouves l'acte du procès de Laudine Larmoso !

Hermin se rabattit contre le dossier de son siège et soupira :

— Mais qu'est-ce que vous avez tous, aujourd'hui ! Le comte vient de me faire ressortir toutes les listes des condamnés de la guerre. Il s'imagine qu'un camisard est passé au travers des mailles du filet, fait vengeance pour Laflaucheur et la chanteuse Noélie !

— Et alors ? Qui a survécu ?

— Ce salaud n'a laissé la vie sauve à personne qui pourrait vouloir venger Laflaucheur ou les Larmoso, crois-moi ! susurra Hermin. À Lories, tous les hommes ont été pendus sur place, je suis bien placé pour te le dire !

— Mais, les femmes ?
— Toutes tuées ou déportées de force.
— Même Laudine ?
Hermin farfouilla dans les papiers, ouvrit un tiroir de sa bibliothèque, sortit une liasse de dossiers datés de 1704, les détacha les uns des autres, les feuilleta en lisant :
— Sont condamnées à la déportation en Amérique les femmes huguenotes, prédicantes, relapses ou pratiquantes présentes à Lories, à savoir lesdites : épouse Juillard, épouse Blichar, épouse Nicher, épouse... et il y a une longue liste...
— Tu vois le nom de Laudine ?
— Oui ! oui ! cria-t-il agacé en lui tendant la feuille.
Éléonore la saisit et parcourut la liste. C'était une succession interminable de noms.
— Et sur cette liste, tu n'as pas le nom de celles qui ont été pendues en même temps que les hommes qui combattaient ou qui prêchaient, dit Hermin devant l'air effaré d'Éléonore.
Elle leva les yeux sur lui et demanda :
— Laudine était une prédicante, non ?
— Que oui !
— Pourquoi n'a-t-elle pas été pendue ?
— L'abbé Gonrad s'y est opposé. Il a sauvé de la mort beaucoup de femmes, par charité. Il a demandé l'indulgence du comte de Lesle et de Villars au nom de Dieu.
— Au nom de Dieu, répéta Éléonore avec ironie.
— Laudine a été déportée de force aux Amériques et, crois-moi, elle ne s'amuserait jamais à revenir en France, surtout pas ici, si elle a survécu.

— Pourquoi ?

— C'est inscrit dans les actes de déportation. Le retour en France est puni de mort. Aucune déportée ne se serait risquée à revenir, aucun déporté non plus, et il y en a eu beaucoup. Des exilés volontaires, aussi. De plus, Laudine avait perdu tout le monde dans la guerre : elle croyait Noélie morte et Laflaucheur avait été abattu lors du dernier combat.

— Mais moi ?

— Quoi, toi ?

— Elle savait que je vivais.

Hermin eut un soupir qui en dit long.

— Elle s'est certainement dit que tu avais été placée chez une famille catholique et que c'était la meilleure des choses...

— Je ne pense pas qu'elle ait raisonné de la sorte, vois-tu.

— Pourquoi ?

— Parce que je commence à connaître qui étaient les Larmoso et le sens aigu de la famille qu'ils cultivaient, à outrance. Si Laudine vit, elle viendra vers moi, j'en suis sûre.

Elle continua à lire la liste et lança soudain en posant son doigt sur l'acte à un endroit précis :

— Là ! « Laudine Larmoso, prédicante, organiste et chanteuse, tisserande de son état, condamnée à la déportation par le navire 456 au départ de Toulon courant du mois de mai 1705, sans possibilité de retour, au risque de se voir condamner à mort par Sa Majesté... »

— Tu vois, dit Hermin, tu ne dois pas imaginer que ta grand-mère est revenue.

— Si elle n'est pas revenue, c'est moi qui irai à elle.

Hermin éclata de rire. Mais ce rire cachait mal son malaise.

— Où iras-tu la chercher ? demanda-t-il avec une pointe d'agacement.

— Là où elle a été débarquée. Et c'est toi qui vas me trouver les renseignements !

— Tu plaisantes.

— Non. Tu as accès aux archives du comte qui a lui-même accès aux archives royales. Fais-toi faire une procuration par la comtesse. Elle te mange dans la main.

Éléonore ouvrit la porte et laissa Hermin ahuri, derrière son pupitre. Il se releva et la rattrapa dans le vestibule :

— Cela te servirait à quoi de retrouver Laudine ? Tu peux me dire ? demanda-t-il en lui secouant le bras.

— Je l'ignore. Mais je le ferai. Ou elle le fera. Je le sais. C'est inscrit dans notre sang.

18

Le cheval soufflait dans l'effort, la pente était rude mais Éléonore n'hésitait pas à l'encourager avec des petits coups de bride, impatiente d'arriver à destination. Elle avait emprunté le cabriolet d'Hermin, avec son demi-accord. Il avait soupiré, comme d'habitude, en secouant la tête, face à la détermination de sa protégée. Il paraissait à la fois agacé par ses démarches mais aussi résigné, comme s'il était convaincu qu'elle devait les faire. Qu'elle devait aller de l'avant pour se construire.

Éléonore profitait du trajet pour se laisser bercer par le roulement de la voiture sur le chemin caillouteux. Elle aimait le léger balancement de la charrette et le vent doux qui annonçait l'arrivée de l'été. Elle traversait les causses et s'émerveillait de ces vastes étendues vertes, à perte de vue, fleuries ou semées, qui mêlaient leur couleur à celle du ciel, au loin, sur la ligne de l'horizon. Les lieux étaient sauvages et déserts. Parfois, elle croisait un paysan ou un marchand. Quelques hameaux trahissaient la présence des hommes mais le désert dominait, et c'est cela qui rendait le paysage envoûtant et beau, le désert de voix, de corps, d'âmes. La nature avait tous les droits et elle régnait en maîtresse, dans une infinie beauté qui caressait et attirait l'œil. Éléonore était gagnée par le bien-être, apaisée, rassurée. L'amour que lui avait témoigné Bohémont la tranquillisait. Elle était baignée d'espoirs de bonheur avec lui, elle prenait confiance en la vie. Au fond, la comtesse était une femme de cœur. Elle finirait sans doute par accepter que son fils l'épouse. Elle avait tellement de respect pour sa voix et son talent. Elle lui témoignait de l'amitié, même de la tendresse et de l'attachement. Restait le comte, buté et pugnace. Le temps, peut-être, jouerait en leur faveur. Et puis, Éléonore croyait qu'elle avait encore une chance de retrouver Laudine.

Elle voulait s'accrocher à cette idée. Bien sûr, un mariage avec Bohémont et les retrouvailles d'avec son histoire étaient incompatibles. Il lui faudrait tenir le secret de ses origines, au moins officiellement. Mais elle retrouverait les siens, son passé et cette connaissance, cette maîtrise de son histoire l'aiderait à avancer rassérénée et forte. Elle se sentait devenir une femme, depuis les bras de Bohémont jusqu'à sa décision de savoir la vérité sur sa famille. Son destin lui appartenait. Elle n'était plus la pupille d'un frère convers qu'on avait jetée dans une abbaye pour exploiter sa voix et étouffer son sang. Et puis, les mots de son grand-oncle Yves avaient fait leur chemin. Elle avait conscience du talent de sa lignée et du sien. Elle avait de l'ambition, désormais. Elle était fermement décidée à faire une vraie carrière, dès qu'elle aurait épousé Bohémont et qu'ils se seraient installés dans une ville nouvelle, une de ces villes du Sud dont il avait parlé, baignée de soleil et du rire des enfants. Une ville où elle deviendrait une dame, aimée et aimante, une mère et une choriste libre.

Elle souriait un peu, sans même s'en rendre compte. Elle souriait, seule dans ce vaste territoire apaisé et tranquille où résonnèrent jadis les cris des huguenots, les bruits des pistolets et des mousquets, ce territoire jadis en feu.

Elle aurait aimé que Bohémont soit près d'elle, contre elle, sans cesse. Elle ressentait un manque lancinant de lui, comme si elle avait perdu un peu d'elle-même. Il était devenu indispensable, il était son autre, sa moitié, celui qui comblait ses failles. Un sentiment puissant les liait, sans pause, sans modération, dévorant.

Durant ses journées, depuis le départ de Bohémont, dans tout ce qu'elle faisait, dans des instants inopportuns, son image lui revenait, l'envahissait, l'émotionnait. Elle se demandait ce qu'il penserait d'elle, au moment précis, ce qu'il lui dirait, comment il l'aimerait. Depuis leur dernière rencontre, elle avait conservé le ruban qui attachait ses cheveux et qui avait glissé dans le foin de la grange. Elle le laissait dans son manchon en permanence et le mettait au creux de sa main dès qu'elle le pouvait. Pour le sentir. Pour avoir une trace de lui en elle. Elle aimait chanter avec ce bout de tissu enfermé entre ses doigts, monter à cheval, marcher dans les forêts de châtaigniers. Aimer et penser sans cesse à Bohémont la transformait. Elle se surprenait à sourire, à lui parler tout bas. Il faisait partie d'elle, comme une seconde peau, une seconde âme à laquelle elle voulait tout donner et tout consacrer. Cet amour la forçait à regarder vers l'avenir, à avancer. Elle ne voulait plus se laisser porter par les autres, depuis le monastère jusqu'au château de la comtesse. Elle devait s'affirmer et décider de sa vie, avec Bohémont. Et elle sentait que quelque chose de nouveau allait éclore en elle.

Après quatre heures de route, elle finit par voir le mas Broissard dans lequel vivait la mère de Manille. Elle approcha sans croiser personne. Le mas était ceint par un mur en pierres sèches. Un poulailler, situé à droite de la première cour, était fermé par des claies en bois suffisamment serrées pour éviter que les animaux puissent s'échapper et s'en aller dans le jardin qui jouxtait la grange. On devinait, au-delà de la bâtisse, de vastes terres où des chèvres broutaient. La porte d'entrée principale de la maison n'était pas située directement sur la façade la plus en vue. Éléonore la trouva sur le côté, à l'opposé duquel elle était arrivée. Elle franchit un porche sombre, encombré d'instruments et de fagots de bois. Un four à cuire le pain était situé dans cette espèce d'avant-corps qu'elle traversa. Elle avança dans une cour intérieure où elle distingua une claie à châtaignes et des arbres fruitiers. La fenêtre de la cuisine donnait sur cet endroit et elle se sentit observée rapidement. Elle n'hésita pourtant pas et s'annonça :

— Madame, je suis la jeune fille que votre fils Manille a élevée. Je voudrais vous parler. Je ne vous ai pas vue à son enterrement... Je voudrais vous... connaître.

Elle fit quelques pas pour se rapprocher encore et vit une main lui faire signe d'aller à l'entrée. La porte jadis sculptée s'ouvrit sans qu'elle n'ait à la pousser. Éléonore se retrouva dans une très longue cuisine éclairée par la fenêtre qui donnait sur le devant du mas. À droite, dans une cheminée à linteau, une soupe bouillait dans une marmite. L'air était enfumé et chaud. Au fond, elle distingua la porte d'une chambre. Une femme se tenait devant, le visage infiniment marqué par la tristesse, et une sorte d'hostilité. Elle dit, en désignant un escalier qui s'enfonçait sous le couloir menant aux écuries :

— Ma mère vous attend dans ses appartements, en bas.

Éléonore remercia d'un sourire. Elle descendit les quatre marches qui donnaient accès à un autre logis situé en contrebas de la cuisine, éclairé par trois lucarnes. Dans l'angle de l'escalier, une petite porte permettait de rejoindre les caves voûtées qu'elle entr'aperçut : des châtaignes y séchaient sur des larges tables en bois.

— Approche ! prononça une voix au fond de l'appartement.

Éléonore fit quelques pas, passa devant une armoire sculptée, un large coffre en bois et deux sièges. Devant une des lucarnes, sur un fauteuil bas, la mère de Manille filait. Elle désigna une chaise près d'elle pour qu'Éléonore prenne place. Elle ne paraissait pas hostile. Éléonore perçut sa peine et l'étendue de son chagrin au premier instant. Cette femme, cette mère, n'en pouvait plus et on la sentait au seuil de la désespérance. Elle avait le regard vide d'avoir trop pleuré, les traits ridés et creusés des personnes qui ont beaucoup travaillé et qui ont beaucoup souffert.

— C'est donc toi, Éléonore ?

Sa voix était faible et éraillée.

— Oui, madame, répondit-elle en s'asseyant.

— Je n'ai jamais compris pourquoi mon fils s'était entiché de toi. Il n'aimait pas précisément les enfants... Et encore moins les huguenots... Je ne comprends pas non plus pourquoi l'abbé Gonrad t'a acceptée...

— Quand Manille m'a recueillie, nous sommes partis vivre dans une grange du monastère des Pierres Plantées. C'était un lieu reculé et peu fréquenté. Nous étions discrets.

— Il t'a dit pourquoi... pourquoi...

— Pourquoi ?

La vieille dame saisit son avant-bras et le secoua un peu :

— Pourquoi il n'était jamais revenu voir sa pauvre mère ? Jamais !

Elle éclata en sanglots et Éléonore demeura immobile, glacée et touchée.

— C'est pour ça que je ne me suis pas déplacée pour ses funérailles, ajouta la vieille femme. Il m'avait oubliée, ce fils indigne !

— Je ne pense pas mais les convers ne devaient pas quitter le monastère... tenta doucement Éléonore.

— Il t'a parlé de moi ?

— Oui, mentit Éléonore.

La vieille femme esquissa un petit sourire, et essuya ses larmes.

— C'était mon fils préféré, tu sais, mon Manille. Je l'aimais beaucoup. Il était brave. Sans lui, je serais restée une misérable. Regarde le mas où je vis, je lui dois tout ça, la châtaigneraie, la bergerie. Tout. Nous vivions dans la misère. J'étais veuve. Je n'avais aucun bien. Mes petits, je les louais dans des fermes ou des châtaigneraies pour qu'ils rapportent de l'argent. Nous habitions une... cabane à moitié ruinée sur les hauteurs du village. Un jour, la providence nous a souri... La providence... Elle avait le visage de l'abbé Gonrad. C'était un homme bon. Il nous a toujours fait la charité, vrai. Mais il nous a demandé plus que de tendre la main vers lui.

— Travailler pour Lesle, avec les dragons du roi et ses milices.

— Tu es au courant ? la coupa la vielle femme en lui lançant un regard de feu.

— Manille m'a tout expliqué. Tout.

— Il n'a pas pu tout te dire. Sinon, tu le maudirais.

— Je l'ai toujours aimé et je lui suis encore aujourd'hui reconnaissante, profondément. Je sais pourtant...

— Qu'il a tué ton père...

— Oui, soupira Éléonore.

— Je ne voulais pas que mes fils en arrivent à des extrémités pareilles mais, quand on a manqué de tout, on est appâté. L'abbé leur a promis tant de belles choses qu'ils ont servi la milice de Lesle, avec les dragons, mieux que personne, dès 1702. Il faut dire qu'ils savaient tout le mal de ces maudits hérétiques. Nous sommes catholiques, nous autres, et je hais les mécréants. Seulement, au début, mes fils pensaient qu'il suffirait de les convertir, en les forçant, mais sans en arriver aux extrémités affreuses où nous sommes parvenus. Il y a eu une sorte de fatalité, la main du Malin sur eux. Mes fils ont été pris dans la violence, je crois même qu'ils y ont pris goût. Ils buvaient beaucoup... leurs chefs étaient vifs et tempétueux. Ils ont su les manipuler, utiliser leur ignorance, leur indigence et leur cupidité pour en faire des bêtes à tuer des relaps.

— Manille n'a pas pu être comme ça. J'en suis certaine.

— Manille n'était pas un soldat mais l'espion de l'abbé. Il est tellement bien rentré dans son rôle que je l'ai cru réellement envoûté par toute cette crevure huguenote. Je ne l'ai revu que deux fois, pendant toute la durée de cette satanée guerre des camisards. Il est venu de nuit, pour me donner quelques nouvelles, alors qu'il vivait au milieu des relaps. Je me souviens très bien... La première fois, c'était en décembre 1702. Il débutait pour ainsi dire mais il venait déjà de donner un renseignement de poids à l'abbé Gonrad : comment capturer Noélie Larmoso, une chanteuse prédicante qui suivait Laflaucheur. Ce soir-là...

La vieille dame soupira, appuya sa main contre son front comme pour en chasser les mauvaises pensées. Elle essuya une larme discrètement et articula, essoufflée par l'ampleur de sa peine :

— Manille était... défait. Désespéré.... Hagard. Il venait de se rendre complice d'un abominable châtiment imposé à la malheureuse, sans le vouloir, sans le savoir... Et cette idée le martyrisait. Il voulait partir, abandonner sa mission et fuir en Amérique. Il l'aurait fait si je n'avais pas gardé tout l'argent et si je ne lui avais pas rappelé son engagement vis-à-vis de l'abbé qui avait promis encore plus : le mas dans lequel je vis... son intégration définitive au monastère comme convers... Alors, il s'est ressaisi mais je crois qu'il m'en a toujours voulu de l'avoir poussé à bout...

— Que s'était-il passé ce soir-là exactement ?

— L'abbé Gonrad voulait capturer Noélie, la prédicatrice chanteuse qui levait les foules, la nuit, dans les assemblées du désert. L'abbé Gonrad avait demandé à Manille de lui faire connaître un déplacement de Noélie pour une assemblée, sans qu'elle soit accompagnée de Laflaucheur, un déplacement où elle serait quasi seule. Une occasion pour pouvoir la capturer sans risque. Manille a tardé à renseigner l'abbé qui est venu s'en plaindre deux fois chez moi, il s'en est plaint aussi à mes deux autres fils qui étaient incorporés aux troupes des milices de Lesle. Mais nous ne voyions plus Manille. Il venait à l'improviste. Nous n'avions pas de prise sur lui, ni moi, ni mes deux autres petits. Pourtant, contre toute attente, Manille a rempli son contrat : il a fait savoir à l'abbé la route que Noélie allait emprunter une nuit, accompagnée de deux relaps, pour se rendre au temple de Soudorgues. Ce lieu était réputé et connu des faux convertis. C'était là que se réfugiaient des prédicants et qu'ils convoquaient des assemblées religieuses, ou des réunions de camisards pour faire des plans d'attaque, organiser des assemblées du désert. Cette cachette servait aussi de chapelle pour des baptêmes clandestins. Ce fut pour aller chanter à l'un d'eux que Noélie se déplaça à cheval, en pleine nuit. Elle avait promis à la mère de l'enfant d'être là. Seuls deux camisards l'accompagnèrent. Manille fut informé de ce déplacement nocturne. Il signala le parcours de Noélie à l'abbé Gonrad, et ce dernier donna les informations au comte de Lesle, chargé du rapt. Le comte fut informé un soir d'ivrognerie et il prit mes deux autres fils comme accompagnateurs pour cette funeste mission. Tous les trois étaient saouls et ils sortaient d'un banquet où les hommes n'avaient cessé de maudire cette chanteuse qui envoûtait les relaps et les provoquait sous leur nez. Alors, plutôt que de ramener Noélie au monastère de l'abbé Gonrad, comme convenu, Lesle et mes deux fils lui ont arraché la langue après l'avoir capturée au détour d'un bois de châtaigniers. Un de ses compagnons avait été égorgé puis crucifié sur la croix de pierre à l'angle d'un chemin. L'autre était parvenu à s'échapper et il se rendit à Dolmazon pour prévenir Laflaucheur et la mère de la chanteuse de son enlèvement. Fou de rage, Laflaucheur organisa en moins d'un jour une opération de vengeance sur l'abbaye de Chazourde.

— Que s'est-il passé, ensuite, exactement, pour Noélie ?

— Lesle et mes deux autres fils ont abandonné la pauvre chanteuse en pleine forêt et ils se sont rendus auprès de l'abbé qui les attendait dans la chambre de portier avec Manille. Il était furieux. Il n'avait pas donné l'ordre d'arracher la langue à Noélie. Il voulait simplement la maîtriser et la faire taire en l'enfermant. Malgré tout, il a payé mes fils et ils ont reçu le mas en récompense, pour leurs services et leur silence.

Éléonore jeta un regard glacé sur les murs de la maison, sur le plancher de bois, à travers l'étroite lucarne qui ouvrait sur les châtaigneraies.

— Manille était anéanti par l'acte barbare de ses deux frères sur la chanteuse, reprit la vieille femme.

Ce soir-là, il est venu pleurer chez moi. J'ai dû insister pour qu'il poursuive sa tâche. Il avait peur d'être démasqué, il n'avait plus la force de mentir. Il pensait ne pas supporter le chagrin de Laudine et la colère de Laflaucheur. Il a pourtant réussi...

— Vous l'avez revu ensuite ?

— Oui. C'était en septembre 1703. Il avait quelque chose de changé sur le visage. Il était comme... exalté, illuminé. Je l'ai serré dans mes bras, j'ai touché la peau de son visage, cette peau de mon petit, de ce fils aîné auquel je n'avais jamais rien pu offrir, à cause du mauvais sort, de mon indigence. Manille a eu des mots réconfortants ce soir-là. Il m'a dit que Dieu nous avait fait naître dans l'indigence pour nous mettre à l'épreuve, pour savoir notre foi, notre propension à le servir. Il m'a dit que la Providence serait et resterait désormais sur nous, que je ne manquerais plus jamais de rien. Sa mission allait lui être très bien payée et il me donnerait tout.

— Il vous a parlé de Laflaucheur et des Larmoso ?

— Oui... J'ai mis un terme à notre conversation à ce moment-là.

— Pourquoi ?

— Il était à la limite... de l'amitié avec ces huguenots... À la limite du compromis avec le diable ! Il parlait de ce Laflaucheur et de ses lieutenants comme des hommes exaltés mais courageux, comme de véritables croyants, des prédicateurs de génie. Il n'adhérait pas au protestantisme, j'en suis certaine, le poids de son éducation et l'influence de l'abbé Gonrad le maintenaient dans la vraie foi. Et puis, s'il avait versé dans l'hérésie, il n'aurait pas pu remplir son rôle jusqu'au bout mais il m'a avoué que ce Laflaucheur était un pasteur de talent, qu'il savait parler, qu'il était un guerrier, aussi. Il lui faisait penser, jadis, à ces croisés qui combattaient par foi, par amour de Dieu. Il disait que parfois, il se sentait proche des prédicateurs, qu'il aimait manger et prier avec eux, qu'au fond ils avaient le même Dieu, qu'ils étaient tous des enfants du Christ Jésus. Il disait aussi que ce Laflaucheur lui avait sauvé la vie, un soir, lors d'une attaque des dragons en assemblée du désert. Il avait abattu à coup de pistolet un homme armé d'un couteau qui s'était jeté sur Manille pour le tuer. Il l'avait blessé d'ailleurs, sous l'omoplate. Alors, Laflaucheur l'avait porté sur son dos, seul, jusqu'à une cachette dans un hameau de relaps où la chanteuse l'avait soigné.

— Laudine.

— C'est ça. Mon fils est resté trois mois couché chez elle, au début de 1704. Et je jurerais qu'il avait noué des liens d'amitié et de profond respect avec cette pécheresse. Il me l'a décrite avec des flammes dans les yeux et j'ai eu peur pour lui, pour sa raison, pour sa mission. Il parlait de toi aussi. Tu étais encore une enfant mais tu étais collée à ton père, donc à Manille. Je l'ai foutu dehors lorsqu'il m'a dit que Laudine et toi avaient dans la voix quelque chose de divin. Comme la marque de Notre-Seigneur... Il blasphémait.

— Et sa dernière visite ?

— Il est venu m'apporter beaucoup d'argent... La moitié de ce que l'évêque et l'abbé lui avaient promis. Il devait recevoir l'autre moitié à la fin de la guerre, après l'arrestation de tous les chefs, à Lories. J'ai restauré ce mas qui nous a permis de vivre bien. L'argent de Manille a été investi dans les réparations, dans la claie, les caves et le troupeau. Mes deux fils sont revenus vivre avec moi après la guerre et nous avons même prospéré. J'ai offert une vie décente à ma dernière fille, celle que vous avez croisée en arrivant. Nous sommes sortis de la misère et nous pouvons marcher la tête haute, sans mendier.

— À quel prix ! glissa Éléonore choquée.

— J'ai perdu mon fils aîné. Évaporé et enfermé dans le nouveau monastère de l'abbé. Puis poignardé... Quant à mes deux autres garçons, ils viennent eux aussi d'être rattrapés par leur destin. On me les a assassinés tous les trois et j'ai peur. Pas pour moi, pour ma fille.

— Vous pensez que c'est une vengeance ?

— Oui. Un de ces sales huguenots s'en est tiré et il venge Noélie. C'est certain. Mais j'ignore qui. Et je ne veux pas le savoir, d'ailleurs. Toute mon existence, j'ai rêvé de vivre mieux, d'avoir un bien. Tu sais, j'ai été élevée chez les bonnes sœurs, je les ai quittées à vingt ans pour me marier avec mon homme, un brave type travailleur mais sans le sou. Quand j'ai été veuve, je me suis vue perdue, je me suis vue incapable de nourrir mes petits. Je sais que nous n'avions pas de biens, mais que nous étions heureux, et ensemble. Aujourd'hui, j'ai une terre, un mas, de l'argent, même. Mais je suis seule à en crever. Et je pleure chaque nuit mon fils Manille, son rejet de moi, son retrait du monde. J'ai langui et je t'envie d'avoir pu vivre toutes ces années auprès de lui, oui, je t'envie, je t'en veux même.

— Il fut le meilleur des pères pour moi. Je ne l'ai jamais senti malheureux… Au revoir, madame.

Quand elle franchit la porte, elle entendit la vieille dame sangloter. Elle n'eut aucune pitié pour elle et passa imperturbable devant la fille qui n'avait pas bougé de l'embrasure de la porte.

19

Hermin faisait des signes discrets à Éléonore pour qu'elle vienne dans son cabinet. Elle l'avait vu mais la comtesse était venue la rejoindre dans la cour dès son retour de chez la mère de Manille. Elle lui expliquait avec force détails l'organisation de leur voyage à Paris. Tout était prêt. Elles partiraient dans une semaine, accompagnées par Hermin, le comte de Lesle refusant de quitter le château avant d'avoir mis la main sur l'assassin des fils Broissard. Elles logeraient dans leurs appartements parisiens, sur la place Royale. La comtesse expliquait discrètement à Éléonore qu'elle allait profiter de l'absence de son époux pour parier à Bohémont et essayer d'arranger les choses.

Lorsque Éléonore rejoignit enfin Hermin, il lui tendit une liasse de feuillets par-dessus le pupitre.

— Voilà ce que tu voulais, mademoiselle l'ensorceleuse : l'acte du procès des relaps de Lories.

— Merci ! lança Éléonore en contournant le bureau.

Elle se jeta dans les bras d'Hermin et le serra un instant contre elle. Il la repoussa, presque paniqué. Il la regarda avec intensité, très troublé.

— Je suis prêt à faire beaucoup de choses pour toi, tu sais, avoua-t-il en la fixant.

Il posa une main ouverte sur sa joue et sourit, avec une affection visible qui interrogea Éléonore. Qu'éprouvait-il vraiment ? Pourquoi continuait-il à l'aider, à la soutenir, à être là, toujours ?

— J'ai un cadeau pour toi, ajouta-t-il en ouvrant un tiroir fermé à clé sous son pupitre.

— Un cadeau ?

— J'ai convaincu la comtesse d'accepter elle aussi... Je vous emmènerai à l'opéra quand nous serons à Paris.

Il brandit trois billets.

— L'opéra ?

— Oui. Je veux que tu entendes de vraies voix, travaillées. Ce sera un opéra italien avec des castrats et des cantatrices de Florence. Je veux que tu saches ce que c'est que la scène, je veux que tu te projettes, Éléonore, plus haut, plus loin.

— Que veux-tu dire ?

— Tu ne vas pas passer ta vie à chanter les cantiques de la comtesse, non ? Elle est de mon avis, d'ailleurs, même si ça lui coûte de te perdre. Elle te soutiendra elle aussi. Elle t'aime beaucoup, je crois, elle s'est attachée. Tu dois chanter, Éléonore, vraiment chanter. À l'opéra. C'est là que ton talent se révélera. Tu es encore très jeune, mais je te pousserai.

Elle savait qu'Hermin avait raison. Elle manquait encore d'assurance et de maturité mais elle avait songé longuement à ses origines et à ce qu'Yves lui avait dit sur sa famille. Sa place ne serait-elle pas de retrouver les derniers Larmoso, ceux qui chantaient, en Italie ? Ce qui la retenait encore, elle devait bien l'avouer, c'était son amour pour Bohémont. Elle ne pouvait envisager quoi que ce soit avant de savoir comment ils allaient vivre leur futur. Elle l'aimait au point d'en être dépendante, au point de s'oublier elle-même, d'oublier sa voix et sa filiation.

Pour détourner l'attention d'Hermin qui cherchait à sonder ses pensées en fixant son visage, elle prit la liasse des feuillets du procès des rescapés de Lories, s'assit sur le fauteuil et lut le compte rendu du greffier. Elle fut édifiée par le nombre d'accusés, par la rapidité des jugements, par l'amalgame entre les captifs, et par les condamnations sommaires et terribles : la mort par pendaison pour tous les hommes, la prison pour les femmes ou la déportation. Un seul cas avait arrêté le fil du procès et entraîné des comparutions pour témoignages : le cas de Laudine. Elle avait refusé de s'exprimer pour se défendre, n'avait quémandé aucune grâce et avait craché aux pieds du comte de Lesle quand il était venu à la barre pour l'accabler. Ses griefs ne furent que plus durs envers elle et il réclama sa mort aux juges royaux pour provocation, prédication clandestine et hérésie. Trois convertis de dernière minute vinrent à la barre pour assurer que Laudine était une prédicatrice, qu'elle les avait poussés à devenir des relaps et qu'elle avait elle-même rebaptisé leurs enfants juste après leur baptême catholique. Les juges du roi furent offusqués par son audace et surtout par le fait qu'une femme puisse s'être hissée au rang de pasteur et de prédicatrice acharnée. Contre toute attente, avant que le verdict ne soit décidé, l'abbé Conrad avait demandé la parole. Avec des mots percutants et brefs, il avait demandé la grâce des juges pour Laudine, « pauvre âme égarée par la douleur ». Il avait rappelé la pendaison de son père, et la disparition inexpliquée de sa fille Noélie. Il avait convaincu les juges de laisser vivre Laudine, en exil forcé. Il en avait appelé à leur clémence pour une pauvre mère égarée de douleur. La renommée de l'abbé et son influence avaient sauvé Laudine, condamnée à la déportation forcée. Elle n'avait pas eu un geste, ni une parole pour remercier le prélat. Elle lui avait juste murmuré : « Tu me devais bien ça. » Puis, elle avait suivi les autres captives vers les geôles.

Éléonore reposa la liasse sur ses genoux et resta silencieuse longuement. Elle finit par dire à Hermin :

— C'est curieux. L'abbé a sauvé Laudine de la mort. Il a toujours protégé les Larmoso.

— Protégé ? Il a fait pendre le père.

— Il a tenté de le sauver en le ramenant au catholicisme.

— Et la mutilation de Noélie ?

— L'abbé ne voulait pas que Noélie soit mutilée. C'est un débordement de Lesle qui voulait faire un exemple et susciter la rébellion pour entamer sa guerre. Gonrad voulait juste enfermer Noélie pour qu'elle ne chante plus au nom du protestantisme.

— Cet homme devait être déchiré entre la nécessité d'arrêter la diffusion du protestantisme et le message de pardon du Christ.

— Qu'est-il advenu de Laudine après le procès, tu as pu le savoir ?

— Le lendemain, elle a suivi un long cortège de femmes et d'hommes pour un pénible chemin parcouru à pied vers le port de la déportation forcée : Sète puis Perpignan, par bateau. Des centaines de femmes et d'enfants seraient morts en route. On signale dans les archives que la prison de Sète a été évacuée à cause des prières et des psaumes protestants qui s'y chantaient encore. La moitié des femmes a été chargée sur des bateaux jusqu'à Perpignan, dans d'autres geôles. D'autres ont été chargées sur des vaisseaux, pour la Louisiane. Laudine était sur cette liste.

— C'est certain ?

— Certain.

— Elle est forcément revenue.

— Non, trop dangereux pour elle.

— Pas en France, mais en Italie. Elle aura cherché à retrouver les siens, elle aura voulu pouvoir chanter à nouveau.

— Tu divagues. Elle est certainement morte à l'heure qu'il est.

— J'irai en Italie, Hermin, tu verras. Bientôt.

Il sourit d'un air satisfait en murmurant :

— C'est là-bas qu'est ta place.

20

Éléonore était partie vers la chapelle poussée par une impulsion, un besoin impérieux, un espoir : elle avait envie d'entendre la voix de l'opéra, elle avait la nécessité d'entendre chanter. Elle voulait un beau moment, pour elle, pour combler ce vide laissé par le départ de Bohémont, ce vide laissé aussi par la mort de Manille auquel elle pensait très souvent, surtout les soirs, au moment de dormir. Elle se souvenait de sa voix, de ses mots, de toute cette affection et cet amour qu'il lui avait donné et elle souffrait de son absence définitive. Il ne serait plus jamais là. Elle ne le verrait plus jamais, et cette idée de la mort qui séparait les êtres pour toujours, qui brisait le lien, qui arrachait les mains entrelacées, qui anéantissait les contacts aimants la terrifiait.

Elle avait marché longtemps, refusant de monter à cheval. Elle avait parcouru les prés, traversé les bois, suivi les drailles, seule, à contempler l'infini, sans âme qui vive. Elle avait ressenti la beauté des lieux entrer en elle, heurter sa sensibilité, éveiller des émotions, des sentiments, fort contradictoires. Elle avait de l'espoir, un espoir un peu vague, celui de s'émanciper, de se construire, de vivre auprès de Bohémont, de chanter. Elle avait aussi du chagrin, celui de la mort de Manille, du manque de Bohémont. Du regret, celui de ne pas avoir connu sa famille. De la gratitude, envers la comtesse, envers Hermin, pour cette vie même qui lui avait ouvert les portes de l'abbaye. Et elle continuait son chemin en souriant mais aussi en essuyant des larmes, ayant toujours au creux de sa main le ruban de Bohémont comme un talisman.

Quand elle approcha de la chapelle, une légère brume recouvrait encore les lieux. Pourtant, au-dessus, le ciel était d'un bleu lumineux. C'était comme un nuage égaré, aplani, retenu au clocher. Il paraissait flâner là, par fascination et paresse, couvant l'édifice. Éléonore s'arrêta un instant, laissa ses yeux se nourrir de la beauté de l'instant, savourant la grâce du moment, enfin apaisée, plus calme et tranquille. Ce fut alors que la voix l'atteignit, en plein cœur, en plein sang, en pleines tripes, au fond et au creux d'elle. Elle avança en courant, happée par le son. Le chant était comme une plainte, toute en puissance. Elle se laissa tomber sur le banc qui jouxtait le mur de la chapelle, soudainement éprouvée, épuisée par l'émotion. Elle se laissa conduire, guérir, bercer, elle se laissa porter vers le bonheur, vers un état de grâce, beau mais douloureux. Elle eut bientôt l'impression que ce chant qui était une lamentation, belle et forte, aurait pu venir d'elle, qu'il était aussi en elle. Enfermé. Son vécu jaillissait. Elle percevait l'intensité de son amour pour Bohémont, elle se laissait porter et elle aurait aimé pouvoir chanter elle-même cette imploration, cette mélodie intense qui exaltait un chagrin, un manque. Un chant qui aurait pu la libérer, la purger de toutes ses peines contenues, de toutes ses hésitations, de tous ses manques et de ses incertitudes.

L'air était infiniment triste et poignant. Des images revenaient en flot à Éléonore : le jubé de l'église abbatiale qu'elle contemplait des heures en écoutant les chants des moines, les pieds gelés sur les dalles, les joues glacées mais le cœur emporté. Elle revoyait précisément les mains de Manille sur les outils de la forge, les lames flamboyantes et son éternel sourire quand il tournait la tête vers elle. Elle songeait aussi au regard d'Hermin, ferme et protecteur, à la confiance de la comtesse, à ses remerciements discrets après les chants. Mais surtout, elle repensait à la muette, à sa mère, à ce visage si beau et si défiguré, aux yeux si clairs et à la bouche lacérée, à ses sanglots, à ses plaintes, à toute cette douleur qu'elle avait en elle, à la manière dont les moines l'avaient jetée dehors aux Pierres Plantées, à cette main qu'elle avait mise sur sa joue, au petit matin, à ces lèvres humides qu'elle avait posées sur ses pieds le jour du banquet au château. Elle aurait voulu serrer cette mère contre elle, la connaître. Sa solitude lui apparaissait comme une douleur insupportable. Elle avait envie de vivre à ses côtés, de lui ôter la honte de sa laideur par son amour, son affection mais elle ignorait où elle était. Elle repensa brusquement aux mots de Manille lorsqu'il l'avait mise en garde sur son passé, sur la malédiction de sa famille. Elle n'avait pas peur. Elle n'avait plus peur. Elle ne se sentait plus naïve. Elle était endurcie, désormais, et elle était déterminée à faire évoluer sa vie jusqu'à retrouver Noélie, pour tenter de lui arracher le chagrin et la solitude des yeux. Et elle chanterait, pour elle. Elle lui redonnerait cette voix qu'on lui avait arrachée mais qui survivait dans la sienne. Elle chanterait pour Bohémont et pour le souvenir de Manille. Elle chanterait aussi bien que cette inconnue qui lui donnait des frissons et la transportait au-delà du réel. Dans un instant magique et magnifique.

La chanteuse arrêta de répéter. Éléonore revint à la réalité brutalement. Elle réagit aussitôt et se précipita vers la porte. Elle la poussa de toutes ses forces et découvrit la femme, de dos, tournée vers le chœur et son pupitre. Elle rabattit le capuchon de son manteau sur sa tête, jeta un regard à Éléonore, le visage caché par l'ombre du vêtement. Elle s'enfuit par la porte de la sacristie. Éléonore hurla :

— Je vous en prie, madame, je voudrais vous parler ! J'aime vos chants. J'ai besoin de vous. Moi aussi je veux chanter !

Le son du galop du cheval sur le chemin fut sa seule réponse.

Troisième partie :
L'Opéra Larmoso

1

Éléonore,

Je n'ai pas pu m'empêcher de te laisser cette lettre. À peine étais-je monté dans le fiacre pour aller sur Paris que déjà tu me manquais, ta peau, ton regard, ton odeur. Déjà, j'avais cette sinistre impression qu'on m'arrachait à toi. Que des parcelles entières de mon être, de mon cœur, de mes entrailles restaient avec toi.

Je ne suis plus rien loin de toi. Tu m'as tout pris. Le goût. Le rire. Le sommeil.

Tu m'as asservi. Sans le vouloir, avec un de ces pouvoirs que portaient ces lointaines divinités de l'Antiquité. Ces Aphrodites, ces Calypsos, ces Circés, ces Adonis. Depuis que je sais que tu existes, depuis que j'ai croisé tes yeux, des yeux si grands, si purs, limpides. Ces yeux qui me hantent. Ces yeux qui m'enferment. Des yeux qui sont comme la belle couverture d'un livre qu'on voudrait lire, connaître, découvrir. Depuis que j'ai entendu ta voix. Vibrante. Si haute et si belle. Si pure.

J'ai des envies de violence sur tous ceux qui t'approchent, ceux qui s'assoient près de toi, ceux qui peuvent se poser dans la couleur de tes yeux et y demeurer. Ceux qui effleurent tes mains. Ceux qui t'entendent chanter.

Je ne me reconnais plus.

Je ne me retrouve plus.

Je marche le long de la Seine sans comprendre comment je vivais avant toi. Comment je vivais sans toi. Je respire le souffle de la ville sans joie. Je me demande d'ailleurs comment Paris peut encore avoir un souffle. Je me demande pourquoi les passants rient encore. Pourquoi ils parlent sans toi. Leurs mots s'envolent sans que je cherche à les comprendre. Même mon travail me lasse. Mes pensées reviennent à toi. Je fuis les mondanités, les salons, les bals, les réceptions, les conversations. Tu me manques partout.

Je prends les armes de mon orgueil, les armes de ma liberté et je les dépose à tes pieds. Ramasse-moi. Relève-moi. Reviens-moi. Tu es ma torture. Mes tourments. Mon poison. De ces obsessions qui caressent et blessent. Qu'on aime mais qu'on voudrait chasser.

Je ne peux pas vivre avec les chaînes de cet amour fou. Je ne peux vivre sans toi. Ma vie est dans l'impasse. J'ignore si je préfère porter les fers que tu m'as mis aux pieds ou si je préfère défier l'enfer dans lequel ton absence me plonge.

Viens de ces lointaines Cévennes qui te ravissent à moi. Viens vite avec ma mère et Hermin, votre séjour est prévu. Je compte les jours. Surtout, ne fléchis pas. Je t'espère.

Épouse-moi au plus vite ! Épouse-moi !

2

La comtesse et Éléonore s'enfonçaient dans Paris. Hermin avait souhaité conduire lui-même le fiacre qu'ils avaient pris, au dernier relais de la diligence, près de Marne. Il avait fallu fixer à nouveau les malles sur le toit, à l'aide de liens en cuir. La comtesse avait emmené moult tenues vestimentaires et des perruques nombreuses, sans compter ses souliers. Hermin avait changé son costume élégant et sa perruque contre un justaucorps épais en velours bleu-gris, doublé de satin, dont il avait boutonné l'ouverture. Les manches retroussées étaient très élégantes, laissant voir les mancherons de la chemise de dessous et affichant des parements à aile, recouverts de dentelles jaunes et grises. Des faveurs de rubans croisés ocre et bleus bordaient les épaules et les poches à rabats. Il avait enfoncé son chapeau tricorne emplumé sur sa tête, sans perruque pour éviter de le voir s'envoler.

Après avoir franchi la barrière de Fontainebleau et remonté les faubourgs, le fiacre longea les rives de la Seine. Les rues étaient bondées, vivantes : de regards, de visages, d'ombres, de silhouettes glissantes. Éléonore découvrait la foule, le bouillon du peuple parisien, ses mots, ses cris, ses rires interminables et perpétuels. Et elle respirait de bien-être. Et elle respirait de plaisir.

Elle n'avait jamais pénétré une grande ville. Paris était tellement désordonnée, débordante, avec ses six cent cinquante mille habitants. Elle se dilatait, toujours plus peuplée, hétéroclite, avec des quartiers aux immeubles bourgeois, des hôtels particuliers ou une pléthore de rues anarchiques, populaires, à l'habitat insalubre, aux toits croulants, aux ordures malodorantes envahissant les pavés parcourus par des enfants mal peignés, en nippes.

Des malheureux s'accrochaient aux roues des fiacres et des carrosses en espérant l'aumône des aristocrates ou des bourgeois enfermés derrière les vitres.

Les yeux d'Éléonore coururent sur l'eau du fleuve, remontèrent sur Notre-Dame, frôlèrent les murs du Châtelet et tout ce qu'ils voyaient lui revenait en caresse du cœur, en émotions fortes, celles que procurent la beauté des lieux.

La comtesse, la tête appuyée contre la vitre, fermait un peu les yeux, bercée elle aussi par l'atmosphère parisienne. Pour son confort, lors du voyage, elle avait troqué ses perruques et autres coiffures très hautes contre un simple bonnet recouvert de gaze et orné de coques. Sa tenue était plus pratique, sans traînes ni bas de robe en trémoussis. Elle portait une robe à corsage à peine baleiné et cintré, avec un décolleté rond en dentelle et des mancherons courts, ajustés. Elle ne sortait pas ses mains d'un manchon de fourrure et réajustait sans cesse son manteau sur sa poitrine. Éléonore, quant à elle, avait fait un effort d'élégance, malgré l'inconfort de son corset. Elle voulait être séduisante. Les tenues de cour ne convenaient pas à son genre, ni à son goût. Elle les trouvait surchargées, excessives, frisant le ridicule. Étant d'origine modeste, pareils élégance et raffinement auraient été audacieux sur elle. Mais elle avait soigné ses coiffures chaque matin, en les montant très haut et en les ornant de rubans, de dentelles. Elle portait le dernier jour du voyage une tenue rose avec des rayures grisées verticales. Le corsage était garni d'une étroite pièce d'estomac se prolongeant en pointe effilée flottante. Le décolleté, rond, avait pour garniture du tulle brodé de fleurs blanches. Les mancherons étaient ajustés avec des volants bouffants de voile retenus par un bracelet de manche de taffetas rose.

Depuis le Pont-au-Blé, la comtesse et Éléonore virent le fleuve encombré d'une navigation dense, les ponts au loin, chargés de constructions, et les berges où s'affairait tout un peuple de bateliers, de voituriers et de portefaix.

Le fiacre gagna le faubourg Saint-Antoine. C'était un quartier qui s'ouvrait sur une double rangée d'immeubles à étages, avec des fenêtres alignées et de hauts toits gris. On y voyait, derrière, au fond des cours, ou entre les immeubles, de bien sinistres et modestes masures. Les habitants étaient en majorité les ouvriers qui travaillaient dans la Manufacture des Glaces ou chez Réveillon. Le fiacre quitta les faubourgs pour rejoindre la place Royale où il s'arrêta.

Le comte de Lesle y avait un hôtel particulier. L'extérieur présentait une façade dépouillée, de style classique, d'une grande rigueur architecturale. Les fenêtres des deux étages étaient alignées, avec des volets en bois et des balustrades de fer forgé, laissant entrer la lumière. La comtesse, Hermin et Éléonore montèrent le large escalier blanc conduisant au perron. Il était délimité par une balustrade de pierre blanche. Éléonore pénétra dans le vestibule surmonté d'une coupole peinte. Elle était intimidée et impressionnée.

Un valet prit leurs pardessus et dit à la comtesse, en s'inclinant avec respect :

— Je vais prévenir monsieur votre fils. Il est au salon.

— Laissez, mon brave, je connais le chemin, rétorqua la comtesse.

Elle gravit les marches d'un escalier de pierre, bordé par une barrière de fer sculptée. Éléonore faillit ressortir. Fuir.

Assommée d'émotions.

— Suivez-moi ! dit la comtesse parvenue en haut de l'escalier.

Le salon était une vaste pièce tapissée de vert, parcourue par des volutes et des fleurs plus foncées. Des chandeliers dorés étaient suspendus aux murs. Un large miroir aux bordures sculptées de motifs végétaux couleur or, incliné sur la cheminée de marbre, reflétait la pièce, l'élargissant, l'éclairant. Des fauteuils « à la reine » de velours rouge étaient disposés en cercle près d'une ottomane. Le parquet de bois était recouvert d'un tapis aux représentations antiques. Aux angles, le salon donnait sur deux grandes portes surmontées de hauts-reliefs style Renaissance. Un buste du comte de Lesle était posé sur une commode en marqueterie de croisillons.

— Enfin vous voilà ! dit Bohémont en approchant.

Il souriait avec amitié, baisant la main de sa mère, serrant celle d'Hermin.

Il posa les yeux sur Éléonore.

— Monsieur, salua-t-elle en tendant son poignet.

— Mademoiselle.

Il prit les doigts dans sa main, faisant un peu traîner le moment, sans pouvoir s'en empêcher. Il se détourna pour cacher son trouble à sa mère et à Hermin, désignant trois fauteuils pour les faire asseoir. Le valet vint leur apporter un rafraîchissement et ils causèrent des nouvelles des Cévennes.

Mais Éléonore n'écoutait pas. Elle savourait le plaisir de partager l'instant avec Bohémont, cherchant à ancrer les moindres détails de son visage dans sa mémoire, pour emporter un peu de lui avec elle, pour dormir avec son souvenir. Il portait les cheveux longs, attachés par un ruban, au dos. Son justaucorps était en velours de couleur pêche, avec un liseré rouge sur le rabat et les poches à passepoils. Bohémont le portait ouvert, laissant apparaître une chemise à jabot. L'ampleur était conférée à l'habit, au niveau des pans inférieurs, par la latérale avec une fente au milieu du dos. La culotte, rouge, rappelait les liserés du justaucorps. Elle avait une fermeture lacée au dos et elle était ajustée aux genoux par des boutons en bronze.

Éléonore était heureuse de sentir Bohémont, là, si proche, elle était heureuse de l'entendre, de pouvoir le regarder, simplement. Il finit par poser ses yeux sur elle, au détour d'une conversation et elle y lut, sans hésitation, une sorte de fièvre, de passion. Il y avait du désir, aussi, et elle rougit un peu, éprouvant soudain une forte envie de lui.

Elle se leva. Elle approcha de la fenêtre, l'ouvrit et resta à contempler l'extérieur. Un vent doux passa sur son visage. Un de ces vents du début de l'été, appelant la torpeur et faisant songer à une caresse. Sur la place, des passantes en robes larges et élégantes déambulaient, bras dessus, bras dessous, des ombrelles à la main, suivies de domestiques. Des hommes en perruque se croisaient sur des trottoirs, se saluant de la tête, évitant les fiacres volumineux et les diligences. Tout ici affichait l'aisance et le luxe.

Éléonore se retourna et jeta ses yeux dans ceux de Bohémont qui la couvait du regard. Il accueillit cette étreinte de l'âme. Avec force. Elle frissonna sous l'emprise de son regard troublant, de son charme qui émanait de chaque geste, dans chaque sourire discret. Elle était brûlée par l'envie incommensurable de se perdre dans ses bras.

Quand elle parvint à reprendre le fil de la conversation, Hermin expliquait qu'il allait s'absenter jusqu'au lendemain, pour rendre visite à sa famille. Il rappela qu'il invitait tout le monde à l'Opéra, le lendemain soir, au Palais-Royal, pour entendre une œuvre italienne de Cicognini et Cavalli : *Le Giasone*. La comtesse désira se retirer dans ses appartements et Bohémont proposa de l'accompagner pour parler. Il passa tout près d'Éléonore et lui glissa :

— Viens me rejoindre dans le boudoir, quand mère dormira.

Elle se laissa guider jusqu'à sa chambre par le valet, se changea, se coiffa et passa le reste de la soirée allongée sur le lit, à contempler les lieux, à réfléchir, à se ressaisir. Elle vivait les meilleurs moments de sa vie, elle vivait le grand amour, elle en était certaine.

Cette idée la paralysait et la comblait. Quand elle fut sûre que la comtesse dormait, après les derniers bénédicités, elle se faufila dans l'escalier et gagna le boudoir.

Dans l'étroite pièce tendue de toile orangée, Bohémont était assis à fumer, dans la chauffeuse, avec ce regard un peu vague qu'il avait lorsqu'il songeait, relevant de temps à autre une main dirigée vers les flammes de la petite cheminée.

— Alors, ma chère et tendre, comment trouves-tu notre hôtel particulier ?

— Magnifique.

— C'est la fierté de mon père. Toute sa vie il a rêvé de posséder sa façade, ses appartements, sa vitrine. Ma mère me dit qu'il ne cédera pas et qu'il est allé s'excuser auprès des d'Upret de mon refus d'épouser leur fille, en arguant qu'il allait me raisonner.

Il se leva, fit quelques pas rageurs dans le boudoir, s'approcha d'Éléonore, saisit ses mains et l'attira contre lui, la serrant très fort et murmurant :

— Personne ne nous séparera, je ne peux pas respirer sans toi, Éléonore, je ne peux plus, tout est laid, tout est fade. Je te veux.

Elle lui rendit son étreinte. Ce fut la seule manière qu'elle trouva pour lui signifier la réciprocité de ses sentiments. Elle ne trouvait pas les mots.

Il la conduisit sur un des fauteuils, lâcha enfin ses mains et s'assit face à elle.

— Alors, parle-moi de cet affreux double meurtre qui a eu lieu au château et qui met mon père sens dessus dessous.

Elle raconta ce qu'elle avait vu, ce qu'elle avait su, détailla les réactions du comte, de la comtesse avec confiance. Il l'écoutait attentivement, et son regard lui conférait l'aisance, la couvrant d'amour, l'enveloppant de protection. Parfois, elle perdait un peu le cours de son récit, regardant la couleur des yeux de Bohémont, captivée par cette couleur, attirée par la forme de son avant-bras, subjuguée par sa bouche et les traces de la barbe mal rasée sur le haut des joues.

Ils dînèrent, s'enlacèrent, burent, rirent, transportés dans un de ces moments de fusion. Ils n'étaient plus que deux. Deux cœurs, deux corps, des mains, deux bouches.

3

La grande cour d'honneur de l'Opéra du Palais-Royal foisonnait de monde. Il y avait les carrosses, les fiacres et la longue file des invités qui se pressaient vers l'entrée. Éléonore ne distinguait pas encore les visages. C'était une vague de hautes perruques blanches, de robes longues cintrées, aux larges décolletés ronds, aux traînes démesurées, aux éventails et aux ombrelles manipulés avec grâce. Les hommes portaient des justaucorps aux mille couleurs tombant à mi-cuisses sur des culottes, laissant apparaître des bas blancs et des chaussures pointues. Il y avait un long brouhaha, des cris de joie, des salutations aiguës. L'image d'une vie un peu superficielle, d'une vie aisée où on s'amuse. Où on s'observe.

— Les véritables acteurs ne sont pas sur scène, murmura Bohémont qui marchait juste derrière Éléonore, ils sont là, à faire des manières, des grâces, dans l'hypocrisie la plus totale. Les nobles aiment se mettre en scène et je ne supporte plus cette profusion de mots inutiles, futiles. Toutes ces manières venues de la cour. Tous ces artifices.

Les violons accompagnaient l'arrivée dans le grand hall d'entrée. Éléonore suivait Hermin et la comtesse, intimidée par le faste et l'étiquette, craignant une maladresse, une impolitesse dans ce monde rutilant de la cour dans lequel chaque geste était étudié. Pour l'occasion, elle avait suivi la comtesse chez son couturier de la place Royale pour se faire faire une tenue superbe. C'était une robe en soie de shantung à grandes rayures atténuées par l'amalgame des fils roses, bleus et vert pastel. Le corsage était cintré par une multitude de découpes et baleiné de part en part avec une pointe aiguë devant. Une échelle à trois rubans, au dos, faisait ressortir la cambrure et la finesse de sa silhouette. Le décolleté était carré quoique arrondi grâce à une ruche de dentelle anglaise. Les engageantes[1] émergeaient dans un triple volant en festons, brodés de dentelle. La jupe, à plat devant, était cousue dans le dos mais laissait flotter le devant et la pointe, retenus par une simple chaînette de fil. La tenue dégageait à la fois une impression de couleurs pâles et douces, faisant ressortir le teint et la couleur claire des yeux d'Éléonore.

Elle regardait autour d'elle, fascinée. Elle ne parvenait pas à fixer les visages masculins, fardés de blanc avec les sourcils noirs marqués et les joues relevées de rouge. On eût dit une foule de pantins blancs, similaires, respectant les consignes de la mode, le bras droit replié contre le buste d'un air gracieux.

Éléonore frôlait des êtres, effleurant des robes. Noyée. Comme dans une brume d'un matin de rêve. Elle ne se sentait pas à sa place. Les conversations lui parvenaient comme des bruits sourds, agaçants, avec

1. Manchettes.

les éclats de rire des femmes qui titillaient sa nervosité.

Bohémont portait un bel habit, il était altier. Son justaucorps était confectionné en trois velours qui alternaient entre l'ivoire, le beige et le crème. Surtout, il était garni de dentelle bleu clair et d'une dentelle de même couleur aux poignets et sur les appliqués à bords ruchés. Ce bleu soulignait le reflet de son regard qui se posait sans cesse sur Éléonore. Sa perruque blanche était simple, avec un ruban qui retenait les cheveux à l'arrière. De temps en temps, au travers de la foule, il posait une main sur le bas du dos d'Éléonore.

La comtesse marchait derrière lui, vêtue d'une robe blanche éclatante avec une perruque montante qui relevait la pâleur poudrée de son visage. Deux pommettes rouges. Elle saluait les courtisans avec une grâce travaillée, presque dédaigneuse, qui dissimulait sa gêne.

Quand Éléonore pénétra dans le balcon du théâtre qu'Hermin avait réservé pour eux, elle fut éblouie de lumière, par les dorures, les reflets. Elle leva les yeux sur les peintures de la voûte et ressentit une sorte d'étouffement. L'endroit donnait une impression de grandeur, de beauté, mais il était surchargé de décors dorés. Des tentures rouges et ambrées confinaient l'espace. Elle s'assit entre la comtesse et Hermin tandis que Bohémont s'installait derrière elle, laissant parfois ses doigts effleurer son épaule.

— Là-bas, regarde, disait la comtesse, c'est la marquise de Polignac... L'amie de notre reine. Derrière elle, c'est Mademoiselle, sœur du roi. Tu vois, cette femme en rouge, avec les colliers ?

Éléonore regardait à peine. Elle opinait de la tête, l'esprit ailleurs. Tout l'enchantait. Les mots de la comtesse virevoltaient, s'attardant peu sur sa conscience. Elle revint à la réalité quand elle entendit annoncer le début de l'opéra, par trois coups secs donnés derrière le rideau qui s'ouvrit dans un brouhaha de surprise. Le décor scénique était surprenant.

— Les Français boudent les opéras italiens et le roi, lui-même, n'y est pas très favorable, dit la comtesse en penchant la tête vers elle. Lully a imposé un style français bien cadré, sans débordement de passions. Il est rare que des troupes italiennes se produisent à Paris. Nous avons de la chance ! Voilà un opéra dans la tradition italienne du siècle dernier, captivant, vous verrez. Il fut très populaire en Italie et il est encore donné dans de nombreuses cours européennes... malgré ses... excès.

— Des excès ? la reprit Hermin. Quels excès ? Nous assistons aujourd'hui en matière de production d'opéra à un conformisme qui m'ennuie.

— Avouez que les Italiens ont monté des histoires bien rocambolesques ! dit la comtesse en riant, voire grotesques ! En prenant trop de liberté vis-à-vis des mythes antiques qu'ils racontent !

— L'opéra n'est pas fait pour raconter une histoire crédible et morale, rétorqua Hermin, piqué. L'intrigue n'est là que comme un prétexte, un prétexte pour entendre des voix.

— Quand même, maintint la comtesse, c'est souvent un peu grossier et trop baroque. Les Italiens en font trop, c'est tout. Et ils ne respectent pas du tout la tradition littéraire des récits anciens.

Des « chut ! » de réprobation se firent entendre et la comtesse se rabattit sur le dossier de son fauteuil, convaincue qu'elle avait raison. Éléonore contemplait les décors, d'inspiration grecque : au fond de la scène, la mer était représentée avec de gros rouleaux de vagues blanches. Un bateau, avec une véritable coque, était posé juste devant, donnant l'impression de voguer. Les rochers et le rivage apparaissaient sur des tentures tendues de haut en bas de la scène. Les personnages portaient des tuniques ou des robes de couleur, retenues à la taille par de larges ceintures.

Les chœurs débutèrent et s'enchaînèrent avec vélocité. Le personnage de Médée entra sur scène. Quelque chose de grand et de fort transparaissait dans son attitude, dans sa posture. Sa présence sur scène effaçait le reste. Lorsqu'elle commença à chanter, Éléonore frissonna. C'était une soprano, avec une voix haute, intense. Elle sentit monter en elle une émotion de plaisir qui la bouleversa et la remua au plus profond d'elle-même. L'intensité de son timbre, sa netteté, sa force entraient en elle et éveillaient sa sensibilité au point de lui faire venir des larmes. Elle découvrait la virtuosité, elle découvrait le chant lyrique, sans comprendre un mot du texte. La signification était dans l'intonation de la voix, dans la posture de la choriste, dans son jeu de scène. Elle décelait les peines, les joies, les troubles, qu'elle devait faire passer et ressentir au public. Éléonore vécut un moment de charme absolu, quittant le monde, oubliant tout, s'oubliant elle-même, pour n'entendre que cette voix et ce texte merveilleux. Elle était fascinée, ignorant les regards de biais que lui lançait Hermin, curieux de connaître sa réaction.

— Elle exagère un peu, glissa la comtesse.

Éléonore eut envie de la gifler. Était-elle donc la seule à être en émoi ?

Le personnage de Giasone entra en scène pour donner la réplique. Sa voix d'alto était percutante, touchante. Il y avait un équilibre entre les passages chantés et ceux qui étaient déclamés. La voix n'en apparaissait que plus unique et personnelle, opérant un charme immédiat, une complémentarité avec la musique de l'orchestre qui rendait le lyrisme encore plus poignant. Éléonore était noyée, envoûtée. Quand le dernier personnage regagna les autres, elle retint un petit cri de surprise : sa voix était encore plus haute que celle de Médée. Il s'agissait d'un rôle de femme, celui d'Hypsipyle, la seconde maîtresse de Jason. Son chant était un ruissellement de sons, de mots, un flot continu et exalté. Dans le balcon d'à côté, on parlait un peu fort. Éléonore entendit une femme dire :

— C'est lui, c'est Tonio Larmoso, quel maître ! Quel maître ! Je l'ai vu débuter à Florence ! Il était encore un jeune homme. C'est le castrat le plus prisé d'Europe.

Éléonore fixa l'homme. Intensément. Il était trop loin, trop maquillé, trop dans son texte pour qu'elle puisse s'attacher à un détail mais elle ressentait un immense trouble, comme si elle était au bord d'un tournant de sa vie à savoir un des siens là, devant elle, dans la force de son art, sur scène.

— Tu le savais ! glissa-t-elle à Hermin, tu savais qu'un Larmoso allait chanter ce soir et tu ne m'as rien dit !

Il ne lui répondit pas, feignant d'être complètement absorbé par l'opéra. Éléonore se demanda encore une fois qui était Hermin, quel rôle il jouait et ce qu'il attendait d'elle.

— Que cherches-tu ? dit-elle en attrapant son avant-bras.

Il se dégagea, agacé, et la comtesse lui fit signe de se taire. Éléonore se laissa entraîner dans l'œuvre, attirée et séduite par le talent des choristes. Elle vibra lors de certaines scènes, chargées d'émotions et de passions : l'invocation de Médée aux puissances infernales pour qu'elles aident Jason, les scènes et les airs pendant le sommeil d'Hypsipyle, ses plaintes pathétiques qui allaient de *lamento* en *lamento* jusqu'à ce que son amant lui revienne.

Éléonore connaissait peu la mythologie grecque, elle avait consulté un livre, un jour, dans la chambre de la comtesse mais ne s'était pas attardée. L'histoire de l'opéra tournait autour de Jason et de ses aventures amoureuses avec Hypsipyle et Médée. Un cran au-dessous, les couples plébéiens des domestiques et des soldats eux aussi perdus dans des intrigues amoureuses mêlant érotisme et dérision.

Les décors étaient modifiés entre les actes : Éléonore fut captivée par le combat de Jason et des monstres qui surveillaient la toison, par une tempête pendant laquelle un bateau sombra, par une obscurité équivoque pour les actes se déroulant la nuit et permettant les nombreux quiproquos. Les passages dramatiques se mêlaient aux passages drôles et cyniques, tenant le spectateur en attente. Par deux fois, Éléonore se retint de rire et elle essuya discrètement plus d'une larme sous ses yeux, avec son petit mouchoir blanc. Quand le rideau final tomba, elle était complètement chamboulée, à la fois conquise et impatiente.

Elle savait désormais qu'elle devait entrer dans ce milieu, son milieu, tenter sa chance, rejoindre les siens. C'était une évidence.

Hermin l'observait, dans l'obscurité du balcon.

— Tu as aimé, Éléonore ? demanda-t-il tout bas en touchant sa main.

— Merci, Hermin, se contenta-t-elle de répondre.

— Tu sais maintenant la voie que tu dois suivre ?

— Oui. Et je n'aurai aucune hésitation.

Elle quitta la loge précipitamment, sans donner aucune explication. Elle glissa juste à Bohémont de faire attendre le fiacre devant le Palais-Royal, quelques minutes.

Elle descendit le grand escalier encore vide, les spectateurs demeurant à applaudir les chanteurs. Elle demanda à un portier qui attendait dans le hall où se trouvaient les loges des artistes. Elle emprunta l'escalier que l'homme avait désigné et elle grimpa les marches deux par deux jusqu'au premier étage, relevant sa jupe et ses jupons sur ses genoux. Elle arriva dans un long couloir circulaire aux murs blancs et au parquet ciré. Elle passa de porte en porte, en cherchant un nom, un indice. Une servante qui sortait d'une loge l'interpella :

— Que faites-vous là, mademoiselle ? demanda-t-elle vivement, surprise.

Éléonore s'approcha d'elle avec un grand sourire et avec toute l'assurance qu'elle put trouver en elle :

— Bonsoir, mademoiselle. Je suis la comtesse de Lesle. J'ai rendez-vous avec le castrat Larmoso, ici, dans sa loge, pour fixer la date de sa venue pour un spectacle de bel canto, au château. Mais il a oublié de me préciser laquelle des loges était sienne.

— La douze, chère madame, répondit la domestique en lui ouvrant la porte elle-même et en s'inclinant.

Éléonore passa devant elle, lui donna une pièce et attendit dans la loge, l'air le plus naturel possible, tout en conservant un maintien d'épaule digne et noble.

— Monsieur ne va pas tarder, prononça la servante, il déteste les applaudissements quand il est en tournée européenne.

— Pourquoi donc ? demanda Éléonore en prenant un ton précieux pour parler.

— Il dit que les Français ne connaissent rien à l'opéra ! Elle rit un peu et ajouta :

— S'il n'avait pas madame sa mère, monsieur Larmoso ne quitterait jamais Florence !

— Sa mère est avec lui ? demanda Éléonore qui sentit son cœur battre plus vite dans sa poitrine.

La servante lui jeta un regard méfiant et articula :

— Oui ! La cantatrice qui jouait Médée, ce soir, c'est Laeticia Larmoso.

— Suis-je bête ! Bien sûr ! dit Éléonore avec toute la conviction qu'elle put trouver en elle. Où avais-je la tête ? Ils sont tellement... différents dans leur façon de chanter.

La bonne ne parut pas convaincue mais elle ne la chassa pas, dans le doute de commettre une grave impolitesse. Elle referma la porte et s'agita pour ranger la loge. L'espace était chaud et parfumé. Des costumes nombreux étaient accrochés à des cintres, reluisants, brillants, resplendissants. Des poudres, des parfums reposaient dans des flacons somptueux, devant un immense miroir qui occupait toute la surface du mur. Dans le couloir, on entendait maintenant de l'agitation, des bruits de voix et de pas, des bravos et des applaudissements. La porte s'ouvrit brutalement et Larmoso entra, comme s'il fuyait. Il ferma le loquet derrière lui en disant :

— Je n'en peux plus, *basta* !

Il resta pantois devant Éléonore qui se releva en s'inclinant.

— *Ma... Lei...* Que faites-vous là ? articula-t-il l'air contrarié. Qui... Qui êtes-vous pour oser entrer ici, dans mon univers ?

— Il fallait absolument que je vous parle ! tenta Éléonore qui discerna sa colère.

— *Perché hai lasciato entrare questa donna*[1] *?* cria-t-il à la servante qui bafouilla quelques excuses.

— Je suis Éléonore Larmoso, la petite-fille de Laudine Larmoso, dit Éléonore avec aplomb et conviction.

Il éclata de rire :

— Ce n'est pas la première fois qu'on me fait le coup ! Des Larmoso qui viennent pleurer à ma porte, j'en croise tous les jours, ceux qui veulent l'argent ou la gloire. Et surtout, notre Opéra de Florence. Vous pouvez sortir !

— Je suis Éléonore Larmoso, je vous le jure.

— Il n'y a plus de Larmoso vivant ! hurla-t-il. Sortez !

1. « Pourquoi as-tu laissé entrer cette femme ? »

Il fit un pas menaçant vers elle en montrant la porte du doigt. Ses yeux étaient assombris par la colère et la fatigue. Elle recula, ne comprenant pas sa fureur. Pourtant, elle déclara, les poings serrés :

— À la fin du siècle dernier, Sylvo Larmoso envoya son fils Dono à Paris, pour le préserver de la castration. Je suis leur descendante.

Tonio éclata d'un grand rire méprisant :

— Quelle comédie ! Cette histoire ne tient pas debout, ce n'est pas la peine d'en rajouter, mademoiselle... Jamais un Larmoso n'aurait cherché à échapper à son destin, au succès, au talent. Cela aurait été comme une offense à notre nom !

— Il aura voulu sauver son fils de l'immense sacrifice exigé par votre métier, monsieur.

— Lequel ? demanda-t-il d'un ton léger qui dissimulait mal son trouble.

— Celui de ne pas laisser de descendance...

— Taisez-vous ! hurla le castrat. *Basta !*

— Celui de quitter un univers où les chanteurs sont sacrifiés à leur carrière, dans un monde de concurrence et de célébrité éphémère ! insista Éléonore qui le sentait touché.

— Partez ! Cette histoire de Larmoso échoué à Paris est pitoyable ! cria-t-il.

— Elle est pourtant vraie et vous allez m'écouter jusqu'au bout ! hurla Éléonore plus fort que lui.

Le castrat la considéra un instant, visiblement déstabilisé. Il se laissa tomber dans le fauteuil, devant la grande glace et fit mine de l'écouter, un sourire moqueur et méprisant au coin de la bouche.

— Dono Larmoso est devenu organiste à Paris, où il a eu deux fils : Yves, qui vit encore et qui pourra vous certifier ma filiation, et Thomas, un grand organiste au service de l'évêque de Mende. Ils ont grandi en Cévennes.

— Les Cévennes ? Il n'y a que Paris qui soit digne des Larmoso...

Éléonore ne releva pas.

— Dono et ses fils se firent tisserands, tout en demeurant organistes, poursuivit-elle, acharnée.

— Tisserands ? Vous divaguez !

— Thomas a eu une fille, qu'il adorait. Laudine. Pour elle, pour qu'elle puisse chanter, il s'est converti au protestantisme.

— Vous dépassez les bornes ! cria à nouveau le castrat en se redressant. Vous salissez les nôtres ! Jamais, m'entendez-vous ! Jamais un Larmoso n'aurait pu se détourner de notre Sainte Église. Notre lignée a toujours travaillé brillamment pour elle. Nous sommes des fervents catholiques. Jadis, le Christ lui-même aurait fait un don à nos aïeuls, le don de leur voix.

— Thomas l'a payé de sa vie et il a péri pendu, en place de Mende. Sa fille, Laudine, et sa petite-fille, Noélie, vécurent sans lui dans leur maison, durant presque vingt ans, jusqu'à ce que le malheur les rattrape à nouveau.

— C'est-à-dire ? demanda le castrat.

Il commençait à croire Éléonore, à cause de la force et de la sincérité qu'elle mettait dans ses mots et ses yeux.

— Un protestant qui résistait aux troupes du roi, un dénommé Laflaucheur, vécut avec elles et tomba amoureux de Noélie... Elle avait une voix exceptionnelle... Mais elle chantait pour les protestants ! Et pour les troupes camisardes. C'est pour la punir que des papistes lui ont arraché la langue.

Le castrat poussa un petit cri, très précieux, et eut une grimace.

— Qu'est-ce que cette fable moyenâgeuse ? Vous croyez m'attendrir ? lança-t-il à nouveau incrédule et méprisant.

— Les troupes du roi lui ont arraché la langue pour la punir de trop bien chanter les psaumes protestants ! lâcha Éléonore d'un trait, sans se démonter. Et je suis la fille de cette femme... Ainsi que celle du chef hérétique Laflaucheur. Quant à Laudine, ma grand-mère, elle a été condamnée à la déportation.

Le castrat ne bougeait pas et il la regardait fixement. Il finit par sourire vaguement, et par se mettre à applaudir.

— Bravo ! Bravo ! Jamais on n'aura déployé autant de talent pour me convaincre.

— Je ne vous mens pas. Je peux vous faire entendre le timbre de ma voix. Il est signé Larmoso, paraît-il.

— Surtout, épargnez-moi de chanter ! J'en ai assez de toutes ces bonnes femmes qui poussent des hurlements pour entrer dans mon Opéra. Je ne suis pas imprésario. Foutez-moi le camp.

La porte qui donnait sur la loge d'à côté s'ouvrit brusquement.

— Éléonore ne partira pas d'ici ! Tu ferais mieux de la croire, idiot ! prononça la cantatrice interprétant Médée, qui venait d'entrer.

Elle était encore revêtue de sa longue tunique blanche portée sur scène. Elle avait tout écouté derrière la porte de la loge de son fils. Elle avança sous la lumière. Elle était grande, corpulente. Sa poitrine se soulevait sous le coup d'une vive émotion. Démaquillée, sa peau était très lisse quoique ridée autour des yeux et des lèvres, lui donnant une grande maturité. Son regard marron tirait sur le vert dans une intensité surprenante. Sans sa perruque, elle paraissait plus âgée que sur scène mais elle dégageait une énergie, une vitalité et une présence hors du commun.

— Vous n'allez pas croire à sa fable, mère ! dit le castrat en s'approchant d'elle, soudainement paniqué.

— Ce n'est pas une fable.

Elle passa devant son fils et vint prendre les deux mains d'Éléonore. Au regard qu'elle posait sur elle, Éléonore comprit qu'elle savait tout et qu'elle la croyait.

— Tu as mis du temps pour nous revenir... articula-t-elle. Voilà pourtant presque deux années que nous avons retrouvé ta trace...

— Ta trace ? Tu l'as cherchée ? dit le castrat en venant se placer si près d'elles qu'Éléonore sentit son souffle.

— Oui, nous l'avons cherchée, dès que nous avons su la vérité. Dès que nous avons eu un doute, un espoir... Oui, un espoir... qui aujourd'hui devient la réalité, comme un rêve. Nous ne sommes donc pas morts... pas tous morts... Nous, les Larmoso.

— Vous déparlez, mère ! affirma le castrat en portant une main sur son front pour montrer l'absurdité de la situation.

— Tais-toi ! Éléonore est une Larmoso. J'en suis sûre.

— Mais comment en êtes-vous sûre ? Comment ? réitéra Tonio visiblement perturbé, en faisant maintenant de grandes enjambées dans la pièce.

— C'est ton frère lui-même qui a mené l'enquête. La voix d'Éléonore est une des nôtres, peut-être l'une des plus belles.

— Fabricio ? souffla le castrat la mine défaite. Mais... il n'est pas en Angleterre auprès d'Haendel ?

— Il y était. En effet. Jusqu'à ce qu'il décide de retrouver Éléonore, lui-même.

— Expliquez-vous, à la fin ! C'est à croire que vous me cachez tout un tas de choses ! s'exclama le castrat.

La cantatrice soupira, lâcha les mains d'Éléonore et vint s'asseoir à la place de son fils, devant le miroir.

— C'était il y a plus de trois années, à Naples. Fabricio et moi étions en tournée pour une représentation de Métastase. Je n'allais pas très bien... J'avais du mal à interpréter ce nouveau type d'opéra, réformé, lavé de ses excès, classique, tellement classique... Je n'aime toujours pas ça, d'ailleurs. J'ai dû me tromper de siècle. Ces tragédies sans situations comiques, épurées des mythes, de burlesque, m'ennuient au possible.

— Venez-en aux faits, je vous en prie ! la reprit le castrat, agacé.

— Fabricio débutait et il avait besoin de moi. Nous venions de faire notre première interprétation, et nous étions rentrés dans notre auberge, éreintés. Nous avions voyagé toute la journée et nous avions chanté le soir même. Quelqu'un a frappé à la porte de notre chambrée vers minuit. C'était une femme qui devait avoir la soixantaine. Elle paraissait usée, extrêmement maigre, édentée, fiévreuse. Sa laideur m'a fait reculer d'un pas... Je m'en suis voulu de cette réaction. Elle portait sur elle quelque chose de brisé, de malade, quelque chose qui était comme l'ombre de la mort. Pourtant, je n'ai pas pu refermer la porte. Son visage ravagé m'a interpellé. J'ai cru le reconnaître, l'avoir connu ou en tout cas y trouver une ressemblance avec...

— Avec ? demanda le castrat avec un sourire amusé.

— Avec les nôtres.

— Et alors ? Tu lui as parlé ? s'enquit Tonio.

— Je l'ai faite entrer. Je ne saurais expliquer pourquoi. J'ai su, j'ai pressenti.

— Quoi ? s'impatienta le castrat.

— C'était Laudine Larmoso, la petite-fille de Dono Larmoso, un de mes ancêtres dont ma famille parlait encore souvent, un organiste de renom, parti pour Paris, très jeune... Quand Laudine a prononcé son nom, j'ai tout de suite compris qu'elle disait la vérité. J'ai tout de suite su qu'elle était une des nôtres, qu'elle était peut-être enfin notre bonne étoile, celle qui rendrait espoir à notre lignée.

— Vous avez vu Laudine ? articula Éléonore, la voix brisée d'émotion.

— Oui, chère Éléonore, mais je ne veux pas te laisser de faux espoirs. Laudine est morte deux jours après, dans notre chambre d'auberge. Elle était déjà au seuil de la mort quand elle nous a retrouvés. Elle venait de faire un long périple, elle survivait depuis tant d'années qu'elle était épuisée. Malade. Après sa condamnation à la déportation, en 1704, elle a traîné de geôle en geôle, de Narbonne jusqu'à Perpignan.

Puis, on l'a forcée à monter sur un trois-mâts pour l'Amérique. Durant le trajet, elle a souffert de dysenterie. Elle a été maltraitée. Elle était encore une belle femme, elle avait à peine quarante ans. Elle venait d'être bannie du royaume de France ; sa fille, capturée par les troupes royales, n'avait pas réapparu. Elle la pensait morte et elle pressentait le pire pour sa petite-fille. Toi, Éléonore. Elle est demeurée en vie dans l'espérance non pas de pouvoir revenir en France, cela aurait été se condamner à mort, mais de retrouver en Italie les derniers Larmoso. Pour qu'ils te portent secours. Chère Éléonore.

— Mais... Qu'a-t-elle fait en Amérique pendant toutes ces années ?

— Elle a été débarquée dans un port de Louisiane, sans un sou, sans aucun bien. À bord, elle avait rencontré une autre protestante condamnée à l'exil forcé qui avait de la famille installée dans la colonie anglaise de New York. Les deux femmes se sont épaulées, avec le reste de la communauté exilée. Leurs péripéties furent multiples pour retrouver la famille en question mais elles y sont parvenues, avec d'autres relaps. Tous se sont installés dans la colonie anglaise qui pratiquait le protestantisme. On leur a même attribué des terres à cultiver et à mettre en valeur. Laudine s'est accrochée à la vie, à Dieu et elle a monté un atelier de tisserandière. Elle dut emprunter de l'argent pour le métier et la maison. La communauté lui prêta la somme. Elle a travaillé, elle a prié, elle a patienté presque quinze ans. À survivre, seule mais soutenue par ses coreligionnaires. Elle a remboursé le prêt à sa communauté, sou après sou, puis elle a économisé de l'argent pour pouvoir se payer une traversée pour l'Italie. Dès qu'elle a eu la somme suffisante, elle a embarqué un matin, dans le port de New York, léguant son atelier à la communauté. Pendant la traversée, elle est tombée malade, d'une mauvaise fièvre. À Liverpool, elle a pris un autre bateau pour Gênes. Son mal la dévorait, elle mangeait peu, elle dépérissait mais elle tenait debout. De fiacre en fiacre, de calèche en calèche, elle a gagné Florence. Elle a trouvé notre Opéra, l'Opéra Larmoso. La concierge lui a dit que j'étais en tournée, à Naples. Elle est repartie, elle a parcouru les kilomètres, elle nous a retrouvés dans cette auberge napolitaine où nous résidions. Je me souviens qu'elle était proche de la mer, il faisait du vent et entre chacune de ses phrases, entrecoupées de toux ou de pauses nécessaires à son essoufflement permanent, j'entendais le ressac des vagues.

— Que vous a-t-elle dit ? articula Éléonore.

— Que tu existais, que nous devions te retrouver, te protéger, te rendre à ta famille, à ton rang, à ton sang. Elle craignait que les dragons t'aient tuée. Mais elle avait rencontré un rescapé, un proche de ton père, des années après, en Amérique. Il était présent lors du massacre de Lories, et il avait vu un homme s'enfuir avec toi entre les bras.

— C'était Manille... Oui, cet homme m'a sauvée, répondit évasivement Éléonore.

— Elle nous a donné ce nom-là. En effet. Manille. Elle nous a dit qu'il était l'ami de ton père et qu'il respectait Laudine, et qu'il t'aimait bien... Puis... Qu'il devait vivre en Cévennes, qu'il n'était pas homme à renoncer à sa terre natale... Elle nous a fait jurer de te retrouver et de faire de toi une chanteuse, une Larmoso.

— On ne s'improvise pas cantatrice à l'âge qu'elle a ! ricana Tonio.

— Ton frère dit qu'elle a un talent immense. Il la connaît bien.

Éléonore jeta un regard interrogateur sur la cantatrice. Qui était ce Fabricio Larmoso qui était venue la retrouver et mener l'enquête en Cévennes ?

— Tu as compris, ma chère Éléonore, n'est-ce pas ?

— Non, avoua-t-elle en fouillant sa mémoire.

— Fabricio a pris le nom d'Hermin Loiseau, élevé par la famille du Barru...

— Hermin ! s'exclama Éléonore.

— Oui. Hermin. Mon fils. C'est lui qui a voulu te retrouver. Personnellement.

Soudain, un déferlement de détails revint en tête à Éléonore : cette façon qu'Hermin avait de lui dire : « Tu es des nôtres », la manière dont il l'avait protégée, dont il s'était servi de la comtesse pour la sortir du monastère, son insistance pour qu'elle retrouve ses origines, son aide discrète, cette façon qu'il avait de la couver, de la surveiller, de l'épauler. Sa malice à la détourner de la vérité en lui laissant penser qu'il était peut-être encore protestant...

— Mais... Comment a-t-il pu se faire passer pour le fils adoptif de la famille du Barru ?

— Oh ! Nous connaissons très bien cette famille, passionnée d'opéra. À deux reprises nous avions même donné des récitals privés à leur cour, en Savoie. Un soir, la duchesse du Barru m'avait conté le récit de ce jeune protestant recueilli par leurs bons soins, Hermin. Le malheureux venait de finir des études brillantes en droit lorsqu'il fut fauché par un fiacre, dans une rue parisienne. Touchée par le récit de Laudine et la promesse que nous lui avions faite de te retrouver en Cévennes, la duchesse du Barru a accepté que mon fils prenne l'identité du défunt pour mener l'enquête sur cette terre des camisards. Elle a même recommandé Fabricio – enfin, Hermin – au comte de Lesle comme intendant.

— Hermin... Enfin Fabricio parlait un français sans accent, ou presque, dit Éléonore encore sous le choc.

— Mon époux était français, très chère. Il parlait dans sa langue à mes enfants.

— Je comprends... tellement de choses maintenant. J'ai entendu Fabricio chanter, enfermé dans une chapelle. J'ai cru que c'était une femme...

— Il est castrat. Mes deux fils le sont. Alors, tu comprends combien c'est important de t'avoir retrouvée, Éléonore. Tu es la dernière Larmoso capable de donner suite à notre lignée.

— Vous n'avez que Fabricio et Tonio comme enfants ?

La cantatrice baissa les yeux, accablée d'une peine soudaine et infinie. Elle prononça tout bas :

— J'avais une fille... merveilleuse. Une voix... Sublime. Elle est morte à l'âge de douze ans, d'une tuberculose fulgurante. Mes deux fils étaient déjà... opérés. Sans toi, Éléonore, notre théâtre à Florence, notre palais, nos souvenirs, notre savoir, tout s'éteindra et sera perdu. Tout le travail de nos aïeuls.

— Mais vous êtes certaine que tous les Larmoso sont éteints ?

— J'en suis sûre, bien entendu. Tu ne sais pas à quel niveau nous autres plaçons la famille ! La génération des castrats a ruiné notre lignée. Nous allions mourir de notre ambition, de notre passion à chanter.

— Vous madame, qui êtes-vous exactement ? Mon arrière-grand-oncle, Yves, qui est encore en vie, m'a dit qu'en Italie ne demeurait qu'un couple possédant l'Opéra, une certaine Christella mariée à un don Sylvestro. Ils avaient une fille, je crois, Fiorenza ?

— Fiorenza était la cousine germaine de Dono. Et la fille de Christella et de don Sylvestro. Elle a fini par avoir un garçon, qu'elle a fort heureusement tenu à l'abri des ambitions de son père Sylvestro en en faisant un ténor d'exception, sans le faire castrer. Ce garçon s'appelait Sylvo. C'était mon père. Je fus sa fille unique, née très tard. Mes parents avaient alors presque quarante ans. À mes trente ans, j'ai épousé un Français, très riche, qui a pris la direction de l'Opéra pour remplacer don Sylvestro. Mais mon mari est décédé il y a trois ans et nous étions dans l'impasse. Pour le moment, notre théâtre a pour imprésario un ami de mon fils, un dénommé Tergasse qui propose d'acheter le théâtre et de nous garder comme chanteurs. Mais je ne me résoudrai jamais à vendre notre bien à un étranger.

— Ne parle pas comme ça de Tergasse ! Il a sauvé l'Opéra de la ruine et il gère très bien nos affaires. Ce n'est pas un étranger.

La cantatrice sourit tristement :

— Tu vois, ce Tergasse est proche de mon fils...

Qui ne serait pas contre l'idée d'en faire le propriétaire de notre Opéra !

— Je l'avoue, oui ! Qu'est-ce que cela changerait ? Vous m'ennuyez à fouiller le passé, à glorifier vos aïeuls, une bande de saltimbanques qui fournirent surtout un tas de filles de joie aux familles aristocrates pendant des générations !

— Tais-toi ! ordonna-t-elle indignée.

— Je ne veux pas que tu salisses Tergasse.

— Tu sais ce qu'il fera dès qu'il aura acheté l'Opéra ? Il programmera des opéras métastasiens et Fabricio n'aura plus de place à Florence, dans le théâtre des siens ! Ton Tergasse a les dents trop longues !

Le castrat quitta la loge en claquant la porte.

— Tu vois, chère Éléonore, à quelles bassesses nous sommes tombés... nous autres, Larmoso.

— Hermin... Enfin, Fabricio, votre autre fils, est un être d'exception.

— Tonio aussi mais ils ne se supportent pas. Je me fais du souci. Laisse-moi l'espoir de te voir nous rejoindre un jour ?

— Comprenez-moi, dit en souriant Éléonore. Hier encore, je n'étais qu'une orpheline sans le sou. Aujourd'hui, une carrière et une fortune s'offrent à moi.

— J'ai voulu être certaine que l'opéra te plairait avant de venir te trouver... Fabricio était de mon avis, c'est pour ça qu'il vous a emmenées ici, ce soir. Nous voulions voir si tu avais la fibre, si tu avais le grand frisson, si tu te sentais attirée, aimantée par l'opéra.

— Oui, ce fut une révélation.

— Alors, n'hésite pas ! Nous rentrons à Florence d'ici un mois. Viens me rejoindre quand te le voudras. Mais je ne te force pas. Je ne veux rien t'imposer.

— Quoi qu'il en soit, je dois réfléchir et je dois régler quelque chose d'important, avant de me décider.

— Je comprends. J'ai senti en toi la grande sentimentale, l'amoureuse que je fus jadis. Qui est-ce ?

Éléonore détourna les yeux. Elle ne parvint pas à répondre de peur que la cantatrice ne s'étonne de ses prétentions sur le fils d'une famille noble. Comme si elle lisait dans ses pensées, la cantatrice ajouta :

— Pour être une grande chanteuse, il faut être seule. Un homme ne trouvera pas sa place auprès de toi. Il faut être prête à ça ou renoncer.

— Il y a un homme auquel je ne peux pas renoncer sans faiblir.

— Alors, exige de lui qu'il te suive, pas l'inverse. J'ai vu trop de femmes gâcher leur vie dans un quelconque manoir, enfermées par le conformisme et leur milieu. Nous avons peut-être été des catins, nous autres Larmoso, mais nos femmes ont été des femmes libres et respectées à égalité avec les garçons de notre famille. Reste une Larmoso.

Elle se releva du fauteuil, approcha d'Éléonore et la serra dans ses bras chauds et épais pendant un moment. Elle finit par lui dire, pour conclure leur entretien :

— Fabricio voudrait que tu préserves son secret. Il restera Hermin encore quelques jours pour ne pas quitter le service de la comtesse de Lesle comme un voleur. Il va lui annoncer sa démission sur un quelconque motif dans un peu de temps.

— Je ne le trahirai pas. Il restera Hermin pour moi, toute ma vie. Celui qui m'a sortie de l'enfermement et celui qui m'a offert une nouvelle vie.

— Une vie de Larmoso.

4

Éléonore rejoignit la comtesse et Bohémont dans le fiacre. Hermin n'était pas avec eux, désirant flâner dans Paris. Il avait sans doute rejoint son frère et sa mère, songea Éléonore. Elle dissimula au mieux son trouble. Elle ressentait des émotions bien contradictoires, à la fois une grande joie, le soulagement d'avoir retrouvé les siens, d'avoir trouvé sa voie, de pouvoir enfin vivre sa passion mais elle était aussi très angoissée. Comment allait-elle gérer sa carrière ? Son voyage en Italie ? Surtout, dans quelle mesure Bohémont allait la comprendre, la soutenir et la suivre ?

L'idée de le perdre lui était insoutenable et, malgré les conseils de Laeticia, elle savait qu'elle ferait le sacrifice du chant et de l'opéra, pour lui. Elle ne pouvait s'en passer. Quand elle monta dans la voiture, la façon qu'il eut de la regarder, avec intensité, la convainquit de la force de leur amour. Pendant tout le trajet, elle sentait tout son être appelé, aimanté par le sien, elle brûlait de l'envie de toucher sa peau, de sentir ses mains sur elle. Elle peinait à converser avec la comtesse, déstabilisée, obnubilée par l'attirance qu'elle ressentait vis-à-vis de Bohémont et par son désir de lui.

En descendant du fiacre, Bohémont prit sa main pour l'aider sur le marchepied déplié. Sans que la comtesse ne puisse le voir, il baisa le revers de sa manche, avec ardeur en murmurant qu'il la rejoindrait plus tard.

Elle monta dans sa chambre, referma la porte, demeura un moment appuyée contre elle, les yeux dans le vague, étourdie. Elle finit par jeter sa perruque sur le lit et entreprit de se démaquiller. Puis elle ôta ses vêtements, un à un, en les repliant soigneusement sur sa malle. Elle ne garda que sa longue chemise de soie blanche agrémentée de fines broderies. Elle dénoua ses jarretières et roula ses bas dans ses mains, avant de les déposer au pied du lit.

Vers minuit, Bohémont vint frapper à sa porte alors que la comtesse dormait. Hermin n'était pas encore rentré.

— J'ai écrit à mon père cet après-midi, dit Bohémont en la prenant contre son corps. J'ai décidé de ne pas retourner le voir, en Cévennes. Je ne veux plus discuter avec lui. Nous allons nous marier. Il n'y a plus à revenir sur cette décision. J'ai trouvé un prêtre, à Paris, qui prononcera notre union, dans un mois.

— Et ta mère ? demanda Éléonore entre deux baisers.

— Je lui parlerai demain. L'étude de mon formateur, maître De Vigian, m'embauche. J'aurai une pension. Nous louerons un appartement dans Paris.

— J'ai d'autres projets, murmura Éléonore. Il faut que je te parle.

— Des projets ?

— Je veux faire de l'opéra.

Bohémont la regarda, un peu surpris.

— Tu es certaine ?

— Convaincue. J'ai rencontré la troupe de ce soir. Les Larmoso possèdent un Opéra à Florence. Ils sont prêts à tout m'apprendre.

— Pourquoi ?

— Il faut que tu saches, Bohémont...

— Quoi donc ?

— Lorsque Manille et l'abbé m'ont prise dans leur abbaye des Pierres Plantées... Pour m'éduquer...

— Que vas-tu m'apprendre ? demanda Bohémont en souriant et en faisant quelques pas autour d'elle. Que tu es une enfant de protestants, de relaps ? Tu crois que je ne m'en doute pas ? Tous les jeunes gens de mon âge qui sont déclarés orphelins ou adoptés sont des enfants de protestants. Je m'en fiche éperdument. L'amour transcende tout. L'amour efface tout. Les haines les plus profondes. C'est ça qui est beau, tu comprends ?

— Je suis la dernière des Larmoso. Et la fille de Laflaucheur.

Bohémont accusa le coup. En une seconde, il comprit l'importance de cette filiation et la dimension impossible qu'elle donnait à leur union, déjà inacceptable par sa famille. Pourtant, à aucun moment il ne douta ou ne songea à abandonner. Ni la réticence ni l'hésitation ne passèrent dans son regard. Il se rapprocha d'Éléonore et la serra très fort contre lui.

— Rien ne me fera renoncer à toi, je ne peux pas. Je ne veux pas souffrir du manque toute ma vie. Ma décision est prise. Je te veux comme épouse. Je t'aime trop, tu comprends.

— Tu me suivrais en Italie ?

— Oui.

— Qu'y feras-tu ?

— Je t'écouterai...

— Ne plaisante pas !

— Je ne plaisante pas. Il doit bien y avoir des études, du droit, des affaires... non ? Je ne parle pas un mot d'italien mais j'apprendrai. Tu m'as dit que l'abbé avait une somme d'argent pour toi ? Nous l'utiliserons le temps que je trouve. Rien ne m'effraye. Rien. Il faut simplement nous donner un peu de temps. Écoute... Tu vas rentrer en Cévennes. Tu vas aller trouver l'abbé Gonrad et lui demander ton dû. Tu vas annoncer ton départ à ma mère.

— Je compte lui dire la vérité.

— Quelle vérité ?

— Que je pars pour devenir cantatrice d'opéra, en Italie. Elle sera peinée mais elle me comprendra, je le crois.

— Ne lui dis rien sur tes origines. Il ne faut pas que ça se sache. Mes parents seraient très... contrariés d'avoir employé la fille des Larmoso.

— Contrariés est un faible mot, dit en souriant Éléonore.

— Cela gâcherait l'image que tu leur laisseras.

— Peut-être qu'un jour ils comprendront et pardonneront. Peut-être même qu'ils nous rendront visite, en Italie, quand ils sauront où nous vivons, mariés.

— On voit bien que tu ne connais pas le caractère

de mon père. Il est incapable de se désavouer et de revenir sur ses positions. Il est trop fier pour ça.

— Les gens changent en vieillissant.

— Il ne changera pas, crois-moi. Mais peu importe. Nous serons heureux.

— Oui, nous serons heureux.

Ils se laissèrent tomber sur le lit et demeurèrent enlacés toute la nuit, dans ce simple plaisir que de se tenir, de s'étreindre, de se toucher, d'être l'un contre l'autre. Éléonore était soulagée. Enfin, un destin rêvé s'offrait à elle. L'avenir était prometteur : l'opéra, le chant et l'amour de Bohémont.

5

Le lendemain, Éléonore rejoignit Hermin dès qu'elle l'entendit se réveiller dans sa chambre. Elle frappa trois petits coups et entra. Il lui sourit, à son habitude, encore en habit de nuit. Elle se jeta dans ses bras en murmurant :

— Merci, Fabricio, merci d'être venu me chercher et de m'avoir sortie de l'enfer.

— Nous allons faire de toi une diva, Éléonore. Tu verras, tu seras heureuse avec nous, à Florence.

— J'ai envie d'apprendre, de chanter. Si tu savais comme tu as élargi mon horizon de vie.

— Nous avions besoin de toi. C'était inespéré que de te retrouver, et de te convaincre. Tu as une vraie voix, tu sais. Je l'ai tout de suite su... Je voulais te faire arriver à trouver ta propre vérité et, surtout, ta propre motivation pour l'opéra. Comprends-tu ?

— Tu as été formidable. Et patient.

— Ces deux années passées au château ne m'ont pas déplu. C'était une parenthèse, une pause dans ma carrière. Mais bien sûr, le chant me manque terriblement. C'est un manque que je porte au fond du ventre...

— Je t'ai entendu chanter, tu sais, dans la chapelle Saint-Jean... J'ai cru que c'était une femme.

— Nous allons tout t'apprendre sur l'opéra, Éléonore, tout. Tu verras, c'est palpitant. Tu as déjà tout d'une grande, chère cousine.

Il posa un baiser sur sa main et tourna sur lui-même comme un enfant.

— Il faut cependant être prudents, encore, au château, reprit-il sérieusement. Il vaut mieux que la comtesse n'apprenne rien de tes origines.

— Je compte simplement lui annoncer que je pars pour l'Italie.

— Et Bohémont ? demanda Hermin soudainement plus grave. Il te suivra ?

— Tu as deviné...

— Depuis longtemps. Je sais reconnaître les hommes quand ils aiment passionnément. Je joue la comédie, tu sais, j'observe, pour apprendre. Cet homme est sous ton emprise.

— Il me suivra.

— Ne gâche pas tes chances pour lui, prononça très sérieusement Hermin.

— Je lui fais confiance. Il me suivra et me soutiendra.

— Peut-être même qu'il saura nous être utile à l'Opéra, dit Hermin sans grande conviction, en haussant les épaules. Ce Tergasse qui gère l'établissement est un financier imbu de sa personne et d'une ambition dévorante. Il se sert de son amitié avec mon frère pour tenter de s'approprier le théâtre. Il veut le racheter. Il va déchanter... Les Larmoso ne sont pas finis !

Il prit Éléonore par la taille et la fit virevolter en riant.

— Hermin, Hermin, dit-elle pour qu'il la repose.

— Je m'appelle Fabricio.

— Fabricio, il faut que tu me dises où est Noélie, ma mère. Tu le sais, non ?

Il soupira, reprenant son sérieux.

— Je t'ai déjà expliqué tout ça. J'ai rencontré Noélie plusieurs fois, je lui ai tout dit, je lui ai parlé. Elle était heureuse que je sois venu te chercher, te sortir des griffes de l'abbaye. Pourtant, elle a refusé de rejoindre ma mère, en Italie. Elle ne nous suivra pas. Elle est partie ailleurs.

— Mais que va-t-elle devenir ?

— Elle est partie s'installer en Angleterre.

— Au Royaume-Uni ? Mais pourquoi donc ?

— Elle souhaitait vivre sa religion librement, dans un pays protestant. Un homme est venu la chercher, un Anglais, je crois. Ils sont partis voilà deux mois, au moins. Elle m'a fait jurer de ne pas t'en parler. Elle ne souhaite pas que tu la retrouves. Elle ne veut pas t'imposer son infirmité. Elle a honte de ce à quoi elle ressemble.

— Il fallait la retenir, il fallait me prévenir, Hermin ! Comment as-tu pu la laisser partir ?

— J'ai respecté son choix. Elle était déterminée, vraiment. Elle me l'a écrit.

— Qui était cet homme ?

— Elle a refusé de me le dire. Je ne l'ai croisé qu'une fois. Il était très élégant, un peu austère. On aurait dit un... pasteur. Oui, c'est cela. Je pense que c'était un pasteur.

— J'ai envie de retrouver Noélie, de la connaître. C'est ma mère.

— Écoute, Éléonore. Tu as grandi sans elle. Tu peux patienter encore. Une carrière et un avenir s'offrent à toi. N'y renonce pas. N'attends pas. Saisis ta chance et rejoins-nous au plus vite. Quand tu auras assis ta célébrité, tu partiras en Angleterre pour chercher et connaître Noélie. Respecte son éloignement pour le moment. Sinon, tu vas la contrarier. Elle voulait que tu réussisses, que tu déploies tes ailes sans qu'elle soit un frein pour toi. Honore sa volonté.

— Tu as sans doute raison.

— J'ai raison. Et tu dois me faire confiance. Ne t'ai-je pas bien conseillé jusqu'alors ?

— Tu es mon ange gardien.

6

La comtesse avait le regard sombre depuis son retour de Paris. Le voyage en fiacre l'avait beaucoup fatiguée et cela faisait trois jours qu'elle ne quittait pas sa chambre. Elle brodait. Elle était d'une extrême pâleur, assise dans l'un des fauteuils tourné vers les flammes de la cheminée. Elle ne se levait que pour manger et dire ses prières.

En rentrant à Lesle, elle avait eu une conversation très vive avec le comte. Éléonore s'était éclipsée mais elle avait compris que Bohémont avait écrit à son père pour lui dire qu'il allait se marier, sans son accord, à Paris.

La colère du comte était immense, il passait ses journées à houspiller les domestiques et les gardes, il était d'humeur massacrante, contrarié par la décision de son fils contre lequel il ne pouvait rien, mis à part le déshériter. Il avait demandé à Hermin de faire venir le notaire pour réécrire l'acte d'héritage. La comtesse avait dû signer, et cela lui avait fait mal au cœur.

Le comte pestait aussi de ne trouver aucun indice sur l'assassinat des trois frères Broissard. Noélie, la muette, demeurait introuvable. Les gardes avaient fouillé Dolmazon et tous les villages du coin.

Un matin, six jours après leur retour au château, Éléonore fut appelée par la comtesse. Quand elle franchit la porte de sa chambre, elle vit tout de suite sa colère. Une colère froide, terrible, qui se lisait dans ses yeux et qui crispait tout son visage. Elle tenait une lettre entre les mains. Elle mit le papier sous ses yeux, très près et lut tout haut :

Chère Madame, je suis un de vos fidèles sujets et servants. Je garde l'anonymat pour me préserver mais je me sens le devoir de vous apprendre une vérité terrible qui vous concerne, par respect pour votre famille. Votre chanteuse Éléonore est la fille du bandit Laflaucheur et de Noélie Larmoso, la muette. Je tiens ces informations de source sûre. L'abbé Gonrad pourrait vous les certifier. Enfin, c'est malheureusement avec cette méchante fille de huguenot que votre benjamin, Bohémont, a choisi de se marier, contre l'avis de monsieur le comte et du vôtre. Je reste votre fidèle dévoué et serviteur.

— Vous m'avez trahie, Éléonore, articula la comtesse en maintenant mal sa fureur qui faisait trembler sa voix.

Son regard exprimait du dégoût et une profonde déception.

— Vous m'avez doublement trahie, reprit-elle.

— Jamais ! se défendit Éléonore.

La comtesse se releva, soudainement, portée par sa colère.

— Cette lettre anonyme m'ouvre les yeux sur une horreur : vous êtes la fille de Laflaucheur et de la muette... cette Larmoso. Je suis outrée de vous avoir payée, gardée, hébergée, aimée, même. Le sang de cet infâme personnage qui jadis brûla les miens coule dans vos veines, cela m'est insupportable.

— Quand je suis rentrée à votre service, madame la comtesse, je vous jure que je ne savais rien de mes origines. L'abbé me les avait cachées.

— Je le sais. Je l'ai rencontré ce matin, très tôt, pour avoir confirmation. Je lui en veux beaucoup de s'être tu. Il aurait dû me dissuader de vous prendre à mon service en me révélant la vérité.

— Vous regrettez donc de m'avoir employée ?

— Terriblement mais surtout...

— Quoi d'autre ? demanda Éléonore sans baisser les yeux, prête à tout affronter, enfin forte, déjà libre et fière de ses origines.

— Vous avez osé séduire mon fils ! hurla la comtesse si fort qu'elle dût poser une main sur son fauteuil pour ne pas vaciller.

— L'inverse est vrai aussi. Bohémont m'a séduite. Nous nous aimons passionnément et c'est moi qu'il doit épouser tantôt, à Paris.

— Jamais, cria la comtesse, jamais ! Jamais ! Je préférerais le tuer de mes deux mains que de le laisser épouser la fille de Laflaucheur ! Jamais !

Elle haletait, Éléonore la regardait sans peur, avec un certain mépris pour elle, pour son monde, pour tout ce qu'elle représentait, toute son arrogance, toute sa morgue, toute sa fierté qui lui faisaient autant de mal.

— Mon mari est parti sur-le-champ pour Paris. Il me ramènera mon fils et je le dissuaderai de toute entreprise néfaste avec vous. Nous l'enfermerons ici, s'il le faut ! Maintenant, je veux que vous quittiez mon château au plus vite. Je vous laisse deux jours, par pure bonté, le temps pour vous d'organiser votre départ et de vous trouver une autre maison.

— Je vais partir pour l'Italie, comtesse. Je voulais vous l'annoncer. Je pensais que vous seriez heureuse pour moi.

— Je suis heureuse de me débarrasser de vous et vous éviterez de me croiser d'ici votre départ.

— J'aurais aimé que l'on se quitte en de bons termes, madame. Vous m'avez beaucoup aidée et je vous respecte.

— Je n'aurais jamais dû vous prendre à mon service sans me renseigner davantage sur vous. Partez, maintenant.

— Au revoir, madame.

— Adieu. Et... par pitié, laissez-nous Bohémont.

Elle avait prononcé cette dernière phrase avec la même force, la même colère mais Éléonore y décela une faille, profonde, le précipice de sa vie qui s'effondrait.

7

L'abbé Conrad était allongé sur une bergère, près du feu de la cheminée, une couverture en fourrure d'ours sur les jambes. Quand le prieur lui annonça Éléonore et la fit entrer, il ne se leva pas pour la recevoir. Il posa les yeux sur elle et tendit sa main pour qu'elle baise son anneau. Elle demeura debout, figée.

— Vous savez pourquoi je suis là, dit-elle fermement en le fixant.

— Vous me devez le respect, insista-t-il en désignant son doigt.

— Je ne vous dois rien et surtout pas le respect. Je ne vais pas m'agenouiller devant celui qui a fait tuer mon père et pendre mon arrière-grand-père, Thomas Larmoso.

— Taisez-vous ! répondit-il vivement en se relevant.

— Celui qui a arraché Noélie à son amant, à sa mère !

— Arrêtez !

— Celui qui a sauvé Laudine, ma grand-mère, de la mort mais pas d'un éloignement qui arrangeait tout le monde, qui cicatrisait les plaies, qui faisait taire l'ignoble passé de la guerre des Cévennes.

L'abbé leva le bras pour qu'elle cesse. Il frotta ses yeux, posa ses deux mains sur les accoudoirs d'un fauteuil, s'y laissa tomber un long moment, parvint à se relever, dans un grand effort. Il fit des pas lents et chancelants dans la pièce. Atteint. Mais inébranlable.

— Tu connais la vérité, n'est-ce pas ? demanda-t-il au bout d'un silence pesant.

— J'ai tout découvert. Je sais quel sang coule dans mes veines. Celui des Larmoso. Et je vais me faire un nom, une carrière, loin de cette abbaye où vous avez cherché à m'enfermer, pour mieux me garder dans votre Église.

— J'ai voulu te protéger de ces diables de camisards ! De ces fous de Dieu ! cria le vieil homme dans un souffle qui lui fit porter une main sur le cœur.

— Pourquoi ? hurla Éléonore plus fort que lui en faisant un pas dans sa direction.

Il ne répondit pas, contourna le fauteuil et observa les flammes de l'âtre.

— Ça y est... Tu es devenue une Larmoso, finit-il par dire. Tu as bien changé. J'aurais voulu t'arracher... leur tempérament de feu... Ils se sont toujours mis en danger.

— J'ai mûri, père abbé, j'ai grandi. Je suis déterminée à me construire une existence libre, grâce à mon don.

Il lui lança un regard oblique :

— Reste modeste, Éléonore, sinon tu te perdras ! Ne blasphème pas. Les Larmoso sont les chanteurs les plus talentueux et les plus doués qu'il m'ait été donné de connaître et d'entendre. Ton arrière-grand-père était un organiste de génie. Mais il oubliait parfois s'il servait Dieu ou s'il s'en servait.

— Je n'ai pas de pareilles ambitions. Je ne travaillerai jamais pour l'Église. C'est vous qui m'avez répété que les femmes ne devaient pas chanter ! Mais il est un pays où elles montent sur les scènes d'Opéra et sont ovationnées. Je serai de celles-là et je veux mon argent pour entreprendre mon voyage et ma carrière.

— Ne te fatigue pas, Éléonore. Je vais te donner ce que Manille a laissé pour toi. Maintenant je te sens prête. Mais tu dois me faire un serment.

— Je ne vous respecte pas suffisamment, père abbé.

— Jure-moi de partir des Cévennes et d'abandonner cette idée de mariage avec Bohémont.

Éléonore eut un petit rire :

— Je me doutais que vous étiez de connivence avec la comtesse.

— Jure-le ! cria l'abbé.

— Je vais partir en Italie, rejoindre ce qu'il me reste de famille. Quant à Bohémont, il fera ce que son cœur lui dit de faire.

— Il ne peut pas, il ne doit pas t'épouser ! Ce serait un sacrilège ! Tu es la fille de Laflaucheur, tu comprends ça ! hurla l'abbé avec des yeux de feu.

— Je suis une bonne catholique et votre guerre est finie ! Finie ! Vous vivez tous dans son souvenir, vous y êtes englués, embourbés, vous êtes encore en guerre ! Moi non ! Si j'épouse Bohémont, ce sera la plus belle confirmation que la paix est revenue, que le temps a passé dans le bon sens et que les descendants des camisards peuvent épouser un catholique.

— Bohémont est noble ! Pas toi !

— C'est à lui de décider.

— Tu vas gâcher sa vie et son brillant avenir. Il était appelé à vivre à Paris, à fréquenter les meilleurs salons, les tribunaux, la cour. Il sera rejeté par les siens s'il épouse une roturière. Si tu l'aimais vraiment, tu comprendrais cela ! On doit parfois renoncer à aimer.

— Pour gâcher deux vies ? Il est vrai qu'un destin brisé n'est rien à vos yeux. Pas aux miens. Ma famille a été victime de votre foi exacerbée et intolérante. Elle a été brisée par les conventions et les règles de l'Église. Ce ne sera pas mon cas. Donnez-moi mon argent.

— Tu sais d'où il provient ?

— Il est à moi, ça je le sais. Manille m'a tout raconté.

— Et cela ne te gêne pas de partir avec l'argent qui a payé le traître qui a abattu ton père ?

— C'est un juste retour des choses, non ? Mais je vous retourne la question : cela ne vous a pas gêné d'utiliser l'argent de votre ordre pour payer votre guerre contre les camisards ?

— C'était pour l'Église, pour la bonne cause, la meilleure des causes, s'offusqua l'abbé. J'ai toujours servi Dieu. J'ai dévolu mon existence à Dieu et à la Sainte Église.

— Avec excès !

— Avec passion. Une passion qui m'a pris aux tripes déjà enfant. Comme un appel.

— Moi aussi je me suis sentie appelée, par le chant. Et vous ne m'avez jamais comprise.

— Je savais que tu étais une Larmoso, j'ai eu peur... de ton talent... de votre... malédiction... de vos écarts. Je voulais te tenir à l'abri, je te l'ai dit.

— Pourquoi ? Depuis le début vous m'avez considérée différemment des autres enfants arrachés aux camisards. Vous avez accepté que Manille me garde dans votre monastère. Pourquoi ?

L'abbé se retourna vers la fenêtre et lança son regard dans le vide. Il soupira et dit, sans la regarder :

— Je ne sais pas. Sans doute par fascination. Maintenant, laisse-moi. L'argent est dans l'enveloppe, sur le pupitre. Pars !

Éléonore resta immobile, espérant davantage. Face à l'abbé qui demeurait de marbre, elle prit l'enveloppe. Au moment où elle allait franchir la porte, l'abbé ajouta :

— Je faisais partie de la maîtrise de chant de la cathédrale, à Mende. En même temps que Laudine. À l'époque où elle était encore Odar...

Il vacilla, porta une main sur le rebord du fauteuil, le contourna et vint s'y laisser tomber, sous le coup de cette confession. Il poursuivit :

— Depuis l'enfance j'ai senti le besoin d'honorer Dieu, de le servir. J'aimais la musique des orgues, j'aimais les chants. Cela me transportait aux côtés de Dieu. Ce fut une révélation lorsque Dono Larmoso fut recruté par mon oncle Henri, l'abbé de Chazourde. Entendre sa musique, c'était transcendant pour l'enfant sensible que j'étais. Cela me faisait du bien et du mal à la fois... Je me suis senti envahi par le besoin de produire, moi aussi, de chanter ou de jouer. De servir Dieu par ce biais-là. J'ai fait quelques essais de voix, pas très concluants, auprès du maître de musique de la maîtrise de la cathédrale de Mende. Mon oncle intercéda auprès du chapitre pour que je fasse partie du groupe de six enfants, triés sur le volet, pour apprendre le chant. Je me suis donné à cœur perdu dans l'apprentissage... En vain. J'étais décevant. Je ne parvenais pas à émouvoir. J'étais incapable de toucher les cœurs. Je demeurais parce que mon oncle insistait mais je décevais. Les autres enfants d'aube devaient couvrir ma voix pour qu'on l'oublie. Je me débrouillais à l'orgue, en revanche, mais je jouais de façon mécanique, sans pouvoir jeter ma foi et mon âme dans les notes. J'étais impuissant à créer. J'étais frustré. J'étais déçu. Lorsque Odar nous a rejoints, à la maîtrise, j'ai ressenti pour lui une admiration qui s'est muée en jalousie destructrice.

— Odar... Le faux garçon, glissa Éléonore.

— Il avait tout. Il savait tout. Il était troublant, brillant. Sa voix entrait dans les cœurs et les portait vers Dieu. Immédiatement. Je l'ai vu devenir un maître, un artiste, un apôtre de la beauté et de l'émotion. Il était tout ce que je ne serais jamais. Il servirait Dieu mieux que moi. Il réussirait et il réussissait déjà ce que je ne réussirais jamais. J'ai dû vivre avec lui pendant trois années. Trois années de souffrances et de jalousie terribles qui me taraudaient. J'espérais que son succès et que son talent s'effondrent. J'espérais un accident, quelque chose qui l'empêcherait de chanter, qui le briserait.

— Et vous avez trouvé sa faille.

L'abbé soupira. Éléonore vit des larmes dans ses yeux.

— J'ai trouvé la faille. Un matin, par le plus grand des hasards, au dortoir. J'ai vu Odar. Il se croyait seul. En ôtant son aube, il a fait remonter sa chemise de corps sur ses épaules et j'ai vu...

— Que c'était une fille. Je connais cette histoire terrible.

L'abbé prit son visage entre ses mains et appuya de toutes ses forces contre son crâne comme pour expulser sa honte, ses regrets profonds.

— Toute ma vie j'ai essayé de me faire pardonner mon crime, notre crime... articula-t-il. Notre crime à tous. Je me suis enfermé au monastère... juste après... Mon oncle m'a cédé la place. Il m'a appuyé pour que je rebondisse et que je puisse réussir dans une autre voie... Toute ma vie j'ai cherché le pardon, la paix de l'âme et l'oubli, dans la foi. Dans mes responsabilités. Je n'ai jamais été apaisé. Jamais. J'ai encore des images de Laudine, maintenue sur la paillasse du dortoir... Humiliée... Livrée... J'ai d'abord essayé d'arrêter les choristes auxquels je venais de révéler la vérité sur le sexe de Laudine mais ils étaient déjà dans le déferlement, dans l'effet de groupe, dans le débordement après des années de discipline et d'éloignement des femmes... Alors, j'ai regardé, ahuri, cette scène satanique... Je me croyais en enfer... Puis... J'ai été content, soulagé... Soudain, cette choriste que j'enviais tout en l'admirant n'était plus rien, elle était brisée, elle était anéantie, elle tombait de son piédestal. Elle rétrogradait au rang d'humaine, elle retombait parmi les humbles, elle perdait son auréole. Je n'avais plus peur de sa concurrence, de son talent. Elle était rabaissée, abaissée, au rang de... putain. J'en étais à la fois satisfait et ulcéré, comblé et outré. Je mesurais ma responsabilité de diabolique : c'était moi qui avais conduit au viol en dévoilant le secret de Laudine... Je me suis imposé par la suite les pires pénitences. Et toute ma vie j'ai pensé que Noélie était l'enfant du péché. Que je devais laver cette faute. Ma faute.

Éléonore ne disait rien. Sinon, elle aurait hurlé. Elle voulait rester digne. Des larmes coulaient de ses yeux.

— L'évêque et mon oncle abbé ont rapidement étouffé l'affaire pour éviter le scandale et me protéger. Je me suis jeté dans la carrière d'abbé en tentant de noyer mes souvenirs... Voilà pourquoi, toute ma vie, j'ai ressenti pour les Larmoso des sentiments bien destructeurs et paradoxaux, à la fois de la pitié et de la répulsion, de l'admiration et du dégoût. J'ai été partagé entre la culpabilité et la jalousie, entre la nécessité de soutenir Laudine, Noélie et le désir de les maîtriser. J'ai toujours été dans ce dilemme avec toi, aussi. Te protéger et te maîtriser. Mais aujourd'hui tu m'échappes. Alors ne reviens jamais.

— Je ne reviendrai jamais. Votre visage ne m'est plus supportable. Je vous souhaite l'enfer en repos.

Ce fut à peine si elle entendit, avant de claquer la porte :

— Pardonne-moi... Pardonnez-moi tous...

8

Sur sa couche, Éléonore trouva une lettre. Elle reconnut l'écriture fine et penchée de Bohémont sur l'enveloppe et se hâta de l'ouvrir.

Chère Éléonore,

Ce courrier m'est difficile à écrire, il m'a été difficile à envisager. Chaque lettre m'arrache une plainte, chaque mot est comme une goutte de mon sang qui coule, une larme de mon âme qui pleure. J'ai eu beaucoup d'hésitations, de ces hésitations qui nous viennent droit du cœur mais que la raison nous impose, enfin, de commander, d'étouffer, pour retrouver la lucidité. Je me suis égaré avec vous et pour vous. Votre beauté, votre talent, le don de votre voix m'ont trompé. J'ai cru vous aimer. J'ai cru vouloir vous sacrifier ma carrière et mon héritage. L'emballement de mes sens vient enfin de se canaliser, après de longues conversations apaisées avec mon père. Lui aussi a eu de l'inclination pour des roturières, belles et attirantes, autrefois. Il m'a prouvé que savoir faire taire ses sentiments était un engagement et une obligation pour l'avenir, pour notre rang, pour notre ambition. Les sentiments passent, s'abîment, se perdent. Mais notre vie est longue. Le temps nous aurait sans doute été du cœur la flamme que l'amour avait embrasée. Et alors, je vous aurais sans doute haïe de m'avoir détourné de ma carrière et de ma fortune. Le destin nous place dans des rangs que nous devons honorer et respecter. Je ne peux trahir les efforts de ma lignée pour construire une famille noble, courtisane et brillante depuis des siècles pour épouser une roturière, combien fût-elle merveilleuse, bien élevée et douée. Vous devez de votre côté mener votre carrière de choriste, chère Éléonore. Ma mère a eu la bonté de vous sortir du cloître. Déployez vos ailes, maintenant. Vous avez un nom à vous faire, en Italie. Laissez-vous guider, laissez-vous former et sachez briller. Je ne peux vous suivre. Je ne dois pas. Qu'aurais-je fait de moi ? J'aurais vécu sur votre talent ? Ce serait tomber bas, avouez, pour un homme de mon origine et de mon sang. J'étais égaré.

Bien à vous, avec mes plus beaux souvenirs, ceux de la douce folie, je suis un autre à présent. Adulte et responsable. Adieu, donc, belle amie. Aidez-moi à tenir mon destin en main, avec responsabilité, sans chercher à me revoir.

Bohémont.

La feuille glissa des mains d'Éléonore qui demeura debout, les bras ballants, suffoquée de douleur. Elle se laissa tomber sur sa couche, une main sur le ventre, atteinte en plein cœur, brisée. Elle avait très mal. Elle était terrassée par ce renoncement de Bohémont, par ce refus, par cet aveu. Elle retint une plainte au fond d'elle. Sa vie basculait. Toute son attente et ses espoirs s'envolaient. Elle se retrouvait face à la même solitude, face au même sentiment d'abandon qu'après son entrée à l'abbaye. Comme si sa vie se butait dans des angles qui se rabattaient sur elle pour l'enfermer.

Elle perdait tous les hommes qui auraient dû l'entourer et la porter : Laflaucheur, Manille et maintenant Bohémont.

Elle devait réagir sans s'effondrer, sa volonté et sa jeunesse le lui commandaient déjà, ses résolutions, aussi, mais elle se sentait anéantie. Elle avait le sentiment de subir la même malédiction que ses ancêtres Larmoso, d'avoir la même propension à la réussite et au bonheur mais d'être victime du même mauvais sort.

Elle se laissa pleurer longtemps, pour évacuer ses souvenirs blessants, l'image même de Bohémont qu'elle aurait souhaité s'arracher de la tête, d'un geste ferme et définitif. Mais la couleur de ses yeux, l'odeur de ses cheveux, la douceur de sa peau lui martelaient l'esprit et l'obsédaient. Sa douleur n'en devenait que plus vive. Alors, elle laissa sortir ses larmes comme pour s'en purger, comme pour laisser filer son ressentiment, son mal, cette douleur qui la pliaient en deux.

Au petit matin, éreintée, vidée de toutes ses pensées, elle jeta trois tenues, trois paires de souliers, deux manteaux dans sa petite malle et la referma d'un geste déterminé. Elle descendit en cuisine et donna dix sous à un domestique pour qu'il l'accompagne au relais de la diligence pour Mende.

L'Italie l'attendait. L'Italie la sauverait. L'Italie la ferait cicatriser. Elle se répétait inlassablement les mots de Laeticia pour éviter de faillir et de renoncer : « Pour être une grande chanteuse, il faut être seule. Un homme ne trouvera pas sa place auprès de toi. Il faut être prête à ça ou renoncer à une carrière. »

9

Tout le trajet fut un long calvaire pour Éléonore, des jours et des jours à se laisser aller contre les vitres des diligences, les yeux perdus dans le vague, sans même voir les paysages traversés. Elle faisait des étapes en même temps que les conducteurs, dans des relais de poste où elle louait une chambre à la nuit. Elle prononçait des mots, formulait des demandes automatiquement, sans en avoir vraiment conscience, pour poursuivre sa route. À table, quand elle partageait les repas des voyageurs, elle restait silencieuse et personne ne la questionnait. Son visage était fermé et laissait transparaître suffisamment de peine pour qu'on la respecte. La fatigue de la route ajoutait à son désespoir. Elle passait des heures à pleurer, les nuits surtout, égarée par la douleur de sa séparation avec Bohémont. Elle était désenchantée et malheureuse. Surtout, elle se sentait seule, une fois encore, une fois de plus. Son unique espoir était sa réussite en opéra. Elle passait de longues minutes en prière, avec ferveur, pour s'attacher le secours de la Vierge. Elle tombait à genoux dès qu'elle était seule, dès qu'elle pouvait entendre une messe ou entrer dans une chapelle.

Durant ses heures de sommeil, elle avait des rêves dévastateurs qui la terrassaient au petit matin. Elle y voyait Bohémont avec une netteté et une précision de sa voix, de ses gestes, de sa douceur qui la meurtrissaient. Elle était poursuivie, à son réveil, par cette impression terrible d'avoir passé la nuit à ses côtés, de l'avoir vu, de l'avoir touché, d'avoir respiré son odeur. La réalité lui apparaissait encore plus cruelle, encore plus fatale et difficile. Elle ignorait comment elle s'arracherait l'amour du cœur et de la mémoire. Elle devrait compter sur le temps, pour qu'il la vide, pour qu'il l'épure de ses sentiments, de cette dépendance de Bohémont. Elle devrait se reconstruire, sans lui, pour elle, pour sa voix. Cette voix qui était sa chance, son réconfort, son seul atout.

Elle eut un instant de grâce et de répit au petit matin de septembre, quand elle ouvrit les yeux, dans une diligence qui avait roulé de nuit. Une lumière intense, celle de l'aube, noyait les passagers, submergeait l'espace et éclairait ses yeux. Elle se redressa sur la banquette et regarda au-dehors. Elle entendit un voyageur dire qu'ils étaient en Toscane. Alors, l'étau de l'angoisse se desserra. Elle était loin, elle était partie, elle avait eu cette force et, déjà, elle savait que ce pays allait la soigner. Elle en eut la certitude en le voyant, en laissant ses yeux voguer sur les collines, se piquer aux clochers, courir sur les plateaux plantés d'oliviers, sur les chemins de terre qui striaient les vergers, les jardins.

Les champs baignés de la lumière de l'aube lui firent songer à l'étendue de sa liberté. Sa peine s'estompait un peu, elle était grisée. Devant elle, s'ouvraient des villas dominant des parcs, des cyprès solitaires, des carrières de marbre à ciel ouvert, des campaniles déchirant le ciel, des citadelles défiant le temps et les âges, et, déjà, elle perçut l'identité culturelle de cette région, sa richesse, l'inspiration, l'émotion qu'elles suscitaient. Elle se sentit attirée, elle se sentit sur une terre qui lui parlait, qui lui correspondait, qui l'attendait. Comme si elle la connaissait. Qu'elle la reconnaissait. La terre des siens. La terre où elle avait ses racines profondes, celles de son sang.

La diligence roula encore près de trois heures avant qu'Éléonore puisse voir Florence. Il était près de midi et elle fut éblouie. La cité lui fit oublier sa peine, la fit s'oublier elle-même. Retranchée derrière une ceinture de collines verdoyantes, la ville lui apparut comme dans un écrin. Elle resplendissait de couleurs, de scintillements, entre les reflets des façades sur l'Arno, l'orange des toits et les murs ocre des demeures. La cité paraissait rectiligne, organisée dans l'alignement des habitations percées de fenêtres. Sur les berges, elle était comme suspendue sur le flot du fleuve, et, dans les longues artères des rues, elle semblait accrochée aux dômes et aux campaniles.

La diligence s'arrêta sur les rives de l'Arno au niveau du Ponte Vecchio. Avant de descendre, Éléonore s'adressa à un aristocrate français qui était monté dans la diligence dans un petit village situé à quelques lieues de Florence :

— Monsieur, permettez-moi une question, je suis française.

— Oui, chère madame. Dites-moi...

— Je dois me rendre à l'Opéra des Larmoso...

— L'Opéra Larmoso, oh, Dieu ! Bien sûr. Il est à l'angle de la piazza Santissima Annunziata, dans le nord de la ville. Vous ne pouvez que le trouver... Il est réputé. On vous renseignera. Traversez le fleuve, gagnez la piazza del Duomo puis prenez la via dei Servi. Vous tomberez dessus.

L'homme la salua avec un tour de chapeau et une légère révérence qui l'amusa. Il l'aida à poser pied à terre. Elle fit quelques pas hésitants, contemplant l'eau, le cours du fleuve aux reflets bleu-vert, les façades se projetant vers le ciel, agrémentées de mille volets, de médaillons, de fleurs sculptées. Elle contempla les habitations suspendues au ponte Vecchio comme des proéminences des murs, colorées, ouvertes, en apesanteur. Dès qu'elle gagna la place del Duomo, elle sentit la vraie nature de la ville : l'animation des cafés et des restaurants, les luxueuses devantures, les étals des artisans, les mots, surtout, le flot des paroles et des rires. Les Florentins vivaient dehors, discutaient, flânaient, meublaient, habitaient leur cité. D'emblée, Éléonore fut fascinée. Elle passa sous la cathédrale, près du baptistère San Giovanni, devant le palazzo Vecchio et tout lui apparaissait plus ahurissant, plus audacieux et plus merveilleux. Quelque chose vibrait en elle, quelque chose la remuait, la touchait profondément. Elle ressentait une vive émotion, déjà de l'attachement, pour cette cité aux mille artistes, comme si son sol, même, provoquait la dévotion artistique, suscitait la création et donnait l'envie d'inventer de la beauté. Il y avait une exaltation, un esprit, une espèce d'euphorie latente, sous-jacente qui vivait dans tout, qui jaillissait de tout, partout. À deux reprises, elle manqua trébucher, le nez en l'air, les yeux sur les façades des palais ou des églises. On la bousculait, elle ne voyait personne. Elle finit par tomber sur la rue que lui avait indiquée le Français et la remonta, en traînant, sous le charme, envoûtée.

Quand elle parvint sur la place de l'Annunziata, l'animation était moindre, le lieu était plus calme, plus silencieux. Elle contempla, émerveillée, l'esplanade de la place, aux proportions harmonieuses. Au centre, une statue équestre du grand-duc Ferdinand Ier semblait surveiller les lieux. Tout autour, chaque édifice était une œuvre d'art : l'hôpital des Innocents, de couleur *pietra serena*[1] et en crépi blanc. En face, la *loggia* dei Servi di Maria affichait des médaillons nombreux, d'une rare finesse et une façade élégante. Au sud, la place était fermée par le palais Grifoni associant la brique ocre à la pierre. Éléonore longea ce bâtiment, contemplant de loin la façade de l'oratoire de Santissima Annunziata. Elle se sentait toujours touchée, accablée, émue par cette cité qui l'impressionnait, cette ville qui était un trésor de raffinement. Elle avança à grands pas en direction de la rue de la Pergola. Ce fut alors l'angoisse qui la rabattit contre le mur d'une demeure. Comment allait-elle aborder les Larmoso ?

Elle aperçut à l'angle de la rue l'Opéra Larmoso. On ne pouvait s'y tromper. C'était une grande bâtisse au crépi pâle, presque rose, de forme rectangulaire. Il y avait un étage sur un rez-de-chaussée à colonnades. La régularité de l'alignement des colonnes

1. Expression italienne. Roche de grès, gris foncé.

reflétait celle des fenêtres du haut. Elles étaient encadrées de moulures blanches et surmontées d'un fronton sculpté. Des pilastres blancs renforçaient la ligne harmonieuse et régulière de l'édifice, disposés entre chaque ouverture. Au-dessus de la corniche du toit, très marquée et avancée, des statues surplombaient l'opéra, touchant le ciel, debout, dressées, élégantes, silhouettes graciles d'hommes et de femmes drapées de toges grecques, dans des attitudes théâtrales. Éléonore avança sous la colonnade, le cœur battant. Deux portes en bois, sculptées de scènes et de jeux d'acteurs, fermaient les trois marches permettant d'accéder à l'entrée. L'endroit paraissait désert. Éléonore frappa pourtant de toutes ses forces contre le bois épais, à plusieurs reprises, avec acharnement. Elle savait qu'elle ne devait pas reculer. Sinon, elle n'aurait plus rien, elle ne serait plus rien, elle briserait son rêve, sa chance. Elle finit par discerner le bruit d'une clé dans la serrure de l'immense porte. Un des battants s'ouvrit sur un homme élégant, de grande taille, soigneusement rasé selon la mode florentine. Il portait un justaucorps noir brodé de lisérés couleur or avec une culotte bouffante sur des bas et des souliers impeccables.

— *Che si passa, qui ? Che vuole, lei*[1] *?*

Il avait une drôle de voix, elle aussi élégante, guindée, haut perchée.

— Excusez-moi, monsieur, vous parlez français ?

— Un peu... Qui êtes-vous, mademoiselle ? Voilà une heure que je vous entends tambouriner à la porte ! L'Opéra est fermé la journée !

1. « Que se passe-t-il ? Que voulez-vous ? »

— Je suis Éléonore Larmoso, je viens de France.

L'homme ouvrit de grands yeux, s'inclina et s'exclama, ravi :

— Laeticia et Fabricio vous attendent !

Il la considéra longuement, en silence. Il avait un regard amical, lumineux.

— Vous êtes Tergasse, c'est bien cela ? demanda-t-elle pour le rassurer sur ses intentions.

— Ils vous ont parlé de moi ?

— Oui, un peu... Je sais que vous êtes leur imprésario.

— Vous n'avez pas dû entendre que du bon... dit-il en ouvrant complètement la porte.

Il vint prendre sa main avec une courtoisie appuyée et l'aida à monter les marches jusqu'au hall de l'opéra. Il referma la porte avec des manières très élégantes. Il était extrêmement précieux, n'insistant que trop sur cet aspect de sa personnalité.

— Vous voilà donc dans l'antre de vos ancêtres, mademoiselle, prononça-t-il avec une solennité qui fit sourire Éléonore.

— Vous me croyez donc, sur parole, vous ?

— Vous avez le visage d'une Larmoso. Vous êtes très belle. Cependant...

— Oui.

— Je vais devoir faire venir mon couturier.

Éléonore songea qu'elle portait toujours le corsage jaune et la même jupe à traîne depuis son départ, avec sa capeline rouge. Elle ne s'était pas lavée les cheveux depuis deux semaines et elle ressentit une profonde honte :

— J'ai fait un si long voyage, Tergasse...

— Ne rougissez pas. Les belles femmes le sont encore plus sans maquillage, ni accoutrement. Mais nous allons bien nous entendre, je pense. J'adore habiller mes chanteuses.

Il eut un petit clin d'œil coquin qui fit encore sourire Éléonore. C'était un étrange bonhomme, avec lequel elle se sentait en confiance, étrangement.

— Cet Opéra existe depuis les années 1500, très chère, dit-il en la faisant entrer. Il était alors une structure de bois qui brûla plusieurs fois. Il appartenait aux Larmoso qui vivaient dans le palais, situé face à l'Opéra, derrière la porte des artistes. Fabricio, Tonio et Laeticia y vivent encore. Ils en ont fait un palais luxueux. Les Larmoso n'ont jamais lésiné à la dépense mais leur luxe ostentatoire, celui de leur Opéra et celui de leur palais, a creusé le déficit. Nous sommes presque en faillite et Laeticia ne veut rien entendre. Elle s'entête à garder un niveau de vie trop dépensier et refuse de programmer des opéras classiques qui sont en vogue. Elle n'aime que le baroque, le baroque, le baroque !

Il l'avait imitée en disant ces mots, faisant de grands gestes excentriques. Éléonore éclata de rire.

— Ce fut son père qui fit rebâtir notre Opéra, tel que vous le voyez, ajouta-t-il plus sérieusement. Je vais vous faire visiter… Ce fut un des premiers théâtres avec des étages de loges superposés. On y expérimenta aussi la forme ovale, d'un meilleur rendement acoustique.

Éléonore le suivit dans le salon de la billetterie, sous les colonnes de granit de style néo-classique. De nombreux fauteuils de velours rouge aux accoudoirs moulurés et dorés permettaient aux spectateurs de patienter. Le plafond était élevé. Une immense frise courait d'un bout à l'autre des angles. Des statues étaient posées sur deux cheminées et quatre lustres descendaient pour illuminer l'entrée. C'était vertigineux d'élégance, feutré et coloré. Des tapis représentant des scènes de la mythologie gréco-romaine couvraient les marches permettant de monter dans les loges. Ils empruntèrent l'escalier de gauche et aboutirent sur un petit couloir accédant à plusieurs portes. Chacune d'entre elles ouvrait sur les loges. Éléonore poussa une ouverture au hasard et s'assit sur un des fauteuils, en velours rouge, avec une moquette sombre au sol. La salle avait une forme de fer à cheval avec trois étages de loges surmontés d'un *loggione*[1] et soutenus par des colonnes. Au centre, la grande loge grand-ducale paraissait dominer. Nombreux étaient les dorures, les stucs, les sculptures qui, avec les velours rouges, donnaient à l'ensemble une grande harmonie et une grande classe. Le parterre était élevé au niveau de la scène, au fond, et s'enfonçait doucement pour être largement en dessous au niveau de l'estrade. Ainsi, la scène apparaissait au centre de tout l'ensemble, elle était comme un petit nid, le point essentiel de l'espace. Juste sur le devant, encore dans le parterre, un balcon était destiné au chœur et aux musiciens. La scène était encadrée par deux colonnes plaquées aux murs et elle était couronnée par une voûte moulurée, de couleur or, qui comptait de multiples décorations en stuc, des figures mythologiques pour la plupart. L'estrade s'enfonçait sur quelque trois mètres. Des panneaux de décor la

1. Poulailler.

fermaient, représentant une place, avec des figurants et une façade d'église baroque.

— C'est le décor de l'opéra que nous donnons pour le moment, un Monteverdi. Nous sommes en perte de vitesse... avoua Tergasse.

À la manière dont il avait prononcé cette phrase, Éléonore sut qu'il attachait de l'importance à la bonne marche de l'Opéra, et pas seulement pour un éventuel rachat.

— Que deviendront les Larmoso, si l'Opéra est vendu ? Hein ? poursuivit-il. Je ne pense pas que leurs caprices et leurs excentricités soient acceptés partout, malgré leur talent. Je crois surtout que le trio ne doit pas être séparé. Ils s'entendent mal mais sont incapables de briser la fusion.

— Pourtant, se risqua Éléonore, Fabricio a passé presque deux années en Cévennes pour me retrouver.

— C'est que nous avons vraiment besoin d'une nouvelle voix, nous devons lancer quelqu'un qui redore notre blason. Vous serez cette personne, j'espère. Il paraît que votre voix est sublime. Nous avons besoin de vous. Tonio m'a parlé de vous. Longuement.

— Il a été très dur au début, il ne me croyait pas. Il pensait que j'étais une usurpatrice.

— Tonio porte une carapace. Il n'est heureux que sur scène, quand il quitte son propre personnage... C'est ainsi. Chacun s'oublie à sa manière. Il est très fragile. Mais il est convaincu que vous serez notre chance.

— Moi aussi, j'ai besoin des Larmoso. Je n'ai plus rien, plus d'avenir sans l'opéra.

— On va faire de vous une diva. Venez !

Il lui emboîta le pas pour ouvrir la porte avec des gestes élégants toujours très maniérés et féminins. Ils parcoururent l'escalier jusqu'au grand hall et entrèrent par une porte de service dans un couloir circulaire qui desservait quatre vestiaires pour les artistes, sur la droite. En face, au centre du corridor, une ouverture permettait de rejoindre les bas-côtés de la scène. Tout au fond, la porte de service donnait sur une ruelle. Tergasse entraîna Éléonore au-dehors, pour l'emmener chez les Larmoso, juste en face dans la rue.

Le palais des Larmoso affichait une façade somptueuse au plan régulier, de forme cubique, massive, et d'allure austère. Le bâtiment rappelait encore l'ancienne maison forteresse qu'il avait été au Moyen Âge. Il appartenait aux Larmoso depuis la fin de l'Antiquité. Le soubassement en bossage avait une importante épaisseur, les ouvertures du premier étaient plus exiguës que celles des étages supérieurs. Passé le portique, on aboutissait dans une cour intérieure bordée d'une colonnade, avec une fontaine, au centre. La demeure comptait plusieurs logis. Tergasse poussa la porte et monta l'escalier jusque devant l'appartement de Laeticia. Il frappa. Une bonne vint ouvrir la porte et expliqua que sa patronne mangeait avec ses deux fils. Elle annonça Tergasse à sa maîtresse ainsi qu'une jeune dame. Laeticia parut aussitôt, Je regard fou d'espoirs. Quand elle découvrit Éléonore, elle bouscula Tergasse pour la faire entrer en répétant :

— Te voilà ! Te voilà enfin !

Elle la fit entrer dans le hall, prit sa capeline et la poussa vers le salon. Fabricio se précipita sur elle et la serra dans ses bras tendrement. Il posa même un baiser sur sa chevelure.

— Je suis désolée de paraître devant vous dans cet état, s'excusa Éléonore. J'ai voyagé longuement... Je n'ai pas pris le temps de faire ma coiffure, ni ma toilette !

Tonio s'était levé et essuyait nerveusement ses lèvres avec la serviette de table.

— Bienvenue, Éléonore, dit-il en baisant sa main avec politesse, mais un peu de retenue.

— Viens finir de déjeuner avec nous, cousine ! lança Fabricio avec un large sourire.

Il était habillé de noir, avec une perruque blanche qui changeait sa physionomie. Éléonore prit place sur un des fauteuils, face à la table en bois sculpté. Elle jeta un œil dans l'appartement, d'un luxe inouï, étalant des œuvres d'art à travers les tableaux suspendus aux murs, les sculptures posées dans des vitrines, les tapis, les tentures des fenêtres. La décoration était surchargée, le mobilier raffiné. Il flottait dans cet appartement quelque chose de serein, de familial, et Éléonore se sentit bien, rassurée, entourée.

Une fois le repas achevé, Laeticia annula sa répétition du soir, ce qui suscita la contrariété de Tergasse. Elle partit avec Éléonore pour lui faire visiter la ville et approvisionner sa garde-robe. Elles passèrent une fin de journée superbe. Éléonore fut installée dans un des appartements du palais, déjà meublé, à l'image de celui de Laeticia. Elle passa une nuit sans mauvais rêves. Au petit matin, pourtant, dans ce bel appartement vide, le manque de

Bohémont lui creva le cœur une fois encore. Elle se leva promptement pour s'empêcher les souvenirs, fit sa toilette, prit une belle tenue achetée la veille, se coiffa et rejoignit les Larmoso à l'Opéra pour travailler.

10

Elle était seule sur scène. Seule face au parterre vide. Seule dans le théâtre. Face aux balcons sans visages, ni voix. Face à elle-même. Elle travaillait son rôle, répétait les postures, les expressions, les mélodies, les tons. Elle se souvenait de tous les détails et de tous les conseils de Fabricio et de Laeticia. Sa voix coulait, déraillait, reprenait, occupait les lieux, devenait maîtresse des lieux, les apprivoisait. Elle s'acharnait. Elle voulait surprendre Fabricio et Laeticia. Elle voulait qu'ils voient combien elle était douée, persévérante, combien elle cherchait à les remercier de leur soutien, combien elle leur était reconnaissante. Combien ils avaient donné un sens à sa vie. Combien ils gommaient peu à peu les résidus de ses peines et d'abandon de son enfance, son manque de confiance, son manque de soutien. L'opéra la guérissait de ses plaies, l'opéra lui rendait une image positive d'elle-même : elle était riche et acclamée. Elle était heureuse sur scène.

La première fois qu'elle avait chanté, trois mois après son arrivée, c'était dans l'opéra l'*Orfeo*, de Monteverdi, une œuvre baroque, lyrique, produite au début du XVIe siècle. Elle avait le rôle d'Eurydice. Elle avait dû adapter sa voix en la travaillant des heures et des heures avec Laeticia qui l'avait classée comme soprano, avec une tessiture aiguë et puissante. Éléonore avait dû écouter un professeur de théâtre pour apprendre à devenir une actrice, mais aussi pour apprendre à se placer sur scène, à se déplacer, à avoir les bons gestes, à savoir où se mettre pour que sa voix monte sous les plafonds et inonde la salle.

L'*Orfeo* comprenait cinq actes avec une intrigue sobre, peu de péripéties : tout reposait sur la prestation des chanteurs. Un chœur ouvrait l'opéra puis le premier acte célébrait les noces d'Eurydice et d'Orphée, interprété par Fabricio. Avec sa voix inimitable de castrat, à la fois haute, exaltée, il faisait vibrer d'émotion chaque particule du corps d'Éléonore. La fin de la fête était interrompue par l'annonce de la mort d'Eurydice provoquant un lamento funèbre durant l'acte II. Orphée descendait aux Enfers et chantait un grand air qui endormait Charon, ce qui permettait à Orphée de traverser le Styx dans l'acte III. Prospérine, la femme de Pluton, était jouée par Laeticia. Touchée par la douleur d'Orphée, elle décidait de lui rendre Eurydice à la condition qu'il ne se retourne pas avant la sortie des Enfers. Impatient, le jeune marié se retournait pour voir son amour et la perdait pour toujours, dans l'acte IV. Orphée se répandait en lamentations et Apollon l'emmenait au Ciel où son âme recevait une récompense dans le dernier acte.

Éléonore avait lu et relu la partition pendant des heures. L'histoire faisait appel à des passions puissantes et dévastatrices : la joie du mariage, la double douleur devant la mort, le désespoir de la perte, le manque de l'autre. Les *affetti*[1] coupaient le souffle d'Éléonore. Plus d'une fois, elle s'était effondrée sur scène, en répétition, elle-même fragilisée par le manque de Bohémont et la perte de Manille. Son cœur ne demeurait pas le cœur d'une simple chanteuse, mais celui de la femme qu'elle était devenue et celui de la petite fille qu'on avait sauvée d'un village martyre. Elle pleurait sur sa propre vie. De ses propres douleurs. Le vécu, les émotions, les joies et les chagrins véhiculés par l'histoire d'Orphée semblaient les siens. Laeticia le lui avait reproché, durement : « Tu dois oublier tout ce que tu es, pour bien chanter, sinon tu n'entres pas dans ton personnage et cela trahit l'esprit de l'histoire. » Éléonore avait tenté de se ressaisir mais elle avait les larmes au bord des yeux à chaque instant, à la fois heureuse dans son nouveau métier, heureuse de réussir, de progresser, heureuse de ressentir les textes, les voix, les passions au fond d'elle, la touchant, l'écorchant, mais blessée, heurtée, déjà trop malmenée par la vie. Accablée par le manque. Accaparée par son travail qui était une fuite. Un refuge. Épuisée de ses nuits à s'accoutumer au *recitar cantando*, cette déclamation souple se prêtant à l'information, à l'expression lyrique ou dramatique, aux beaux dialogues, aux appogiatures[2], aux modulations, aux glissements chromatiques rendant saisissants certains passages sur scène. Les airs étaient très variés et Éléonore devait

1. Littéralement « affections » ; en musique, terme indiquant qu'un morceau doit être rendu de manière à provoquer une émotion douce.

2. Petite note d'agrément dissonante et étrangère à l'accord avec lequel elle est entendue, mettant en valeur la note principale sur laquelle elle prend appui.

se familiariser avec leur diversité. Ils étaient d'une écriture parfois très libre, dans une forme de couplets, à la manière d'une ariette[1], ou un grand air ample et virtuose. Il était le mode d'expression principal des personnages sur scène, et il devait laisser filtrer les sentiments, les passions. Elle avait dû apprendre à placer sa voix, sans trembler, sans fléchir, sans réfléchir à autre chose qu'à sa voix. Elle parvenait déjà à couvrir deux octaves, ce qui réjouissait Laeticia : « Tu verras, bientôt, lui répétait-elle, tu dépasseras de quelques notes les deux octaves de soprano et on fera des rôles uniquement pour toi. »

Avec *Orfeo*, Éléonore était entrée dans le monde de l'opéra, elle faisait son nid et elle ne doutait plus de réussir. Elle parvenait à avoir plus de recul sur sa vie antérieure et plus d'ambitions encore pour sa vie à venir. D'ailleurs, l'histoire d'Orphée la touchait car Monteverdi y traçait un cheminement intérieur qui fut déjà le sien, et le serait encore, certainement : les attitudes humaines devant la mort, la séparation amoureuse, les phases d'espoir, de désespoir. Mais il y avait l'idée que l'homme pouvait arriver au bout de ces obstacles.

La première fois qu'elle avait joué Eurydice, elle avait été angoissée à l'idée de rentrer sur scène. Elle avait même cru qu'elle allait flancher. Elle avait eu alors le souvenir fugace de toutes ses nuits passées dans la chapelle de l'abbaye des Pierres Plantées, cachée comme une voleuse pour entendre et fredonner des chants grégoriens, pour meubler son enfance solitaire et satisfaire sa passion. Alors, sa voix

1. Petite pièce mélodique pouvant servir d'interlude musical.

était sortie d'elle comme un cri, avec une force et une tonalité qu'elle ne se connaissait pas. Une émotion immense avait gagné le public, elle avait perçu le silence qui s'était fait autour de sa prestation, dans ce parterre italien qui bouillonnait, riait et discutait sans cesse pendant les représentations. On l'avait entendue, puis écoutée et reconnue comme une grande. Elle avait été ovationnée et elle avait ressenti un moment de bonheur absolu, un bonheur qui l'avait soignée de tout, qui l'avait comblée.

Tout Florence ne parlait plus que d'elle, la *Francese*, comme on l'appelait, et les places pour l'opéra à venir s'étaient arrachées. Fabricio jubilait. Éléonore voulait les surprendre davantage encore. Alors, elle travaillait, le jour, le soir. Même dans ses rêves, elle répétait. C'était aussi une façon de noyer son chagrin, son manque, ses souvenirs. Elle décompensait, s'oubliait dans le chant, dans la fatigue et l'apprentissage.

Son prochain rôle, celui qu'elle répétait d'arrache-pied, tard dans la nuit, seule dans l'Opéra, était celui de Laodicé dans l'opéra de Alessandro Scarlatti, *Mithridate*. L'œuvre était caractéristique du changement de genre entre l'opéra baroque et l'opéra classique, appelé métastasien. Laeticia avait rechigné à le programmer mais son imprésario avait insisté, arguant que tous les Opéras de la ville et du pays passaient à ce nouveau genre, plus épuré et sage, moins passionné. Éléonore reprenait un air du troisième acte qu'elle avait du mal à tenir sur la durée. Inlassablement, debout, sur la scène, la partition entre les mains, elle montait les tons, reprenait, tournant sur elle-même, assidue, acharnée.

Soudain, la porte s'ouvrit au fond de la salle, en face d'elle, dans un claquement bref et sonore.

— Pourquoi m'as-tu laissé, pourquoi ? hurla un homme en approchant dans l'allée centrale.

Éléonore eut d'abord très peur mais elle reconnut assez vite la voix de l'intrus. Alors, elle sentit tout son être frissonner et se nouer d'une joie immense : c'était Bohémont, qui fut bientôt près d'elle, sautant sur la scène en répétant :

— Pourquoi ? Hein ? Pourquoi es-tu partie sans moi ? Je t'avais dit que je ne pouvais pas respirer sans toi !

Il avait saisi son bras et le secouait presque violemment. Elle ne parvenait pas à lui répondre. Il était là, beau, échevelé, dans sa colère et son désarroi. Il avait l'expression d'un jeune enfant qui demande des comptes, un enfant blessé, abandonné, désespéré. Il s'immobilisa, se calma, repoussa ses cheveux derrière son visage et articula :

— Tu ne voulais plus de moi, c'est ça ?

Le chagrin lui vola ses derniers mots et il se retourna pour voiler son trouble et l'étendue de sa peine.

— Il y avait une lettre de toi, sur mon lit, au château... parvint à dire Éléonore.

— Jamais ! Jamais je ne t'ai écrit une lettre après notre dernière rencontre à Paris ! hurla le jeune homme.

Éléonore porta ses mains devant sa bouche pour retenir un cri. Elle venait de comprendre la machination dont elle avait été victime : quelqu'un avait écrit la lettre en imitant l'écriture de Bohémont pour l'éloigner. Qui ? Sa mère, la comtesse de Lesle, ou son père, le comte, très certainement. Quelqu'un qui connaissait bien son écriture, en tout cas.

— J'attendais ton retour à Paris, des nouvelles de toi, reprit-il. Comme nous étions convenus. Pour le mariage. Je me morfondais, je me désespérais. Je suis revenu en Cévennes pour te retrouver, pour comprendre. Ma mère m'a dit que tu étais partie pour l'Italie. L'abbé n'en savait guère plus. Il m'a avoué t'avoir donné l'argent.

— Cette lettre que j'ai cru être de toi disait que tu avais renoncé à me suivre, articula Éléonore.

— Nous avons été bernés, Éléonore. Bernés !

Il se précipita sur elle et la serra contre lui avec des frémissements de bonheur.

— Mais je t'ai retrouvée. Dieu soit loué... Je suis parti presque aussitôt, tu sais. Sans le sou. Mon père, ni même ma mère n'ont cédé quoi que ce soit. L'idée que je vive avec la fille de leur pire ennemi leur était insupportable. Tant pis pour eux ! J'ai déguerpi.

— Qui t'a prêté l'argent ?

— J'avais quelques économies pour payer le transport. J'ai sillonné l'Italie de Turin à Milan en passant par Venise. J'ai enfin trouvé ta trace dans cette ville où tout le monde parle de toi, la *Francese*. Et me voilà, mon ange, mon amour.

Éléonore gardait sa tête contre son épaule, se laissant embrasser, caresser, consoler. Elle pleurait, à grands sanglots. Elle finit par prononcer tout bas, au bout d'un long moment :

— On ne nous séparera plus ! Personne !

Ils demeurèrent presque une heure enlacés dans le théâtre vide et sombre, à s'embrasser, respirant mieux, de soulagement, sentant enfin la plaie de la séparation guérir, cicatriser.

— Viens, allons chez moi.

Elle prit sa main, éteignit les deux chandeliers de la scène, garda un bougeoir. Ils longèrent le couloir du vestiaire et des loges et parvinrent dans le hall baigné d'obscurité. Bohémont ne lâchait pas la main d'Éléonore, la caressant avec son pouce, inlassablement.

— Tu vis où ? demanda-t-il.

— Derrière le théâtre, Laeticia et Fabricio possèdent un palais. Ils m'ont laissé un appartement à l'étage.

Elle referma la porte d'entrée des artistes à clé et emboîta le pas à Bohémont. Ils traversèrent la rue et montèrent dans l'hôtel particulier, silencieux et éteint. Éléonore connaissait la vie réglée, sérieuse, de Laeticia et de ses deux fils. Jamais ils ne se couchaient après 20 heures s'ils n'étaient pas en représentation, pour accumuler de l'énergie, et ils travaillaient tout le jour. C'était d'ailleurs pour respecter leur repos qu'Éléonore ne répétait pas dans l'hôtel particulier, le soir, et qu'elle repartait, avec leur permission, au théâtre. Elle avait remarqué, par deux fois, que Tergasse rejoignait Tonio et qu'il passait la nuit avec lui. Cette découverte l'avait un peu choquée. Mais elle s'y était faite, enviant même les deux amoureux de pouvoir dormir l'un contre l'autre. Elle cernait mal ces deux hommes. Tergasse l'avait accueillie avec une grande gentillesse mais elle percevait son intérêt : il comptait sur elle pour ramener un immense public à l'Opéra et remplir les caisses. Il ne cachait guère sa détermination à acheter le théâtre, un jour, et à en être l'entier gérant, pas seulement l'impresario des Larmoso. Il l'avait dit à Éléonore, avec un air déterminé, précisant que les artistes étaient incapables d'entendre quoi que ce soit au matériel. Mais Éléonore n'était pas une ennemie pour lui. Il s'était rassuré rapidement, comprenant dès la première répétition que son métier était de chanter, pas de gérer, et qu'elle n'avait nulle ambition pécuniaire sur les lieux. En revanche, les relations avec Tonio et Laeticia étaient exécrables. Ils n'échangeaient que l'essentiel et, souvent, leur entretien virait à la dispute. Laeticia aurait aimé se débarrasser de cet imprésario qu'elle jugeait omniprésent, omnipotent, mais son fils aîné menaçait alors de quitter la troupe.

— Éléonore, il y a quelque chose d'important que je dois te dire, murmura Bohémont dès qu'elle eut refermé la porte de son appartement.

Elle alluma trois chandeliers en silence, se dirigeant avec la même lampe à la main. Elle revint vers lui pour l'écouter.

— Juste avant que je quitte les Cévennes, mon père a été retrouvé mort.

— Mort ? Mon Dieu, dans quelles conditions ?

— Les mêmes que celles des trois frères Broissard.

— Avec la marque de Laflaucheur ?

— Oui.

Éléonore fit quelques pas dans le salon, talonnée par Bohémont.

— Mais enfin, susurra-t-elle, je ne comprends pas...

— Ma mère a peur. Elle a décidé de partir vivre à Paris, avec mon frère aîné. C'est mieux ainsi, non ?

— Oui. Mais je ne pense pas qu'elle soit concernée

par cette espèce de... vengeance en série. Elle n'a pas directement participé à la guerre des Cévennes. Le tueur venge Noélie, ma mère, qui fut mutilée pendant la guerre.

Bohémont se laissa tomber sur un des fauteuils du salon et observa les lieux, coquets et colorés. L'entrée était en parquet ciré. Elle aboutissait sur un couloir ouvrant sur trois portes blanches moulurées et ornées de fleurs en plâtre teint. Le salon avait une moquette rouge assortie aux longs rideaux de velours qui tombaient le long des deux fenêtres donnant sur la rue de la Pergola. Dans un angle, un piano mangeait l'espace à une petite banquette baroque fleurie, moulurée sur le dossier arrière et aux accoudoirs. Le fauteuil où Bohémont était assis était assorti. Deux guéridons centraux étaient recouverts de partitions et de livres.

— Je travaille beaucoup, expliqua Éléonore en désignant les différents papiers. J'ai tout à apprendre.

— Tu y parviens ?

— Oui, je crois. J'aime ça.

— Je te pousserai, je te soutiendrai. Te voir heureuse me rend heureux.

Elle vint le rejoindre, s'assit sur ses genoux et posa ses lèvres sur les siennes.

Ils s'aimèrent toute la nuit.

11

Le lendemain matin, lorsque Éléonore rejoignit les Larmoso au théâtre, elle avait les yeux cernés, mais un sourire permanent sur les lèvres. Dès les premières répétitions, le timbre de sa voix, son intensité frappèrent Fabricio et Laeticia. Elle frôlait la perfection, une perfection totale et touchante. Sa beauté rajoutait à sa prestation. Elle avait atteint le paroxysme de son talent.

— Tu es divine, murmura Fabricio qui était demeuré assis contre un élément du décor, stupéfait, incapable de chanter tout de suite pour lui donner la réplique.

— C'est que je suis heureuse. Vraiment. En ce matin, telle que vous me voyez là.

Laeticia et Fabricio la regardaient, perplexes, attendant la suite.

— Bohémont, mon fiancé, vient de me retrouver et nous allons vivre ensemble. Je suis la plus comblée des femmes.

Un silence se fit autour de cette révélation. On entendit juste les voix étouffées des ouvriers qui montaient les décors. Éléonore regarda les Larmoso, étonnée par leur réticence. Elle ne comprit pas si c'était de la surprise, de l'inquiétude ou de la contrariété. Laeticia parut se ressaisir et vint serrer Éléonore contre elle en lui disant :

— Si cet homme te conforte dans ton travail et te rend merveilleuse sur scène, alors c'est bien. Souviens-toi malgré tout de ce que je t'ai dit : un mari ne doit pas entraver ta carrière.

— Que va-t-il faire à Florence, ton amoureux ? demanda Fabricio avec une pointe d'agacement. Il sera rentier ? Ton rentier ?

— Il va apprendre la langue et se trouver un emploi.

— Un emploi ? ricana Fabricio. Dans quoi ?

— Il est juriste.

— En France ! Pas ici !

— Ce n'est pas notre problème, coupa Laeticia. On se remet au travail.

Mais Fabricio était contrarié, c'était flagrant. Il déraillait, jurait, reprenait, s'agaçait. Au bout d'un moment, il lâcha :

— Comment va-t-on lui expliquer qu'Hermin était un chanteur d'opéra ? Moi en l'occurrence ?

— Je lui ai dit, coupa Éléonore. Il sait tout et il a tout accepté. Il connaît mes origines. Tout. Et il n'y accorde pas d'importance à côté de la force de notre amour.

— La force de votre amour ? reprit Fabricio avec un sourire cynique. Tous les amours sont forts tant qu'ils ne sont pas vécus. S'ils le sont, ils deviennent fades. Il faut éviter de les entacher avec nos corps. Il faut refuser de les vivre.

Éléonore scruta ses yeux. Elle devina la confusion des sentiments de Fabricio à son égard. Il avait été son protecteur, son professeur, son ami mais, au fond, il y avait un sentiment trouble qui le liait à elle, un sentiment qu'il rejetait, qu'il niait, parce qu'il était malsain. Parce qu'il n'y avait pas droit. Parce qu'il savait depuis longtemps qu'Éléonore aimait Bohémont et qu'il avait eu l'intelligence de se réfréner, de ne rien tenter pour ne pas s'humilier. Elle comprit en un éclair. Elle pensa à ses yeux, à la flamme qu'il y avait dans son regard quand il chantait à ses côtés, sur scène, à la façon passionnée qu'il avait de la serrer contre lui pour jouer l'amant éploré dans *Orfeo*, à ses gestes tellement vrais qu'ils n'étaient peut-être pas seulement de la comédie. Un doute affreux vint lui nouer la gorge. Fabricio était-il amoureux d'elle ?

Elle s'interdit de prolonger sa réflexion et reprit la répétition la première.

Après deux heures de travail, l'ambiance s'était détendue. À nouveau, la musique et les voix liaient les Larmoso, et, même si Fabricio conservait la marque de la contrariété sur son visage, il se donna au mieux dans son rôle. Ils seraient prêts pour la première, d'ici à trois semaines.

12

L’Opéra était comble. De l’arrière-scène, Éléonore écoutait les voix, les paroles, les rires du public. Elle frissonnait d’angoisse et de plaisir mêlés.

— Tout va bien se passer, ne t’en fais pas, lui glissa Fabricio qui était venu jeter un œil par le rideau fendu.

Il se mit derrière elle, passa un bras autour de son cou et la força à poser sa tête contre son torse. Il la berça un peu, baisant ses cheveux. Elle se dégagea, gênée par cette proximité. Elle parvenait à l’accepter sur scène, dans les passages où leurs personnages devaient s’aimer, mais elle repoussait souvent Fabricio en dehors du théâtre. Il avait des gestes de tendresse, très fréquents, même en présence de Bohémont. Ce dernier l’avait d’ailleurs remarqué, sans s’en offusquer. Il savait qu’Éléonore l’aimait et il ne se formalisait pas des excès de tendresse de Fabricio. Il était toujours dans la démonstration, dans l’excès, dans l’exaltation, ayant du mal à quitter ses rôles de scène. Les deux hommes se voyaient peu, d’ailleurs. Bohémont avait trouvé un poste de juriste comptable auprès d’une famille provençale française qui faisait du commerce de soie. Il gagnait bien sa vie mais travaillait beaucoup. Avec Éléonore, ils avaient trouvé une sorte d'équilibre : ils se quittaient à midi jusque tard le soir mais passaient tous les matins ensemble, à visiter la ville, à se promener, à planifier leur vie. Leur mariage avait été célébré un samedi, tout simplement, à l'église Santa Croce. Laeticia et Tergasse étaient leurs témoins. Ils avaient dîné dans un restaurant français raffiné, sur la place du Dôme, et avaient beaucoup ri. Les Larmoso étaient rassurés : Éléonore se jetait corps et âme dans sa carrière. Son mari n'avait nullement l'intention de l'entraver. Il était respectueux de sa femme, il l'avait comprise. Plutôt que d'être jaloux de sa renommée montante, il était fier d'elle.

Dans sa loge, Éléonore fit peaufiner sa coiffure et sa tenue par ses assistantes. Laeticia vint l'embrasser et lui souhaiter bonne chance.

— Toute la salle t'attend ! Tout le monde parle de toi ! Tu es notre gloire, Éléonore ! dit-elle en refermant la porte. Nous sommes ressuscités, nous autres les Larmoso !

Éléonore se dit alors qu'elle avait réussi. Elle avait tout : l'amour, l'argent, la célébrité, une famille. Pourtant, au fond d'elle, elle sentait encore parfois une faille, une plaie, quelque chose qui assombrissait ses humeurs et son bonheur. Elle songeait à sa mère, Noélie, et elle n'avait pas abandonné l'idée de la retrouver, au plus tôt, en partant en voyage en Angleterre. Elle avait juste besoin de temps pour asseoir sa gloire, pour lancer sa carrière et elle partirait, avec Bohémont. Il était d'accord, il l'avait comprise, une fois encore. Elle n'en avait jamais parlé à Fabricio ou à Laeticia, craignant de les inquiéter. Leur Opéra attirait les foules et Tergasse affirmait que les caisses se remplissaient à nouveau, il comblait les déficits.

Il était charmant avec Éléonore. Elle avait sans cesse des petits bouquets, des soieries qu'il lui offrait, les laissant avant les représentations dans sa loge. Il l'appréciait et c'était réciproque. Il était heureux qu'elle travaille à l'Opéra. Il disait que l'ambiance était meilleure, que les Larmoso, rassurés, étaient moins tendus et que leurs relations s'étaient améliorées.

Une fois en scène, une fois passé le grand frisson de l'ouverture du rideau, Éléonore entra dans le texte. Elle chantait en vivant, en se sentant heureuse, libre, en laissant chaque parcelle de sa peau, de son corps, exalter, vibrer, s'épanouir. Elle atteignait une sorte de plénitude, comme un état de grâce. Elle n'était plus elle-même, mais se réduisait à sa voix et à la beauté de ce qu'elle lui permettait d'atteindre. L'auditoire se taisait, l'écoutant, la contemplant. Elle faisait fusion avec tous ces inconnus auxquels elle distribuait du plaisir et des larmes. Elle ne voyait personne, ne cherchait pas à voir, transportée ailleurs, dans son texte, dans son histoire, dans son art. Ce ne fut que lorsque Fabricio entra en scène pour prendre son rôle qu'elle revint un peu au monde. Elle jeta un œil distrait aux spectateurs dans une vision trouble. Elle ne détaillait pas, ne discernant rien de précis.

Pourtant, son attention fut accaparée par deux spectateurs qui avaient réservé pour eux seuls le premier balcon au-dessus de la scène, le mieux placé, le plus proche. La femme portait un voile fin qui tombait devant sa bouche du haut de son chapeau, pour dissimuler son visage. Éléonore songea à une princesse arabe, qui draperait ainsi sa beauté. Malgré la chaleur, elle n'avait pas retiré sa capeline dont le col épais remontait devant son menton. À ses côtés, un homme aux cheveux longs, détachés, avec une fine moustache taillée juste au-dessus des lèvres, à la mode anglaise, écoutait l'opéra, le regard flou et troublé. Son visage interpella Éléonore. Elle était presque sûre de connaître cet homme. Elle tenta de décrocher ses yeux de lui, de ne plus y songer pour reprendre son rôle. À plusieurs reprises, malgré sa concentration et l'effort que le chant lui demandait, ses yeux revinrent sur le couple. La femme au visage dissimulé paraissait pleurer, sa poitrine se soulevait de façon répétitive et elle avait posé sa tête sur l'épaule de son compagnon qui caressait sa joue sous le voile.

Après la représentation, Éléonore ne regagna pas sa loge. Elle voulait voir l'homme du balcon. Elle courut dans le grand escalier, où déjà la foule s'agglutinait. On la retenait par le bras, on l'applaudissait, on la touchait. Elle fuyait. Elle remontait les marches jusqu'au balcon latéral où le couple se trouvait, ignorant tout le monde. Le visage de l'homme la poursuivait, l'intriguait. Dans la précipitation, elle heurta une marche, bascula. Sa tête heurta le mur et elle fut étourdie quelques secondes. Ce fut alors qu'elle revit le visage de l'homme, plus jeune, avec une barbe de quelques jours, le regard brillant. Il évoluait, il changeait, il devenait une vision de rêve, une lointaine réminiscence. Éléonore avait l'impression de se souvenir de lui, précisément : il la tenait contre lui, en chantant. Elle entendait une foule autour d'eux. Elle revint à elle, échappa aux spectateurs qui la secouraient et reprit sa course jusqu'au balcon où elle avait vu cet homme et la femme voilée.

Elle se fraya un chemin jusqu'à la porte du balcon, malmenant la foule, ignorant les mots, obnubilée, angoissée. Des chants, un fond de musique d'orgue lui revenaient en tête, comme la litanie de son lointain passé. Son cœur battait à tout rompre. Elle suffoquait. Son maquillage coulait sur ses joues.

Elle parvint enfin au balcon et poussa la porte comme une furie, la refermant aussitôt derrière elle. Elle ne savait pas ce qu'elle allait y trouver. Elle ne savait pas la vérité qu'elle cherchait. Elle ne savait pas ce qu'elle espérait ou ce qu'elle redoutait.

L'endroit était vide.

Elle vacilla, posa une main sur un dossier de fauteuil, le contourna difficilement et se laissa tomber dessus, le visage entre les mains, égarée. Déçue. Elle se crut folle, trop retournée par ces grands moments qu'elle vivait sur scène. Elle perdait pied. Elle avait toujours des images qui revenaient en sa mémoire. Avec la paume de sa main, elle frappa son front à plusieurs reprises pour que ces visions s'achèvent. En vain. Elle se releva promptement, comme prise au piège.

— Il ne faut pas pleurer, ma fille, prononça une voix grave dans l'ombre. Dieu ne nous oublie jamais.

Éléonore tressaillit. L'homme qu'elle avait vu dans loge se tenait derrière elle.

— Il fallait bien que nous nous retrouvions, prononça l'homme d'une voix grave. Pourtant, j'avais juré l'inverse à Manille.

— Qui êtes-vous, monsieur ? articula Éléonore.

— Laflaucheur, ton père, belle Éléonore.

Elle se sentit chanceler, posa sa main sur le bras de l'inconnu qui l'aida à se rasseoir sur le fauteuil. Il s'accroupit près de ses jambes et posa sa tête sur ses genoux, en les serrant contre lui, avec amour.

— Vous... mais vous êtes mort... glissa Éléonore qui se sentait happée, perdue, évoluant dans une espèce de brume opaque, le cœur battant.

— Officiellement, oui.

— Manille m'a expliqué... la cachette... Comment il vous a débusqué et comment le dragon vous a tué... Il a jeté votre corps dans le fossé...

— Il t'a menti, il était obligé, coupa l'homme.

— Mais alors...

— Quand il m'a découvert dans le placard qui servait de cachette, tu étais blottie contre moi. Le soldat qui était avec lui n'a pas eu le temps de me tuer. Manille lui a planté son couteau en plein cœur avant qu'il ne donne l'alerte. Puis, il m'a regardé et m'a dit : « Je ne veux pas que tu meures, pars et ne reviens jamais. Ce serait nous condamner tous les deux, ainsi que la petite. » J'ai juré, sur la Bible. Tu étais toujours dans mes bras, à pleurer en silence. Tu comprenais déjà tout. Tu avais une sensibilité et un instinct hors du commun. Je n'arrivais pas à me détacher de toi, à me défaire de toi, je n'y suis jamais parvenu. Pourtant, comme si tu avais mesuré l'importance du moment, tu as fini par tendre les mains vers Manille. J'ai vu de la joie dans son regard, il t'a serrée contre lui et je l'ai détesté de pouvoir te garder. Il t'aimait, ce grand type bourru, ce colosse au grand cœur. Tu l'avais toujours touché, ému.

— Pourquoi ?

— Tu sais, Manille a vécu avec nous longtemps. Recroquevillé dans le hameau ou dans des cachettes de fortune. Je ne savais pas qu'il serait notre dénonciateur, le traître... Tu l'amusais. Il aimait ta façon de parler, de fredonner, de courir. Tu t'endormais souvent dans ses bras lorsque je prêchais et que Laudine chantait, dans les assemblées. Je savais que tu étais en confiance avec lui et que, moi, je ne t'apporterais que le risque et l'instabilité. Je savais surtout que je ne parviendrais pas à fuir avec une enfant. On savait partout que Laflaucheur avait une petite fille de cinq ans à la voix d'or avec lui. Je voulais que tu vives.

— En me laissant orpheline ?

— Manille m'a murmuré cette phrase, que je me suis répétée des heures pendant mes nuits d'insomnie, comme une litanie, pour me calmer, pour m'éviter le doute et le chagrin : « Je la mettrai à l'abri, je te le jure. Laisse-la-moi. » Il y avait dans ses yeux tellement de sincérité et d'espoir que j'ai consenti. Pas par facilité, mais par prudence. En moins de quelques minutes, j'ai revêtu la tunique et les armes du dragon mort alors que Manille lui passait ma médaille et mes effets personnels dans les poches. Tu restais là, plantée, avec tes yeux immenses qui mangeaient ta figure, à nous regarder. Manille a tiré une balle dans le visage du soldat pour le défigurer et il a jeté son cadavre par une ouverture en hurlant qu'il avait tué Laflaucheur. Dans le plancher de la remise, au fond de la cuisine, il y avait un passage étroit permettant de rejoindre l'extérieur. Manille et moi le savions parfaitement bien. Il n'avait pas révélé ce passage aux troupes de Lesle. C'était une galerie où on pouvait avancer à dos courbé par une pente rapide pour aboutir derrière la bâtisse de Lories, près du ruisseau. Je me suis enfui par ce souterrain sans me retourner une seule fois sur toi. J'ai marché, j'ai couru, j'ai erré pendant des jours, marchant incognito jusqu'à la mer. Quand j'ai vu sa couleur, quand j'ai entendu le roulement de ses flots, alors je me suis cru libre et sauvé. J'ai navigué jusqu'en Angleterre, embauché comme marin de passage et je me suis installé dans un village de la côte du pays de Galles. Naturellement, je suis devenu pasteur. J'ai mûri, j'ai vieilli. J'étais bien mais je portais une faille, un manque, une douleur indissoluble que mon amour de Dieu ne comblait pas. C'était toi, bien sûr, qui me manquais. Je ne pouvais pas revenir en France. Manille m'avait fait jurer de ne pas réapparaître. Le fait que je sois en vie le rendrait aussitôt coupable d'aide à un prédicateur et il aurait été lourdement châtié, sans doute exécuté. Je ne voulais pas qu'il lui arrive le pire à cause de moi, et je ne voulais pas que tu te retrouves sans protecteur. Je n'avais pas le droit de tout gâcher, vingt ans plus tard. De plus, trois de mes anciens chefs, qui avaient réussi à s'exiler, étaient revenus en France, au milieu des années 1710. Ils avaient été reconnus, dénoncés, brûlés vif ou roués en place publique. J'ai eu peur... J'ai patienté, j'ai attendu... que tu grandisses. Que les hommes et les femmes vieillissent en Cévennes, m'oublient ou meurent. Je me suis décidé à revenir il y a à peine un an. Je n'avais pas de plan préconçu, je ne savais pas comment j'allais te retrouver, je n'étais même pas sûr de te revoir. Je ne voulais pas chambouler ta vie mais j'avais besoin de savoir ce que tu étais devenue, c'était plus fort que moi. Dans mon village, il y avait un marchand drapier qui devait se rendre aux foires de Champagne. Un M. Dubuy. Je lui ai demandé de l'accompagner, comme commis, incognito. Il a accepté.

— Il savait que vous risquiez votre vie à revenir dans le royaume ?

— Oui. Il savait que j'étais un ancien camisard, comme tout le village dont j'étais pasteur. Cela faisait partie de mon prestige.

— Malgré tout, vous êtes revenu...

— Oui. Je suis revenu en France en me redécouvrant, en comprenant combien j'aimais ce pays, combien je me sentais apatride et floué à cause de ma foi. Chacun de mes pas était du bonheur. Je savourais tout, je redécouvrais tout. Mais avec les lieux, les senteurs, le langage, un flot de souvenirs ravageurs, dévastateurs remontait en moi et la haine surtout gagnait du terrain. Je me souvenais de tout, alors que je croyais être parvenu à oublier cette maudite guerre des Cévennes. Dans mes nuits, le souvenir précis de certains combats, de certaines scènes, de certains visages me revenait en mémoire comme autant de couteaux plantés en plein cœur. Je souffrais. Il me venait des idées de mort. Des idées de vengeance. L'envie même de reprendre les armes pour la liberté de religion chez moi. Je redevenais malgré moi celui que j'avais été, un combattant excessif, zélé, un soldat de la foi endurci et violent. Je redevenais Laflaucheur à la croix protestante, celui qui avait soulevé la moitié du pays et tenu la prêtresse à la voix d'or dans ses bras.

— Noélie...

— Je la croyais morte, bien entendu. Quand elle a été enlevée, cette nuit où elle était partie chanter pour un baptême des nôtres, je suis devenu comme fou. Le lendemain, avec ma bande, nous avons ravagé tout le monastère de Chazourde de fond en comble, persuadés qu'elle y était détenue. Nous avons tout brûlé, exploré chaque pièce, chaque recoin sans la trouver. Laudine et moi avons dû fuir, prendre les chemins des déserts et des cachettes, avec toi. Nous pensions que Noélie avait été tuée.

— Elle n'a pas voulu réapparaître et vous dire l'affreuse vérité... sa mutilation.

— Elle savait que cela m'aurait rendu fou, sans doute. Jamais je n'aurais pu envisager cet acte... de barbarie. Lui arracher la langue et la laisser vivre... J'ai poursuivi ma guerre avec un engagement et un acharnement décuplés. J'étais malheureux, meurtri mais je ne lâchais rien. J'avais une armée à mes pieds, des croyants fidèles et une petite fille à la voix d'ange. Toi. Puis Laudine pour me soutenir. Ce fut rude. Dévastateur. J'ai vu tomber bien des hommes, j'ai ôté la vie à bien des papistes, mais c'était en vain. Le roi avait une armée que nous tenions en échec mais à laquelle il allait donner les moyens de nous anéantir. Tous les moyens. Même le luxe de se payer des indicateurs de génie.

— Manille...

— Il a été ma plus grande déception et pourtant, au fond, il a été mon meilleur ami, comme un frère. On sent les sentiments véritables et le respect, la compréhension, la tolérance qui constituent l'amitié. Ce lien... indéfinissable qui rapproche deux êtres et les rend complices, frères, dépendants l'un de l'autre, se soutenant, s'épaulant l'un l'autre. Manille a été tout cela pour moi. Je suis persuadé qu'il m'a laissé la vie sauve par amitié et qu'il ne l'a jamais regretté. Dieu sait pourtant que je lui en ai voulu, tu sais. Quand je l'ai vu armé devant ma cachette, avec un soldat royal, j'ai compris tout de suite qu'il était un espion. Je ne m'étais pas méfié de lui. De toutes mes autres recrues, de tous mes hommes, mais jamais de lui parce que je sentais qu'il me considérait comme un ami, vraiment.

— Il aurait pu ne pas remplir sa mission jusqu'au bout, tempéra Éléonore avec une moue dubitative.

— L'abbé et Lesle tenaient sa famille. Il avait trop à gagner pour renoncer. Cela m'a fait du mal, beaucoup de mal. Nous avions tellement parlé ensemble, ri ensemble. Curieusement, je le sentais passionné par mes prêches, par les prédications de Laudine, par ses chants. Il avait beaucoup d'affection pour elle. Tu sais, elle lui avait appris à écrire pendant nos heures souterraines, nos heures clandestines, nos heures cachées. Il était des nôtres.

— Non, il travaillait pour vos ennemis.

— Je sais. Et je l'ai haï, aussi. Pourtant, tu vois, je t'ai laissée à lui. C'est la preuve malgré tout que je croyais à son amitié. Je croyais en lui, je percevais sa bonté de cœur, au-delà de la guerre.

— Vous n'aviez surtout pas le choix, glissa Éléonore en se relevant, échappant à l'étreinte de ce père qui l'effrayait.

Il avait dans les yeux une lueur de folie, celle d'une détermination exacerbée et du fanatisme.

— J'avais confiance en lui, reprit-il. Mais j'ignorais tout de ce qu'il avait fait de toi, comment il t'avait élevée, où... Je devais le savoir, je devais te voir.

— Comment m'avez-vous retrouvée ?

— Rapidement. Une fois en Champagne, nous nous sommes installés dans une demeure de la rue des Martyres-de-Graal, à Troyes. Le marchand anglais Dubuy recevait de temps en temps des négociants français pour des réceptions. Je me renseignais discrètement sur la famille de Lesle, pour savoir si cette brute épaisse de comte était encore en vie... J'appris que oui, qu'il vivait à Paris, contrairement à son épouse qui ne sortait que rarement de son château où elle menait une vie quasi dévote avec une chanteuse à la voix angélique. Il paraît que cette jeune fille était d'une grande beauté, qu'elle était très bien élevée, sortant d'une institution religieuse. J'ai pensé qu'il pouvait s'agir de toi. J'ai convaincu mon ami anglais de m'accompagner en Cévennes. Il avait un fiacre personnel à sa disposition et je voulais lui montrer la région où j'avais mené combat. Nous sommes arrivés à Mende le jour où la comtesse donnait sa fête du miel, non loin de là, en son château. Nous sommes allés y jeter un œil, évasivement. Nous avons mis pied à terre parmi la foule et nous avons marché jusqu'à l'estrade en nous arrêtant de temps en temps à une échoppe. Mon camarade anglais découvrait la culture populaire du Sud français, il était surpris et amusé. Il avait du mal à imaginer ces gens souriant et en liesse se rendre coup pour coup et se massacrer quelques années plus tôt entre catholiques et réformés. Nous avions bu quelques verres de vin au miel, de vins épicés, de bières de pays. Quand tout à coup, je ressentis comme un choc, comme un coup de masse sur la tête : tu chantais, au loin, sur scène, tu chantais. C'était une chanson populaire. J'ai aussitôt reconnu ta voix. Elle avait mué un peu, bien sûr, mais c'était encore celle de mon enfant, de ma fille adorée qui me suivait de désert en désert assise derrière moi, à cheval, les mains enserrant ma taille. Tu me rendais plus fort, tu sais, plus endurci, plus brillant dans mes prêches. Je voulais un autre monde, dans la vraie foi, pour toi. J'ai marché jusqu'à l'estrade comme une ombre, comme le fantôme de moi-même. Je portais ce jour-là un habit de moine à capuche pour voiler mon visage et éviter qu'on me reconnaisse. Cela aurait été dangereux. Je t'ai vue et entendue, regardée, admirée, sur scène. Tu étais merveilleuse et j'étais heureux, soulagé, de te trouver en bonne santé, à vivre dans une famille aisée.

— Vous n'avez pas été ennuyé de me voir à la solde de votre pire ennemi ?

— J'ai préféré cela à te savoir dans un couvent ou à la rue. Je savais que tu serais capable de réussir. J'allais m'éclipser pour rester prudent lorsque j'ai vu... J'ai vu... Cette chose difforme, cette ombre voilée se jeter sur toi. J'ai d'abord été terrifié et guère s'en est fallu pour que j'intervienne et que je nous perde. Mais la vision de son visage m'a arrêté net, pétrifié.

— Noélie...

Laflaucheur se retourna et resta un moment la tête contre le mur de la loge, immobile, atteint. On percevait encore sa colère et sa tristesse.

— Noélie, ma Noélie, reprit-il d'une voix pleine de sanglots. Noélie que je croyais morte, que Laudine avait crue morte, elle aussi. Celle qui avait chanté pour moi, pour Dieu, pour mes hommes, alors que nous perdions espoir ou que nous étions rompus de fatigue, Noélie qui avait toujours su ranimer la flamme de notre foi, celle dont la voix suffisait à nous faire reprendre l'épée contre les papistes, contre les idolâtres ! Ma Noélie, vingt ans après, je la revoyais, là, dans la cour du château de Lesle, le visage lacéré, muette et défigurée. J'ai tout compris, en un éclair : Noélie avait été capturée, mutilée puis relâchée. Elle n'avait pas voulu réapparaître après sa mutilation, par honte... La haine a repris mon cœur. Cette guerre ne finira jamais. J'étais harcelé par des images déchirantes. J'imaginais la manière dont les hommes de Lesle s'y étaient pris pour la punir, en lui arrachant ce qui faisait d'elle une prédicatrice de talent auprès des relaps. Cet acte abominable me revenait en plein cœur. J'ai songé à ces années où elle avait vécu terrée, incapable de revenir au monde avec ses blessures effroyables, incapable d'imposer sa vue, sa présence. Incapable de vivre ailleurs que sur les ruines de son passé, à Dolmazon. J'ai senti une sourde colère monter en moi, me dévorer. L'envie de la vengeance m'est remontée des tripes, la nécessité de blesser ceux qui avaient blessé Noélie. L'idée qu'ils puissent vivre sereinement alors qu'elle devait se cacher et survivre en misérable me détruisait. Il fallait que je me purge de ce besoin brûlant de vengeance. Il fallait que je tue.

Éléonore le regarda au fond des yeux et elle mesura l'ampleur de sa haine et de sa violence. Elle ressentait pour ce père une espèce de crainte mais aussi de la fascination.

— J'ai décidé de retrouver Noélie, dès l'instant où je l'ai reconnue, le jour où tu chantais, reprit Laflaucheur. Elle a d'abord été emprisonnée chez le comte de Lesle, quelques jours, pour être punie d'avoir interrompu le spectacle.

— Oui, je sais.

— Quand elle a été libérée, je l'ai suivie. Elle vivait retranchée dans une grotte, non loin de Dolmazon.

— Je connais l'endroit.

— J'ai eu du mal à l'aborder. J'ai ôté ma capuche, je lui ai hurlé que j'étais Laflaucheur, que j'étais vivant et que je voulais l'aider, l'emmener avec moi dans un pays où elle vivrait la tête haute. Je suis resté deux jours à attendre qu'elle sorte de derrière une porte fermée à clé où elle demeurait cachée, par honte. Elle ne voulait pas que je la voie ainsi. Elle ne parvenait pas à formuler un seul mot mais elle lançait des plaintes, des cris pour que je parte, pour que je la laisse. J'ai attendu, j'ai été patient. Elle a fini par ouvrir la porte alors que je m'étais endormi, assommé de tristesse et d'émotion. Quand je me suis réveillé, elle était couchée près de moi, sa tête posée sur mon épaule. J'ai respiré l'odeur de ses cheveux, je les ai embrassés. J'ai regardé son visage en face, sans trembler, sans pâlir. Je lui ai dit de m'écrire les noms de ceux qui l'avaient mutilée de la sorte. J'ai insisté. Insisté. Elle a mis deux jours à se décider. Puis, elle l'a fait.

— Les deux frères Broissard et Lesle, articula Éléonore.

— Oui. Je les ai maudits. Et je les ai tués.

Éléonore porta une main devant sa bouche pour y retenir un cri d'effroi. Laflaucheur avait dit ces mots avec froideur et détachement, comme si cela était une évidence, un détail. Il lui apparut comme un exécuteur endoctriné, déshumanisé.

— Mais... Comment pouvez-vous exécuter froidement des hommes ? demanda-t-elle. Des années après, comme ça...

— Ils n'étaient pas des hommes. C'étaient des barbares.

— Mais Manille ? Pourquoi l'avoir tué ? murmura Éléonore sans pouvoir retenir un sanglot.

— J'aurais pu lui pardonner sa trahison, car il t'a élevée, il m'a aidé à fuir. Mais ce qu'il a fait à Noélie, jamais je n'aurais pu lui pardonner, jamais ! C'est lui qui a donné son itinéraire à Lesle le soir de sa mutilation !

— J'ai eu une discussion avec la mère de Manille, protesta Éléonore. Elle m'a dit que Manille avait beaucoup regretté...

— Ne lui cherche pas d'excuses ! la coupa brutalement Laflaucheur. C'est lui qui a mené les bourreaux auprès de Noélie. Le mal était fait. De toute façon, il savait qu'un jour ou l'autre je reviendrais et que je vengerais Noélie.

— Il savait ?

— Il n'a pas été surpris quand il m'a reconnu, sous mon habit de moine. Au moment où je lui perçais le cœur avec mon poignard, il m'a murmuré qu'il m'attendait depuis longtemps.

— Et vos autres victimes ?

— Les deux frères n'ont pas eu le temps de réagir. Ils étaient complètement ivres.

— Et Lesle ?

— Celui-là, je l'ai laissé croupir dans sa trouille avant de l'exécuter. Il a tenté de m'apitoyer, se sentant perdu...

— Comment cela ?

— En me disant que ma fille allait épouser son fils Bohémont, que bientôt nos sangs ennemis se rejoindraient et qu'il fallait oublier cette guerre.

— Quel hypocrite ! Il a tout fait pour éloigner Bohémont de moi !

— Je le savais. Je savais tout, grâce à Hermin... Fabricio Larmoso. Je l'ai vu la première fois dans la grotte de Noélie, à Dolmazon. Il m'a dit la vérité sur sa quête et sur sa famille. Par la suite, j'ai loué un appartement confortable dans une ruelle de Mende pour y installer Noélie et lui laisser le temps de la décision.

— À Mende, prononça Éléonore... J'étais certaine d'y avoir vu le petit chien de Noélie dans une rue... Fabricio m'a détournée de cette idée...

— Fabricio venait voir régulièrement Noélie, il venait lui parler. Il m'a aidé à la convaincre de quitter le royaume et de venir vivre avec moi en Angleterre, dans un pays protestant où elle recommencerait une autre vie, malgré son... visage. Fabricio a su trouver les bons arguments pour la décider à revivre, à renaître... Tu comprends, elle ne voulait pas quitter la France sans savoir ce qu'il allait advenir de toi. Fabricio lui a juré de t'attirer en Italie et de faire de toi une grande chanteuse. Noélie s'est décidée à me suivre en Angleterre. Fabricio nous a envoyé une lettre, quelques mois après, disant que tu étais bien arrivée et bien installée chez eux, à Florence. Régulièrement, il nous a informés de tes performances. Tu vois, nous avons mis longtemps à venir t'entendre. Noélie avait peur de briser ton élan. De gâcher ton avenir en t'imposant notre passé et son visage. Moi, je craignais que tu me détestes, que tu me juges mal. Je suis un meurtrier mais aussi un justicier religieux... Et puis nous voilà, tout compte fait. Nous voulions te voir sur scène. C'était plus fort que nous. Nous sommes fiers, tu sais, très fiers de toi.

— Où est Noélie ? Où est ma mère ?

Elle avait prononcé « ma mère » avec hésitation. C'était la première fois qu'elle le faisait.

— Elle attend dans un fiacre, devant l'Opéra.

— Je veux la voir.

— Viens !

Il prit sa main et ce geste lui arracha des larmes. Elle ne savait pas si elle l'aimait, cet homme du même sang, ou si elle le détestait. Il avait tué Manille, celui qui l'avait élevée avec tendresse et dévouement. Ils demeurèrent face à face un instant. Éléonore avait du mal à le comprendre, à sonder la profondeur de sa foi. Son vécu lui apparaissait contrasté entre amour de Dieu et amour de la guerre, entre dévotion et vengeance, entre instinct mystique et guerrier. Il portait beaucoup d'excès qui transparaissait dans les marques de son visage, émacié, aux traits fins, encadrés d'une chevelure brune, longue, qui lui donnait un air prophétique. Il avait un regard clair, perçant, puissant et à l'observer on comprenait aisément qu'il avait pu soulever des foules. Sa voix, surtout, avait des vibrations profondes, des sonorités exaltantes, un charisme à la fois inquiétant et captivant s'échappait de ses mots. Il avait dû être très beau. Il était encore un homme sur lequel les femmes se retournaient. Elle lâcha sa main, comme si ce père la brûlait de par son exaltation et sa foi excessives. Ils gagnèrent le grand hall, une tension nerveuse entre eux, une émotion trouble et paradoxale faisant bouillir leurs sens et leurs cœurs.

— Je suis heureux, murmura Laflaucheur à l'oreille d'Éléonore lorsque la pression de la foule le rejeta tout contre elle. Je t'ai toujours espérée, je t'ai toujours recherchée, imaginée. Tu es devenue ce que tu devais devenir. Laudine le disait. Tout le temps.

— Et que suis-je devenue ? demanda-t-elle en s'écartant de lui.

— Une femme libre et aimée. Tu étais déjà ainsi quand tu étais enfant. Libre de courir parmi nous, libre de rire, de chanter, de jouer... et aimée. Bercée de bras en bras, embrassée, choyée par ta grand-mère, transportée sur le dos de mon cheval, collée à mon dos, endormie dans les bras de Manille, la tête sur les genoux de Laudine, quand elle chantait les psaumes. Tu étais notre enfant à nous tous. L'enfant des relaps, des martyrs.

— J'ai si peu de souvenirs. Je me sens l'enfant de Manille. C'était lui, mon père.

Laflaucheur accusa le coup et reprit sa marche au travers de la foule. Des spectateurs reconnaissaient Éléonore et applaudissaient, cherchant à la toucher, à lui tendre une fleur ou un mouchoir.

— C'est comme si tout s'était effacé de moi... reprit Éléonore quand ils furent au-dehors.

— Tu m'en veux, n'est-ce pas ? demanda Laflaucheur en arrêtant leurs pas sous un porche, à l'abri des regards indiscrets. Je m'y attendais.

— J'aimais Manille. Sa perte m'a décontenancée. Vous auriez pu y songer. Il m'a donné l'affection dont votre guerre m'avait privée. Je ne suis pas prête à pardonner votre geste... fou à son encontre.

— Je ne pouvais pas marcher sur la même terre que ces quatre salauds qui ont défiguré Noélie. Tu comprends, non ?

Il avait secoué son bras brutalement pour dire cette dernière phrase. Son regard était luisant, haineux.

— J'ai du mal à comprendre votre rapport à Dieu.

— Je suis le meilleur serviteur de Notre-Seigneur qui soit !

— Dieu est amour, Dieu est pardon.

— Alors, tu me pardonneras !

— Jamais !

— Au moins, tu aimeras ta mère ! reprit-il à son compte avant d'entraîner Éléonore vers un fiacre noir qui attendait de l'autre côté de la rue. Il ne voulait ni se justifier ni s'épancher. Il ouvrit la porte du fiacre en se radoucissant. Il dit :

— N'aie pas peur, Noélie, c'est moi. Éléonore veut te voir.

Elle se faisait toute petite, blottie au fond de la banquette, la tête appuyée contre la vitre. Son col cachait toujours le bas de son visage et Éléonore ne vit que ses yeux lumineux qui ruisselaient de bonheur. Elle émit un son, une sorte de cri du cœur et tendit ses deux bras vers sa fille. Éléonore ne ressentait plus ni crainte ni pitié pour elle mais un sentiment puissant jailli en elle, débordant. L'amour de sa mère. Elle monta dans la voiture, se jeta contre la muette, mit sa tête sur sa poitrine et pleura, incapable de dire un mot. Elle reconnaissait son odeur. Sa peau. Une chape de souvenirs lui revint en masse. Désordonnés. Le souvenir du visage de cette mère qui avait été jeune, merveilleuse, l'écho de sa voix, la douceur de ses mains. Elle la reconnaissait. Elle se blottissait. Elle se rassurait. Elle l'avait retrouvée. La muette fredonnait un des psaumes de sa petite enfance et Éléonore se laissa aller contre sa peau, chantant avec elle cet air qui lui revenait en mémoire, cette chanson de l'enfance bercée, de l'enfance bénite, de l'enfance heureuse, de l'enfance brisée par la guerre. Tout revenait avec le psaume : l'orgue ouvert dans le salon, les mains de sa grand-mère posées sur les siennes pour lui montrer comment jouer, les lettres qu'elle traçait et qu'elle lui faisait réécrire, les textes bibliques qu'elle lisait, le soir, dans l'ombre, sous le chandelier.

— Elle te chantait toujours cet air-là pour t'endormir, c'était touchant, dit Laflaucheur qui vint s'asseoir face à elle, dans le fiacre en refermant la porte.

— Je ne veux pas que vous repartiez, je ne veux pas, répéta Éléonore, toujours bercée dans les bras de sa mère. Je ne veux plus qu'on se quitte.

— Notre vie est en Angleterre, Éléonore, il te faut l'accepter. On ne peut pas vivre dans un pays catholique. Cela nous a coûté assez cher. L'Italie n'est pas une terre d'accueil pour nous.

— Je passerai donc toujours après votre religion ? répliqua Éléonore en se redressant.

— Nous sommes dans la vraie foi, nous ne pouvons plus faire semblant. Nous ne pouvons plus nous cacher pour pratiquer.

Noélie eut un regard terriblement triste. Elle prit la main de sa fille et la posa, ouverte, sur sa joue.

— Ce sera à toi de nous rejoindre, ma fille, prononça Laflaucheur comme une évidence. Lorsque tu auras bâti ta carrière et ta gloire.

— En Angleterre ?

— L'opéra y attire des foules, tu sais. Tu peux venir quand tu veux chez nous. Nous pensions même que tu viendrais plus tôt... Noélie a passé des journées à la fenêtre, à regarder vers le port, à t'attendre.

— À m'attendre ? Mais j'ignorais où et avec qui était partie ma mère ! s'indigna Éléonore.

— Fabricio savait tout.

— Fabricio ?

— Il m'avait juré de te dire où nous vivions pour t'apaiser et te rassurer sur le sort de Noélie.

— Il ne m'a rien dit de tout cela, il a été très vague, souffla Éléonore qui sentit un doute affreux germer en elle.

— Noélie avait laissé une lettre pour toi. Elle l'avait donnée en mains propres à Fabricio. Elle disait qu'il fallait que tu te fasses un nom puis que tu viennes la voir, très vite. Elle se languissait. Elle t'a écrit des lettres chaque mois, des lettres longues, de l'Angleterre. Des feuillets entiers. J'en avais même confié certains à un capitaine de vaisseau qui partait vers Gênes, en espérant que la lettre te parviendrait de façon plus certaine de l'Italie.

— Je n'ai jamais eu le moindre courrier. Jamais Fabricio ne m'a dit quoi que ce soit mis à part qu'un pasteur anglais avait mis Noélie à l'abri, en Angleterre. Je projetais d'aller la chercher, aux beaux jours, avec mon mari... Si j'avais su où vous étiez, je serais venue dans l'instant.

Ils demeurèrent médusés, tous les trois, à se contempler en silence.

— Où êtes-vous descendus ? demanda subitement Éléonore.

— Au logis du Duomo.

— Je viendrai vous y rejoindre.

Elle posa un baiser sur la joue de sa mère, avec une tendresse sincère, et courut vers le théâtre. Elle parcourut le hall, le petit escalier et le couloir des loges sans voir personne, ni entendre quoi que ce soit, obnubilée par son idée. Fabricio lui avait caché la vérité sur ses parents, leur adresse. Elle songeait maintenant à la lettre qu'elle avait reçue de Bohémont... Cette lettre qui l'avait brisée au point de la pousser au départ pour l'Italie, sans hésitations. Bohémont n'avait jamais écrit cette lettre de rupture. Or, Fabricio, lorsqu'il était Hermin, avait le don d'imiter les écritures, de les recopier, de les reproduire. Il passait des heures à relever des livres de comptes ou des actes notariaux. Il avait pu voir des courriers de Bohémont au château, il avait pu faire cette lettre terrible pour séparer les deux amants, en imitant son écriture.

Éléonore entra dans la loge de Fabricio sans frapper. Il était assis, face à sa mère et à Tonio, une coupe de champagne à la main.

— Ah ! *Mia Diva !* s'exclama-t-il en voyant Éléonore.

— Écoute-moi bien, Fabricio, dit-elle froidement.

Le castrat la regarda au fond des yeux, interloqué.

— C'est toi qui as écris la fausse lettre de rupture de Bohémont ?

— Allons, calme-toi ! prononça Laeticia, inquiétée par la colère d'Éléonore.

— Reste en dehors de ça, Laeticia. Ton fils a été fort malhonnête avec moi !

— Es-tu folle ? répliqua Laeticia en se relevant, offusquée.

— Est-ce toi qui a écris la lettre de rupture de Bohémont ? hurla Éléonore en fixant Fabricio.

Un silence se fit dans la loge. On entendait seulement, au loin, le bruit des bavardages des spectateurs qui flânaient encore dans le hall.

— Tu ne m'as pas dit où ma mère Noélie était partie vivre ! l'accusa Éléonore. Tu ne m'as pas donné ses lettres. Tu ne m'as pas dit que mon père Laflaucheur vivait encore !

— Un fanatique, glissa le castrat.

— Et tu as écrit une fausse lettre pour me faire croire que Bohémont me quittait ! Avoue-le !

— Oui ! cria soudain Fabricio en se relevant et en s'approchant d'elle l'air furieux. J'ai passé deux ans de ma vie en Cévennes, à te retrouver, à te sortir de ton bourbier, à te faire découvrir ton talent et tu allais tout gâcher pour un amour. Pour ce Bohémont. Mais l'amour ne dure pas ! Il est une illusion du cœur, tu comprends. Je veux ta réussite. Notre réussite. Tu n'allais pas tout gâcher pour Bohémont ! Tu n'allais pas tout gâcher pour retrouver une mère sans voix et un père assassin en Angleterre !

— Ils sont ceux que j'aime, ils sont ma famille ! rétorqua-t-elle, furieuse et ferme.

— Non ! C'est nous ta famille. Nous, ici, à Florence, tu le sais ! Tu es la dernière des Larmoso ! vociféra-t-il.

— J'ai échappé au monastère, j'ai échappé au cloître, j'ai construit ma carrière et tu voudrais toi aussi m'enfermer dans ce théâtre ? Me garder pour toi ? Pour ta notoriété ?

— Pour la notoriété des Larmoso !

— Tu es fou ! Vous êtes tous fous !

— Tu nous dois tout ! Éléonore ! la reprit Laeticia dont le visage trahissait l'inquiétude.

— Non ! Je ne vous dois rien. Je lis trop bien dans le jeu de vos ambitions. Vous aviez besoin de moi.

— Tu ne mesures pas qui ont été et qui sont les Larmoso ! hurla Fabricio en brisant sa coupe pleine par terre.

— Vous êtes une fin de race ! hurla Éléonore plus fort que lui. Personne ne m'enchaînera plus jamais ! Personne. Je quitte votre Opéra. Je m'en vais ! Adieu.

Laeticia retint un cri et implora Éléonore de rester en la suivant dans sa loge. Mais elle se déshabilla consciencieusement sans prêter attention à ses lamentations. Elle retourna à l'appartement, fit sa malle, y jeta ses habits et ceux de Bohémont qui écouta son récit, fou de colère.

Alors qu'ils dévalaient tous les deux l'escalier du palais, Tonio les arrêta d'un geste. Il tendit une liasse de billets à Éléonore :

— Tiens, ton salaire pour trois mois et les représentations. C'est Tergasse qui m'a dit de te le remettre. Autre chose : va à Naples, à l'Opéra Strada, dis que tu viens de ma part à l'imprésario. Regarde, je t'ai préparé une lettre de recommandation. Ta réputation t'aura précédée. Bonne chance à tous les deux.

— Merci, articula Éléonore, touchée, en saisissant l'enveloppe.

— Tu as raison de ne pas te laisser enfermer.

— Je veux vivre libre, tu comprends ?

— Oui, je comprends. Et je regrette la manière dont je me suis laissé enfermer moi-même. Le talent ne rend pas heureux, ni la célébrité.

— Au revoir, Tonio.

— Adieu, ma belle.

Et, dans la nuit noire de Florence, Éléonore prit la main de son mari pour aller rejoindre ses parents. Puis, ils iraient vers cet ailleurs qui les attendait, quelque part, dans le sud du pays, près de Naples. Un endroit qu'elle imaginait doux et beau, près de la mer. Un endroit qu'elle allait choisir avec sa mère, pour qu'elle sache là où elle pourrait venir l'embrasser quand elle le voudrait.

Un endroit d'où Éléonore pourrait prendre un bateau de passage pour l'Angleterre, quand elle aurait besoin de revoir sa mère. Un bateau qui peut-être, un jour, serait un trajet définitif pour l'Angleterre.

Avec Bohémont et cet enfant qu'elle portait en elle : un Larmoso.

Table des matières

Composition et mise en pages réalisées
par Étianne Composition
à Montrouge.

Achevé d'imprimer par N.I.I.A.G.
en septembre 2014
pour le compte de France Loisirs, Paris

Numéro d'éditeur : 78478
Dépôt légal : octobre 2014
Imprimé en Italie